KB268763

覇君 패군

설봉 新무협 판타지 소설

FANTASTIC ORIENTAL HEROES

패군 17

설봉 新무협 판타지 소설

초판 1쇄 찍은 날 § 2010년 11월 23일
초판 1쇄 펴낸 날 § 2010년 11월 30일

지은이 § 설봉
펴낸이 § 서경석

편집팀장 § 서지현
편집 § 주소영

펴낸곳 § 도서출판 청어람
등록번호 § 제1081-1-89호
등록일자 § 1999. 5. 31
어람번호 § 제2-2010호

주소 § 경기도 부천시 원미구 심곡2동 163-2 서경B/D 3F (우) 420-822
전화 § 032-656-4452 팩스 § 032-656-4453
http://www.chungeoram.com
E-mail § chungeoram@chungeoram.com

© 설봉, 2009

ISBN 978-89-251-2366-0 04810
ISBN 978-89-251-1840-6 (세트)

FANTASTIC ORIENTAL HEROES
설봉 新무협 판타지 소설
霸月春
패군
17
직정정(直町町)
청어람

第百十三章
신력(神力)

휘르르르릉!

왼쪽으로는 용암처럼 뜨거운 열기가, 오른쪽으로는 얼음보다 차가운 냉기가 흐른다.

파팟!

백회혈(百會穴)과 회음혈(會陰穴)에서 두 기운이 서로 교차한다.

부딪치는 법은 없다. 화룡(火龍)이 백회혈을 지날 때면 수룡(水龍)은 회음혈로 진입한다.

서로 꼬리에 꼬리를 물고 돈다.

이원무극공(二元無極功)이다.

이원무극공은 그녀가 창안한 내공심법으로 마음을 청정하

게 해주는 데 기본 바탕을 두고 있다.

내력을 키우기 위해서는 하단전을 집중적으로 양성해야 하지만 그녀는 그럴 필요가 없다. 하단전에는 이미 화화구중과 빙정의 내력이 가득 차 있다.

그 힘만 제대로 활용할 수 있다면 천하제일고수가 부럽지 않다.

내력을 더 키울 필요는 없다. 대신 여력이 있을 때마다 진리를 뚜렷하게 볼 수 있게 해주고, 심신을 평안하게 만들어주는 상단전(上丹田) 상궁(上宮)을 키운다.

그녀는 자신이 알고 있는 모든 무공을 참오하여 한 가지 심공을 창안해 냈으니, 그것이 이원무극공이다.

두 기운은 팔(八:8) 자 형태로 돌고 돈다.

하나가 머리로 올라서면 다른 하나는 바닥을 훑는다.

화화구중과 빙기는 서로 만나는 일이 없지만 음(陰)은 양(陽)을, 양(陽)은 음(陰)을 쫓는 이치에 따라 끊임없이 돌고 돈다.

음양(陰陽)은 이 세상을 구성하는 가장 큰 존재들이다.

두 가지의 가장 큰 존재들이 태극(太極)이란 형태로 모였다. 그리고 끝없이, 극을 모르고 달린다.

이원무극공이란 이름 속에 태극이란 말을 취하지 않은 것은 두 가지 기운이 절대 섞이지 않기 때문이다.

한때는 서로 섞이는 듯 보이기도 했다.

음이 양을, 양이 음을 취하여 태극이라는 하나의 형태로 둔갑하는 듯한 착각을 느낀 적도 있다.

이원무극공을 시전하는 지금도 그런 느낌은 종종 든다.

빙정이 화화구중이고, 화화구중이 빙정이라는 착각.

뜨거운 것이 차가운 것이고, 차가운 것이 뜨거운 것이라고 말하면 미쳤다고 손가락질할지 몰라도 그녀는 실제로 그런 느낌을 경험하곤 한다.

차가움이 극에 이르면 뜨겁게 느껴진다. 뜨거움도 극에 이르면 더 이상 뜨겁다는 느낌이 들지 않는다. 오히려 그 반대로 차갑다는 느낌을 전해준다.

휘르르르릉!

진기가 돌고 돈다.

'단차를…… 죽인다!'

그녀는 진기를 휘돌리면서 진기를 쫓지 않았다. 그녀가 쫓는 것은 단차를 죽이겠다는 결심이었다.

이것은 매우 위험하다.

진기를 운기할 때는 오로지 진기만 쳐다봐야 한다. 진기란 심의(心意)에 따라 움직인다. 심의를 두지 않으면 정해진 경락을 따라 순행(順行)할 뿐이다.

자신의 의도에 따라, 키우고 싶은 힘에 집중하려면 강물을 끌어당기기도 하고 내보내기도 해야 한다.

그런 일을 해주는 것이 심의다.

진기는 심의에 따라 경락으로 흘러들었다. 이원무극공의 진결을 따라서 흐르고 흐른다. 한데 갑자기 심의를 거둬 버린다면…… 생각이 엉뚱한 곳에 꽂힌다면 진기는 갈 곳을 잃고 흩어진다.

그래서 무인은 운기 중에 잡념을 떠올리는 것을 금기 중의 금기로 여긴다.

이런 사실은 내공에 갓 입문한 초보도 안다.

사약란은 자신이 실수하고 있다는 사실을 알지 못했다.

자신은 여전히 심의를 일으키고 있고, 심의에 따라 이원무극공이 흐른다고 생각했다. 하나 그녀의 머릿속에 자리 잡은 것은 운기가 아니라 단차에 대한 생각이었다.

'죽이는 거야. 그러면 돼.'

그를 죽일 자신이 없다.

그 앞에 서면 가슴이 큰북이 된 듯 둥둥둥둥 고동친다.

명백한 호감이다. 가슴 떨림이다. 계야부만을 향해서 보냈던 일편단심(一片丹心)이 여지없이 흐트러진다.

더욱 화가 나는 것은 그가 추파 비슷한 것도 보내오지 않았다는 것이다.

그랬다면 조금 마음이 풀렸을까?

아니다. 그랬다면 그런 경망된 자에게 마음이 흔들린 자신을 탓했을 게다.

결국은 자신 몫이다.

자신이 흔들린 것을 두고 누굴 탓하는가.

'단차를 죽인다!'

그녀는 이를 꼭 깨물었다.

자신의 마음을 뒤흔든 자이기에 죽여야 한다? 계야부만을 생각하며 살아가고 싶은데 감히 마음속을 파고들어?

그가 무엇을 했다고 그러는가.

이것이 정녕 정도인이 취할 행동인가. 마음에 들지 않는다고 사람을 죽이는 행위와 무엇이 다르단 말인가.

그는 시각랑을 이용했다. 칠살문을 이용해 혈겁을 조장하고 있다. 그러니 죽어야 한다.

물론 이것도 핑계에 불과하다.

어떻게든 그라는 사람을 세상에서 지워 버려야 마음이 안정될 것 같기에 억지로 끌어온 변명이다.

이제는 그런 변명을 할 필요도 없다.

만총림 부림주와 거래를 했다. 그가 칠살문을 혈겁에서 빼주고, 자신은 단차를 죽인다. 그것만 하면 된다. 싸움 한 번만 하면 모든 거래는 끝난다.

'끝이야, 이것으로…….'

휘르르릉!

이원무극공이 흩어지기 시작했다.

정해진 경락을 벗어나 사방으로 흩어져 간다.

피를 치고 장기를 때린다. 심장, 간, 위장…… 장기에 직접적인 타격을 가하면서 흩어진다.

'훗!'

그녀는 비로소 실수를 자각했다.

운기 중에 잡념이라니! 이 무슨 어리석은 행동인가!

그녀는 급히 마음을 추슬렀다.

하나 이미 늦었다. 경락을 벗어난 진기는 고삐 풀린 망아지처럼 전신 구석구석으로 흩어진다.

'우웃!'

진기를 끌어모으기 위해 심의를 강하게 일으켰다.

이마에 파란 힘줄이 섰다. 얼굴이 붉게 달아오르고, 호흡이 거칠어졌으며, 손과 발이 부들부들 떨렸다.

누가 봐도 심마(心魔)의 현상이 뚜렷하다.

좌정한 모습이 흔들린다. 처음에는 미약하게 떨리기 시작하더니 곧 지진을 만난 듯 부르르 떨어댄다.

주화입마(走火入魔)!

'틀렸어!'

그녀는 피가 나도록 아랫입술을 깨물었다.

화화구중과 빙정이 뒤섞이기 시작했다.

치지직! 치이이익!

물과 불이 만나 서로를 상잔(相殘)한다. 조화는 깨졌고, 극단의 투쟁만 남았다.

'아! 조절할 수 없어!'

사약란은 자신이 얼마나 무능력한지 절감했다.

마치 거대한 해일 앞에 서서 꼼짝 못하는 경우처럼 모든 게 뒤엉키고 있다는 사실을 느끼기만 할 뿐이다. 아무것도, 손끝 하나도 움직일 수 없다.

"쿨룩!"

그녀는 거센 기침으로 심화(心火)를 쏟아냈다.

이것 역시 무인들이 최후에 하는 비장의 수법이다.

기침을 하면 내기가 밖으로 흩어진다. 안으로 갈무리해도 모자랄 원정진기가 거침없이 쏟아져 나간다.

그런 손실을 감수하고서라도 진기를 안정시키고 싶은 것이다.

하나 이런 행동은 진기 손실만 가져올 뿐, 진기 안정이라는 효과는 거두지 못한다. 오히려 밖으로 쏟아져 나간 진기 때문에 내부 진기는 더욱 극심한 혼란 속으로 휘말린다.

주화입마만 재촉하는 결과가 된다.

그런 점을 모르는 게 아니다. 그러면서도 행동을 취한 것은 혹시 기적이 일어나지 않을까 하는 엉뚱한 바람 때문이다.

그런데…… 기적이 일어났다!

"마음을 편히 하거라."

묵직한 음성이 그녀의 답답한 마음을 한꺼번에 씻어냈다.

'환청?'

음성의 정체는 모르겠다. 하지만 마음이 시원해지며 진기가 한결 안정되는 느낌이 들어서 좋다.

그녀는 다시 한 번 진기를 안정시키기 위해 심의를 일으켰다. 그때,

척!

그녀의 명문혈(命門穴)에 낯선 물체가 닿았다.

'훗! 누구!'

그녀가 깜짝 놀랄 사이도 없이 명문혈에서 뜨거운 양강진기

가 흘러들었다.

촤아아아!

'하악!'

그녀는 화들짝 놀랐다.

너무 뜨겁다. 마치 태양이 닿은 것 같다. 팔팔 끓는 기름 솥에 던져진 느낌이다. 실제로 그녀의 몸은 불에 데었을 때처럼 깜짝 놀라 움츠러들기까지 했다.

'무, 무슨……'

'무슨 진기가 이렇게 뜨겁냐'는 말을 하려고 했다. 하나 그녀의 생각은 묵직한 음성에 가로막혔다.

"집중하거라. 해치려고 하는 게 아니니 편한 마음으로 진기를 받아들여라."

음성에 심공이 깃들어 있다.

은은하여 짓누르지 않는다. 평안하나 나른하게 하지 않는다. 강건하나 묵직한 느낌이 들지 않는다. 중추를 곧게 세워주지만 강요하지 않는다.

지극히 편안한 음색이다.

그녀의 머릿속에 퍼뜩 이런 음성을 발출할 수 있는 음공(音功)이 떠올랐다.

'가엽사자후(迦葉獅子吼)!'

불문의 사자후를 진일보시킨 음공이다.

불문의 사자후는 일갈(一喝)에 중점을 둔다. 미혹한 자를 단번에 일깨우는 고갈(高喝)이다. 하나 가엽사자후는 편안함에 중점을 둔다. 미혹한 자를 부드럽게 일깨운다.

바로 할아버지, 무총주의 철학이다.

'할아버지?'

"도도혈(陶道穴)이 약하구나."

그녀는 두 번의 실수는 하지 않았다.

즉시 의념(意念)을 하나로 모았다. 내기는 화화구중과 빙정을 구분할 수 없을 정도로 뒤섞였다. 특정한 진기를 이끌 수 없다. 하지만 일단 도도혈에 심의를 모았다.

츠으으웃!

양강진기와 음유진기가 마구 뒤엉킨 채로 도도혈을 통과했다.

"승장혈(承漿穴)에서 분리하마. 쭉 이어가거라."

사약란은 안심하고 음성을 쫓았다.

뒤섞인 진기를 안심하고 이끌어 승장혈에 모았다. 그때!

파곽!

뒤섞인 혼합 진기 사이로 강력한 뇌기(雷氣)가 벼락같이 들이쳤다.

'후웃!'

그녀는 너무 놀라 비명을 토할 뻔했다.

이건 화화구중과 빙정을 분리하는 게 아니다. 두 진기를 아예 녹여 버리고 있다.

꾸르르룽! 꽈꽝! 꾸르르룽! 꽈아앙!

승장혈에 번개가 들이친다. 천둥이 울린다.

뇌기는 승장혈만 가격한 게 아니다. 염천혈(廉泉穴), 천돌혈(天突穴)…… 임맥(任脈)을 따라 쭉 내려갔다.

'할아버지! 할아버지!'

그녀는 급히 항거하려고 했다.

무슨 일인지는 모르지만, 뭐가 뭔지는 모르지만 우선 거부해야 될 것 같았다.

갓난아기를 발가벗겨서 뜨거운 욕탕에 집어넣으면 소스라치게 놀란다. 욕탕에 집어넣은 의도가 몸을 씻기려는 좋은 뜻이었다고 해도 몸이 적응되지 않은 상태에서는 놀랄 수밖에 없다.

그녀는 그런 생각까지 했다.

할아버지가 잘못 인도할 리 없어. 몸이…… 낯선 작용을 이해하지 못하는 거야. 뜨거운 물에 풍덩 던져졌을 때처럼.

'마음을 편히…….'

하지만 편하게 되지 않았다.

꾸르릉! 쫘앙!

뇌기는 기어이 단전까지 침입하여 거센 분노를 드러냈다.

꾸르르릉…… 꾸르릉……!

천둥이 멀어져 간다.

그녀는 손가락 하나 꼼짝하지 못한 채 멀어져 가는 뇌성벽력(雷聲霹靂)을 지켜봤다.

시간이 얼마나 지났는지 모르겠다.

잠시 깊은 잠을 잔 것 같은데…… 잠을 잔 것인지 혼절을 했던 것인지 구분이 가지 않는다. 엄청나게 뜨거운 기운이 몰려왔던 것까지는 기억나는데, 그다음은 캄캄한 어둠뿐이다.

'여기가 어디……?

아무것도 느껴지지 않는다.

화화구중의 뜨거움도 빙정의 차가움도…… 할아버지의 이글거리는 뇌기도 모두 사라졌다.

그녀는 자신의 육신도 느끼지 못했다.

손의 감촉, 다리의 감촉…… 코로 흡입되는 공기의 느낌마저 감지하지 못했다.

죽은 것인가, 산 것인가.

"운기를 멈추지 마라."

할아버지의 묵직한 음성이 들렸다.

운기 중이었나? 심의를 일으키지 않고도 운공할 수 있는 방법이 있나? 진기의 흐름을 감지하지 못하겠다. 어떤 진기를 어느 경론으로 몰아넣고 있나.

꽈앙! 꽈아앙!

백회혈에서 천둥소리가 울렸다.

생사현관(生死玄關), 임맥타통(任脈打通)은 진작 했다. 계야부에게서 빙정을 받아들일 때 인간으로서는 더 이상 완벽할 수 없는 절대지체(絶大之體)로 탈바꿈했다.

이제 와서 새삼스럽게 백회혈이 울어대는 이유는 무엇인가.

"으음……!"

그녀는 미약한 신음을 흘렸다.

자신의 음성을 자신의 귀로 들어서인가? 갑자기 세상이 환해졌다.

자신이 어디서 무엇을 하고 있는지 안다.

운공 중에 주화입마…… 그리고 할아버지의 등장!

몽롱하던 정신이 말짱하게 돌아왔다.

"운공에 집중하거라."

할아버지의 음성이 들렸다.

이번에는 제대로 들었다. 할아버지의 가엽사자후가 뇌리에 송곳처럼 틀어박혔다.

'운공…… 운공…….'

그녀는 주화입마를 떠올렸다.

그랬지. 전신진기가 폭주하여 제어할 수 없는 상태가 되었었지. 그때 할아버지가 도와주셨고…… 뇌기가 전신을 태워버릴 듯이 들이닥쳤지.

죽지 않았다는 것을 깨달았다.

기혈이 정상적으로 흐른다는 사실도 알았다.

그녀는 심력을 집중했다.

츠츠츠츠……!

전신에 무형의 기류가 흘렀다.

그렇다. 무형이다. 사약란 자신도 느낄 수 없을 만큼 투명하고 맑은 기운이 사지백해에 넘쳐흐른다.

화화구중은 없다. 빙정도 없다. 모두 녹아서 한 줌 물이 되었다.

투명하고 맑다. 느낄 수 없을 만큼 가볍다.

츠으으웃!

이원무극공은 사라졌다. 대신 일원무극공(一元無極功)이 탄생했다. 아니다. 형체도 잡을 수 없고, 느낌조차 주지 않으니 무원무극공(無元無極功)이라고 칭하는 것이 맞다.

그렇다. 무원무극공이다.

몸이 새털처럼 가볍다. 계곡에 흐르는 맑고 시원한 물을 들이켰을 때처럼 전신이 상쾌하다.

가슴이 답답하다거나, 머리가 묵직하다거나, 손발에 결림 현상이 일어난다거나, 아랫배가 더부룩하다거나…… 신공을 깨끗하게 마무리 짓지 못했을 때 나타나는 각종 현상도 보이지 않는다.

아주 좋다.

2

고우진은 밖에 펴놓은 평상(平床)에 팔을 베고 드러누워 따뜻한 양광을 즐기고 있었다.

부림주는 내키지 않는 걸음을 옮겼다.

사약란에 이어 단차를 확실히 제거해 줄 수 있는 유일한 자다.

그가 안선도라는 것이 확실하고, 이번 협상으로 자신의 입지가 상당히 좁아질 것이라는 것도 알지만 사약란…… 그녀 혼자 보낼 수는 없다.

기이하다. 왜 그녀를 이토록 생각하는 것일까? 마음속에 그녀를 심어놓기라도 한 것인가?

'말도 안 돼.'

그는 고개를 저으며 고우진에게 다가섰다.

그때, 추레한 노인이 그의 앞을 가로막아 섰다.

"기다리게."

노인이 다짜고짜 말했다.

"……?"

부림주는 노인을 쳐다봤다.

처음 보는 얼굴, 풍모…… 하나 절대기도가 물씬 풍긴다.

자신은 상대도 안 된다. 내단주나 외단주도 벅찰 것 같다. 정말, 정말 강한 고수다.

"누구십니까?"

"우리 여기 앉아서 싸움 구경이나 하세."

"네?"

"좋은 구경이 될 게야."

"저는…….."

노인은 부림주의 옷깃을 슬쩍 잡았다.

부림주는 몸을 빼려고 했다. 다가오는 손길을 봤고, 몸을 틀어 피해냈다.

한데 어느새 잡혀 있다. 뿐만 아니라 코끼리에게 질질 끌려

가는 듯 억센 힘이 끌어당기는 바람에 억지로 앉지 않을 수 없었다.

차앙!

같이 온 북지단 무인들이 위기감을 느끼고 검을 뽑았다.

무지한 자들…… 절대고수 앞에서 검을 뽑아 어쩌겠다는 건가.

부림주는 손을 들어 그들을 제지했다. 그리고 기왕 엎질러진 물, 편한 마음으로 노인 옆에 앉았다.

해를 끼칠 사람은 아니다.

무엇보다도 절대기도를 가진 노인이 누구인지 궁금하다.

그가 누구인지 알아내려고 머리를 쥐어짜 봤지만 떠오르는 인물이 없다.

현재 북무림에는 많은 무인들이 활동한다.

이번 무림공적 사건으로 중원 전역에서 내로라하는 고수들은 거의 들어와 있다고 봐도 과언이 아닐 정도다.

그런 만큼 낯선 무인이 나타난다고 해도 대수로울 건 없지만…… 그것도 무인 나름이다. 이 노인처럼 절대기도를 가진 자는 추적되고 있어야 한다.

만총림에는 이 노인에 대한 정보가 없다.

천하에 거미줄처럼 깔린 만총림의 눈을 피할 수 있는 자다. 피하려고 애를 쓴 것도 아니다. 노인은 당당히 활보하고 있지만 만총림이 그를 보지 못했다.

아니, 그를 봤어도 못 본 척했다.

그렇다. 이 말이 맞다. 노인은 만총림이 주시할 수 없는, 주시해서는 안 되는 특권을 가지고 있다.

노인을 주시하려면 자신이 일부러 지칭해서 명을 내려야 한다. 그렇지 않는 한, 만총림의 보고에 노인에 대한 글이 올라오지는 않을 것이다.

'무총 인물이다. 이만한 거물이라면…… 누군가?'

머릿속을 뒤지고 또 뒤져도 노인에 대한 단서가 잡히지 않는다.

그때, 노인이 말을 걸어왔다.

"만총림 부림주, 아닌가?"

"맞습니다."

"앉게. 앉아서 세상을 보게. 이 세상은 말이네, 인간의 한 근머리로는 움직일 수 없는 게 너무 많아."

"벌써 앉아 있습니다. 한데 뭘 봐야……."

부림주는 말을 마치지 못했다.

한눈에 봐도 매혹적인 여인이 평상을 향해 다가서는 게 보였다.

쉬익!

유유자적 양광을 즐기던 고우진은 불에 덴 듯 깜짝 놀라 일어섰다. 그뿐만이 아니다. 그는 평상에서 신형을 날려 뒤로 세 걸음이나 물러섰다.

"누구냐!"

그는 눈을 가늘게 뜨고 다가오는 여인을 노려봤다.

그는 이내 평정심을 되찾았다. 유들거리는 웃음도 다시 입가에 걸렸다.

그는 눈을 가늘게 뜨고 다가오는 여인을 노려봤다.

그는 이내 평정심을 되찾았다. 유들거리는 웃음도 다시 입가에 걸렸다.

아주 잠깐 깜짝 놀랐다.

낯선 기운이 불현듯 밀려왔다. 칼처럼 날카로워 감히 방심할 수 없는 기운이었다. 그는 자신도 모르게 벌떡 일어났을 뿐만 아니라 뒤로 물러서기까지 했다.

그때의 느낌은 오직 하나뿐이었다.

'강하다! 충분히 나와 필적한다!'

한데 돌아보니 그녀다. 붕지를 무너뜨렸을 때 다루에서 차를 마시던 여자.

그때도 아름답기는 했다. 하룻밤 가지고 놀 정도? 한데 지금은 완벽한 여인이 되었다.

그는 유들유들 웃으며 말했다.

"나한테 용무가 있어서 왔나, 아니면 내가 보고 싶어서 왔나?"

여인이 도발적이라고 할 만큼 붉고 아름다운 입술을 달싹거렸다. 그리고 옥구슬 굴러가듯 영롱한 음성이 흘러나왔다.

"전에 말했잖아, 너 죽어야겠다고."

"날…… 죽여? 하하하! 내 목숨이 마치 동네 강아지나 된 듯 말하는데…….”

“정말로 맞는 말만 하네? 맞아. 당신 목숨, 동네 강아지보다 못해.”

“허!”

고우진은 기가 막혀 헛바람을 토해냈다.

여인의 당돌한 모습이 재미있기도 하고 귀엽기도 하다.

여인은 사약란과는 또 다른 미(美)를 지녔다.

사약란이 만개한 아름다움이라면 여인은 이제 막 봉우리를 피우기 시작했다.

청순한 듯 요염하다. 맑아 보이는 아름다움이다.

여인은 정말 아름답게 변했다.

고우진은 팔짱을 꼈다.

송곳 같은 예기(銳氣)만 접했을 때는 깜짝 놀랐지만 상대가 누구인지 알게 되니 오히려 긴장이 풀렸다.

투살진기? 말만 들었지 어떤 무공인지는 알지 못한다. 한 번 알아보고 싶은 생각이 든다.

자신을 아무렇지도 않게 대하는 여인도 마음에 든다.

달짝지근해 보이는 입술을 달싹이는 것도 앙증맞다.

“날 죽이려는 이유가 뭔지는 알려줘야 하지 않나?”

“단차를 노리니까.”

“단차? 단차라…… 단차 이야기가 왜 나오지? 단차와 무슨 관계라도 되나?”

“맞아.”

“……!”

고우진은 또 한 번 놀랐다.

그가 알고 있기로 단차는 혈혈단신이다. 부모 형제는 물론이고 친척 한 명 없다.

이 정보는 안선에서 나왔다.

안선이 다른 건 몰라도 정보 제공 하나만큼은 기가 막힐 정도로 정확하게 해준다.

안선의 정보는 믿어도 좋다.

단차에게는 혈연적인 관계를 가진 사람이 없다. 하면……?

고우진의 마음을 짐작한 듯 여인이 방긋 웃으며 말했다.

“단차는 내가 점찍었어. 내 사람……. 그게 당신이 죽어야 하는 이유야. 내 사람을 해치려고 하잖아.”

“뭐라고? 둘이…… 그렇고 그런 관계?”

고우진은 두 번 놀랐다.

자신이 단차를 노리는 것은 오직 자신밖에 모른다.

이는 안선 대공의 명령이다.

대공이 왜 단차 같은 자를 주목하는지는 몰라도 그가 받은 밀지에는 분명히 단차를 제거하라는 명령이 기재되어 있었다.

자신은 이 사실을 누구에게도 발설한 적이 없다.

이 사실만은 밀지를 받을 때 자리를 함께했던 일교사조차도 모르는 내용이다.

한데 이 여인이 어떻게 알고 있을까?

자신이 북으로 이동한다는 사실만으로 추측해 낸 것일까?

두 번째는 단차와 여인의 관계다.

그는 단차라는 인물이 무림에 등장할 때부터 지금까지의 모든 역정을 알고 있다고 자부한다.

비화원주를 어떻게 누르고 북지단에 입성했는지 안다. 북지단 마방주를 어떤 식으로 제거했는지 안다. 자신이 붕지를 무너뜨릴 때 그는 살림을 무너뜨렸다. 그 과정에서 생사지경(生死之境)을 넘나들 만큼 상당히 위중한 부상을 입은 것도 안다.

그에 대해서 모든 것을 알고 있지만 여인과 접촉했다는 건 알지 못한다.

그것도 투살진기와?

그는 호기심이 부쩍 생겼다. 한데,

"자세한 건 알 것 없고…… 죽어만 줘."

여인은 정말로 자신의 목숨을 주머니 속에 든 과자 정도로 여기는 모양이다. 언제든지 마음대로 꺼냈다 집어넣었다 할 수 있는. 철없는 여인…… 도대체 자신을 마음대로 요리할 수 있다는 믿음은 어디서 나오는 것인가.

이건 웃을 수도 없고…….

'후후! 투살진기가 뭔지 궁금해지는군. 기대에 어긋나지 않았으면 좋겠는데 말이야. 솔직히 중원 무공…… 기대를 많이 했는데, 별 볼일 없었거든.'

그가 막 입을 열어 마음속 말을 하려고 할 때,

쒜엑!

여인이 불쑥 공격을 개시했다.

하얀 옥수(玉手)가 나비처럼 허공에 난무한다. 이리저리 빠르지는 않지만 현란하다. 실초와 허초가 난해하게 섞여 있어서 공격하는 듯하면서 물러서고, 뒤로 빠지는 듯하면서 다가온다.

이런 공격은 변화만 읽어내면 피하는 것은 어린아이 팔목을 비트는 것보다 쉽다.

"하하하! 성격도 급하군. 조금 더 이야기해도 되는데 말이야."

고우진이 여유롭게 웃음을 터뜨렸다.

하위미는 대답하지 않았다. 양손에 온 정신을 담아 천천히, 부드럽게 공격을 가했다.

쒜에에엑!

그녀의 옥수에 속도가 붙기 시작했다.

조금 빠르게, 조금 빠르게, 조금 더 빠르게…….

"후흐! 그래도 한 수는 있군. 공격이 여간 맵지 않아."

옥수는 속도를 더해갔다.

빠르게, 빠르게…… 빠르게!

고우진은 감탄했다.

빠름이라면 자신도 한 수 한다. 솔직히 누구에게도 양보할 생각이 없다. 붕지의 그 많던 인간들도 자신의 빠름을 잡지 못했다. 포위하고 돌진하고…… 별짓을 다했어도 옷깃 하나 스치지 못했다.

한데 환상적인 옥수가 멱살을 잡아챌 듯 달려든다.

쒜엑!

뺨을 스치고 지나갔다.

볼이 후끈거린다. 마치 따귀를 후려갈긴 듯한 느낌이 든다. 비록 맞지는 않았지만 맞은 것과 진배없다.

'계집이라고 얕봤더니!'

쒜엑!

옥수가 이마를 노리고 쏘아져 왔다.

번뜩! 하고 손 그림자만 봤다. 한데 벌써 머리를 가격당한 듯 전신에 소름이 쫙 끼친다.

'이거…… 고수다!'

고수인 줄은 알았다.

평상에 누워 있을 때 느꼈던 예기는 누구나 마음 내키는 대로 쏘아낼 수 있는 게 아니었다. 자신을 깜짝 놀라 일어서게 만들었으니 그 자체로도 고수라고 봐야 한다.

그런데 생각 이상으로 강하다.

기껏해야 붕지 정도 되지 않겠나 싶었는데, 훨씬 빠르고 강하다.

쒜에에엑!

옥수가 종이 한 장 차이로 옷깃을 스쳐 갔다.

전신이 짜릿하다. 단지 스쳐 지나간 것뿐인데 그녀의 옥수가 살에 닿은 것 같은 느낌이 든다.

싸움을 하다 보면 적의 공격을 종이 한 장 차이로 흘려보내는 건 다반사다. 여유가 넘쳐서 일부러 맞을 듯 말 듯 슬쩍슬

쩍 피하는 경우도 있다.

하지만 이번 경우는 다르다.

최선을 다했는데 그 결과가 종이 한 장 차이였다. 찰나만 늦었어도 가격을 당했다.

싸한 느낌이 전신을 스쳐 간다.

"후웁!"

고우진은 큰 숨을 들이켰다.

이젠 여유를 부릴 형편이 아니다. 이대로 피하기만 할 수도 없다. 지금 당장 전력을 다해 응수하지 않으면 정말로 꼴사납게 될지도 모른다.

"하하! 날 원망일랑 마라! 하늘 위에 하늘이 있으니!"

고우진은 즉각 빙령초혼마공을 끌어올렸다.

빙화참과 빙극검형의 합일체, 음과 양의 조화…… 오직 빙마지체관이 펼칠 수 있는 천고의 절학!

스스스슷!

차디찬 빙기가 피어나 전신 경맥을 보호했다. 얼음보다 딱딱하고 돌처럼 단단한 기운이 전신 요혈에 깃들었다.

스웃!

고우진은 가벼운 마음으로 손을 내밀었다.

옥수가 뻗어온다. 얼핏 봐도 두 가지에서 세 가지 정도의 변화를 머금고 손목을 잡아채 온다.

잡혀줄 생각이다.

옥수가 손목을 잡는 순간 결정타가 터진다. 빙령초혼마공의 빙기가 쏟아져 나갈 것이고, 철없는 아가씨는 얼음구덩이에 던져진 듯한 충격을 받을 것이다.

아! 죽일 생각은 없다.

여인은 매혹적이다. 이런 아가씨는 그냥 죽이기 아깝다.

여인은 강인한 몽골인의 아기를 가질 것이다. 아버지를 닮아서 심장이 차디찬 아들이 태어날 게다.

자신의 아기를 가질 만한 여자다.

스읏! 착!

아리따운 옥수가 손목을 잡아챘다. 순간!

"컥!"

고우진은 자신도 모르게 급한 단말마를 터뜨렸다.

머리끝부터 발끝까지 일직선으로 쫙 쪼개지는 느낌이 든다. 오장육부가 잘게 썬 육편이 되어 쏟아져 나가는 느낌도 든다. 온몸이, 온몸이 잘게 잘게 쪼개진다.

"커억! 꺼어어어억!"

고우진은 고통스런 비명을 토해냈다.

그가 생각한 대로 빙령초혼마공은 거침없이 쏟아져 나갔다. 다만 대상이 없을 뿐이다.

여인은 그의 손목을 잡자마자 곧 손을 뗐다. 꼬집는 듯 살짝 대기만 했을 뿐, 꽉 잡지도 않았다. 그리고 그 순간부터 빙령초혼마공이 급속도로 빠져나가기 시작했다.

"헉! 끄으으윽!"

고우진은 손목 태연혈(太淵穴)을 봉쇄하기 위해 안간힘을 다했다.

수태음폐경(手太陰肺經)으로 흐르는 진기를 차단해 봤다. 소용없다. 모든 진기가 태연혈을 향해 집중된다.

단전 진기를 풀어봤다. 빙령초혼마공을 산산이 흩트렸다. 소용없다. 자신의 의도와는 상관없이 진기가 최극성을 향해 치닫는다. 잠맥(潛脈), 세맥(細脈)에 있는 진기까지 모두 끌어모아 태연혈을 향해 치닫는다.

태연혈은 점점 넓어졌다.

처음에는 깨알만 한 구멍이 생긴 것 같았는데, 조금 지나자 단춧구멍만 해지더니 이제는 화등잔만 해졌다.

진기가 쉴 새 없이, 걷잡을 수 없이 빠져나간다.

"커억!"

고우진은 비명을 토해내며 왼손으로 오른손을 감싸 쥐었다.

어떻게 된 영문인지는 모르겠지만 이대로 당할 수는 없는 일, 팔목을 절단하려는 심산이다.

한데 그것마저 뜻대로 되지 않았다.

진기가 빠져나가는 오른팔은 통나무처럼 뻣뻣한데 왼팔은 묽게 쑨 풀죽처럼 말랑말랑하다.

'힘이…… 힘이 들어가지 않아!'

단 일 푼의 힘도 가해지지 않는다.

오른팔을 끊어야 한다는 생각이 가득한데…… 그가 할 수 있는 일이라고는 거친 숨을 몰아쉬는 것밖에 없다.

어떻게 이런 지경에 이르렀을까?

자신이 한 일이라고는 여인과 살짝 살을 부딪친 것밖에 없다.

여인의 옥수에 살이 닿기는 했지만 타격이 가해졌다거나 점혈을 당한 증상은 없었다.

옥수에 닿자마자 순식간에 이런 지경까지 치몰렸다.

'투, 투살진기…… 이것이 투살진기…….'

그는 이제야 비로소 그녀가 무림공적 중의 한 명임을 자각했다.

그녀는 무림공적이다. 단차처럼 무총의 총통기를 받았고, 일전을 벌였다. 그리고 살아남았다. 중원을 마치 자신의 집처럼 편하게 돌아다닌다. 그래도 어쩌지 못한다. 중원 땅에서 그녀를 제어할 사람은 없어 보인다.

그녀에게 이만한 무공이 있다는 것을 짐작했어야 한다.

'아!'

후회는 아무리 빨라도 늦는다고 했던가?

쿵!

고우진은 세상이 노랗게 물드는 것을 보면서 몸을 뒤로 뉘었다. 아니, 두 다리는 꼿꼿이 서 있고자 하나 몸이 버티지 못하고 뒤로 벌렁 드러누웠다.

진기가 거의 빠져나갔다.

이제 몇 줌의 진기만 빠져나가면 그는 기(氣) 없는 육신이 된다.

생기만 없는 게 아니다. 사기까지 없다.

시신은 사람들에게 끔직하다는 느낌을 안겨준다. 왠지 불쾌하고 쳐다보기 싫어진다. 아무리 다정다감했던 사람이라도 죽으면 스산한 귀기를 발산한다.

그런 느낌마저도 사라지는 것이다.

개나 고양이 같은 미물이 봐도 겁을 먹지 않는 살덩어리가 되어버린다. 어린아이가 서슴없이 다가와 아무런 느낌도 없이 밟고 지나갈 정도로 느낌을 주지 못하는 육신이 된다.

'훗!'

그는 웃고자 했다.

야망을 품고 중원에 나왔는데, 이토록 실없이 죽는 것인가.

웃음은 새어나오지 않았다. 웃음을 흘릴 만한 기력조차도 남아 있지 않았다.

그는 입가를 부들부들 떨다가 고개를 푹 떨어뜨렸다.

"봤는가?"

노인이 빙긋 웃으며 부림주를 쳐다봤다.

부림주는 너무 놀라 말문이 막혀 버렸다.

세상에! 이들…… 이들은 누구인가? 도대체 누구이기에 고우진을 단 일 수에 무너뜨리는가.

노인이 엉덩이를 툭툭 털며 일어섰다.

"단차에게서 손을 떼는 게 좋아."

"누, 누구십니까?"

"지금 자네는 잊고 있는 게 있어. 단차에게 일휘단주의 직위를 내린 사람이 누구인지. 허허! 어떻게 그런 사실을 잊을 수 있는가? 단차가 무슨 짓을 하던, 자네는 단차에게 어떤 짓을 할 위치에 있지 않다는 걸 왜 몰라?"

"노, 노인장! 누구십니까?"

부림주는 부들부들 떨면서 물었다.

이제야 노인의 정체를 알겠다.

언제부터인가 무림에 일노일소가 떠돌고 있다. 한 명은 노인이고, 한 명은 앳된 소녀다.

문제는 그 소녀다. 서지단으로부터 총통기를 받은 무림공적, 투살진기다.

아니다. 아니다. 문제는 노인이다.

노인은 중원 무인들이 감히 곁에 다가서지도 못할 정도로 절대무학을 지녔다. 기도만으로 살수를 제지시키고 길을 열게 하는 무쌍의 위엄을 지녔다.

노인은 동정호의 오대고수 중 한 명이다.

'염라왕야!'

부림주는 노인의 정체를 읽었다. 고우진을 단 일 수에 무너뜨린 투살진기도 봤다.

그는 이들에게 어떤 짓도 할 수 없다.

우선 무공으로 상대할 수 없다. 배분으로 억누를 수도 없다. 만총림 부림주라는 직위도 보잘것없다.

노인은 무총의 주인인 총주의 벗이다.

총주에게 패하여 동정호 비궁을 지켜왔지만, 그 패배가 단

반 초 차이라는 것은 세상이 다 안다. 지금 다시 겨룬다면 승부가 어떻게 될지는 아무도 모른다. 반 초 승부라는 것은 언제든지 뒤집힐 수 있는 것이니까.

"쯧! 총주가 단차의 직위를 박탈하지 않는 이상 그는 지금도 무총 북지단의 단주일세. 그가 북지단을 벗어나고 안 벗어나고는 중요하지 않아. 북지단에서 총통기를 내리든, 그놈이 개방을 싹쓸이하든…… 그는 여전히 무총의 사람인 게야."

부림주는 아무 말도 하지 못했다.

이것은 무림의 율법이 아니다. 비정한 정치 세계다.

자신은 무림의 율법을 고집했고, 실행에 옮겼다. 이것은 정당했으면 무총주라도 인정해야 할 사안이다. 아무리 궤변을 늘어놓아도 사마가 정의로 둔갑할 수는 없다.

개방도를 죽인 단차가 무총 사람이다?

하면 앞으로 무총은 어떻게 처신해야 한단 말인가. 개방에게는 무어라고 말할 것이며, 그를 죽이고자 모여든 수천 군웅에게는 무슨 말을 할 것인가.

올바른 말을 해야 한다.

단차는 무림공적이며, 제거 대상이라고 말해야 한다.

한데 염라왕야는 정치를 말하고 있다.

모든 사람들의 이목을 속이는 한이 있어도 단차를 보호해야 한다고 말한다.

그랬던 것인가. 안선을 그토록 없애고 싶었던 것인가? 이것이 총주의 뜻인가?

‘후후! 내 목숨이 위태롭게 생겼군.’

그는 비칠거리며 일어섰다.

“만총림은 천재들만 모아놨다고 들었는데 그렇지도 않은 모양이에요? 그렇죠, 할아버지?”

투살진기 여인이 다가와 비웃었다.

“쯧! 꼭 그렇게 아픈 데를 긁어야 쓰겠누.”

“이런 게 재미죠.”

“못된 것 하고는…….”

“풋! 가요.”

“너도 당했구나, 흡인신공에.”

“약간요. 빙령초혼마공…… 두 번 다시는 상대하기 싫어요.”

“가자. 한 사나흘 쉬어야겠다.”

노인이 여인의 명문혈을 툭툭 두들겼다.

여인의 얼굴은 파리하게 질려 있었다. 입술도 한파에 꽁꽁 언 것처럼 하얗게 탈색되는 중이었다.

노인의 손길은 효험이 있었다.

여인의 얼굴에 금방 화색이 돌았다.

“반 초 승부라고 생각했는데 정말 반 초 승부였어요.”

“넌 이겼으니 아는 것이고, 저놈은 죽었으니 모르는 게지. 그러니 반 초든 일 초든 이겨야 하는 게다.”

“이겼잖아요.”

“이 할아비가 없었다면 너도 진 게야. 동귀어진(同歸於盡)은 항상 경계해야지.”

“어휴! 알았어요! 잔소리 좀 그만해요.”

부릍주는 티격태격 말을 주고받는 두 조손을 보면서 아무 말도 하지 못했다.

투살진기는 강하다. 아주 강하다.

고우진은 단차를 죽일 수 있는 자인데, 그런 그를 반 초 차이로 죽였다.

그녀라면 사약란도 죽일 수 있을 것이다.

하나 그녀는 무총 총주의 손녀다. 그렇기 때문에 직접 죽일 수는 없다.

노인이 자신을 가로막아 선 것은 사약란을 만나 전에 했던 부탁을 취소하라는 무언의 협박을 하기 위해서다. 뿐만이 아니다. 북무림 삼대문파를 철수시키고, 내단과 외단도 뒤로 빼라는 아주 강한 압력을 남겨놓았다.

단차는 무총주가 임명했고, 아직 직위 해제 명이 떨어지지 않았다.

이것보다 명확한 이유는 없을 것이다.

‘난…… 여태껏 뭘 한 거지?’

그는 피식 웃었다.

세상이 만만하게 보였는데…… 그러고 보니 비목대주는 정말로 세상을 읽을 줄 아는 것 같다. 그러니 그토록 도움의 손길을 요청했는데도 눈썹 한 올 깜빡이지 않은 게지.

그는 죽은 고우진을 힐끔 쳐다본 후, 발길을 돌렸다.

스슷! 슷!

두 개의 검은 그림자가 민첩하게 달려와 고우진 옆에 섰다.

한 명은 고우진을 지나쳐 앞쪽을 경계했고, 또 한 명은 고우진 옆에 한쪽 무릎을 꿇고 앉아서 맥을 잡았다.

"투살진기는 정말 놀랍군요. 빙령초혼마공은 살아 있는 생명체나 마찬가지인데 이렇게 맥없이 당하다니."

"쿨룩! 죽었는가?"

그들보다 서너 호흡 늦게 나타난 괴인이 물었다.

머리부터 발끝까지 검은 장포를 뒤집어쓰고 있어서 용모를 알아보기가 힘들었다.

하지만 어느 정도 체격은 짐작할 수 있다.

장포를 뒤집어쓴 모습이 긴 장대에 보자기를 덮어씌운 것 같은 느낌을 준다.

키가 상당히 크고 말랐다.

음성은 가뭄에 타들어가는 논처럼 쩍쩍 갈라진다.

윤기없는 음성으로 미루어 기력이 쇠잔한 사람이라는 걸 짐작할 수 있다.

"죽었습니다."

맥을 짚은 자가 대답했다.

"쿨룩! 쿨룩!"

장포를 입은 자가 거센 기침을 토해냈다.

그러자 맥을 짚고 있던 자가 벌떡 일어나 옆으로 물러섰다.

장포를 입은 괴인이 다시 맥을 잡았다.

"쿨룩! 쿨룩! 쿨룩!"

괴인은 연신 기침을 쏟아내면서 고우진의 눈꺼풀을 뒤집어 보기도 하고 입을 열어 혓바닥을 살피기도 했다.

"쿨룩! 쿨룩!"

괴인이 거센 기침을 토해내며 일어섰다.

물러서 있던 자가 재빨리 다가와 고우진을 안아 일으켰다.

장포를 입은 괴인이 몸을 돌려 사라졌다.

다른 두 명도 그 뒤를 따라갔다.

저벅! 저벅……!

두 사내가 다가와 고우진이 누워 있던 평상에 앉았다.

"죽었을 겁니다."

머리가 무척 크고 몸집 또한 우람해 보이는 자가 말했다.

사교사다.

"죽었겠지."

일교사, 그는 고우진이 쓰러졌던 자리를 유심히 쳐다보며 말했다.

"아무리 대공이라도 이번에는……."

"대공은 불가능을 모르는 분이시지."

"아니, 그럼! 죽었던 놈을 되살리기라도 하신단 말입니까!"

"우리 내기 해볼까? 난 고우진이 멀쩡한 모습으로 다시 나타난다에 이 중원을 걸겠네."

"허! 그것참……."

사교사는 할 말을 잃어버렸다.

일교사가 이토록 일말의 여지조차 없이 확신한다면 그 일은 이미 완성된 것이나 다름없다.

죽은 고우진이 되살아난다.

물론 여기서 되살아난다는 것은 빼앗겼던 전신진기도 온전하게 복구되는 것을 의미한다.

이건 불가능하다.

투살진기에 의해 진기를 빼앗긴다는 것은 흡정마공 정도로 진기 몇 푼 잃는 것과는 차원이 다르다.

진기가 복구될 수 없도록 완전히 분해되어 날아간다.

텅 빈 허공 속으로 마구 뿜어져 나간다.

이를 되돌릴 방법은 없다.

투살진기를 얻어맞고 죽은 놈은 뼈마디에 살가죽을 덮어놓은 것이나 다름없게 된다.

그런 자를 되살린다고 해서 예전의 무위를 되찾는 건 아니다.

고우진은 되살아날 수 있다. 하나 그가 지녔던 빙령초혼마공은 이미 사라지고 없다. 빙마지체도 이미 깨졌다. 그가 되살아난다는 것도 기문이지만, 설혹 그렇더라도 무공을 전혀 쓰지 못하는 폐인에 불과하다.

그런 자를 대공은 멀쩡히 고쳐 놓는단다.

대공의 능력은 어디까지가 한계란 말인가.

"전 이해할 수 없는 게…… 고우진 저놈은 이교사가 만든 창조물 아닙니까. 이교사와 북해빙궁주가 짝짜꿍되어서 괴상한 짓을 한 덕분에 저놈이 탄생한 건데…… 대공이 왜 저놈을 주시하는지 도무지 이유를 모르겠어요."

"그런가?"

일교사는 사교사의 말을 귓가로 흘려들으며 일어섰다.

그는 고우진이 쓰러졌던 곳으로 가서 주위를 살폈다.

흙에 서리가 맺혀 있다.

한겨울, 깊은 추위 속에서 한 층씩 차곡차곡 쌓이는 서리가 벌건 대낮에 돗자리처럼 퍼져 있다.

빙령초혼마공은 분명히 깨졌다.

고우진의 몸속에 깃들어 있는 빙기가 모두 흘러나와 주변을 오염시키고 있다.

일교사는 대공의 능력을 의심하지 않으면서도 이런 자까지 살려낼 수 있다는 데 회의감이 드는 것은 어쩌지 못했다.

'정말 대공은 신이란 말인가.'

그의 입가에 푸석푸석한 웃음이 걸렸다.

세상은 참 얄미운 구석이 많다.

천재란 놈들도 얄미운 것들 중의 하나다.

보통 사람들이 몇 날 며칠 동안 밤잠을 자지 않고 끙끙거리면서 학업에 몰두한 것을 천재란 자는 슬쩍 흘겨본 것만으로도 머릿속에 담아버린다.

학업에 열중해서 뭐 하나 하는 생각이 절로 들게 만들 때다.

그런데 그런 천재조차도 기가 질리게 만드는 인간이 있다.

전지전능(全知全能), 못하는 게 없는 인간이다.

그런 인간과 함께 있으면 인간이 아니라 신과 함께 있다는 생각이 든다.

신은 인간을 숨죽이게 만든다.

그 앞에서는 말 한마디, 행동 하나도 자유롭게 할 수 없다. 죽으라면 죽고, 살라면 살아야 한다. 아무런 선택도 할 수 없고, 생각의 자유마저 박탈당한다.

그렇게 인간은 길들여져 간다.

하루를 같이 있으면 육신이 갇히게 되고, 한 달을 같이 있으면 영혼이 갇히게 되며, 일 년을 같이 있으면 숨조차 허락받고 쉬어야 하는 처지가 된다.

교사들은 대공의 노예가 되었다.

무총의 무인들도 마찬가지다. 그들은 무총주를 신처럼 떠받든다. 안선도가 대공의 말 한마디에 목숨까지 내던지는 것이나 조금도 다를 바 없다.

분명한 것은 무총주나 대공이나 신이 아니라는 것이다.

그들은 단지 강할 뿐이다.

무공을 모르는 사람들에게는 자신들도 신이 된다.

그들 앞에서 신법 하나만 펼쳐 보여도 입을 쩍 벌리고 어쩔 줄 몰라 한다.

그와 같은 이치다.

자신들은 대공이 아는 걸 모르는 것뿐이다.

대공의 절학이 한 수 뛰어난 것일 뿐, 결코 신이 아니다.

대공이 진정 신이었다면 지금 세상은 안선도의 세상이 되어 있어야 한다. 무총주를 썩은 무 베듯이 베어버리고 세상을 호령하는 위치에 있어야 한다.

그러지 못하고 있지 않은가.

무총 총주나 대공이나 검에 심장이 베이면 피를 토하고 죽는 인간이다.

'대공…… 그 아이…… 잘 살려보시오.'

일교사는 웃었다.

진정한 책사는 주인을 부릴 줄 알아야 한다. 주인의 무궁무진한 힘을 좌지우지하다 보면 언젠가는 세상 전체가 자신의 뜻대로 움직이고 있다는 것을 알게 될 것이다.

그때까지 부복한다. 노예처럼, 숨조차 못 쉬는 미천한 인간처럼 엄청난 힘에 굴복하는 척한다.

'그러나저러나 껍데기뿐인 인간을 살린다는 건 정말 대단한 일이야. 빙령초혼마공까지 되살려 놓는다면…… 내가 생각한 것토다 훨씬 무서운 사람이라는 뜻이겠지.'

그는 일어섰다.

"가세. 투살진기의 실체를 알았으니 오늘은 소득이 꽤 좋아."

"솔직히 전 지금도 모르겠습니다."

"그런가?"

"투살진기는 실현 불가능한 무리(武理)인데……."

"허허허! 그런 거라네. 실현 가능한 것만 찾는 것은 예상되는 일만 한다는 뜻이지. 실현 불가능한 것, 예상하지 못한 일을 할 때에서야 비로소 뒤통수를 칠 수 있는 법이지."

일교사는 쓴웃음을 지어 보이며 걸어갔다.

第百十四章
조종(弔鐘)

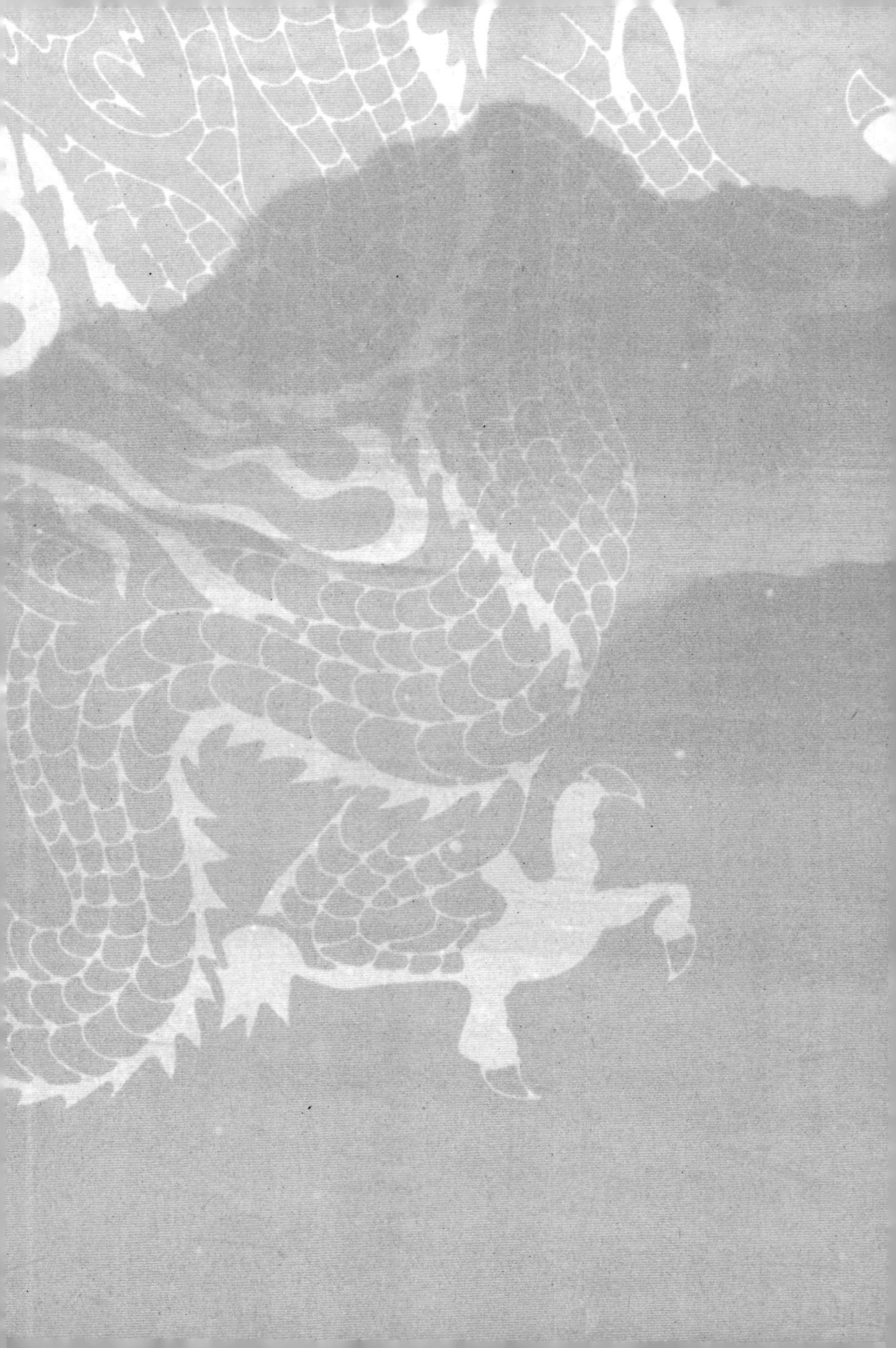

“단차에게서 손을 떼거라.”

“할아버지!”

“칠살문이 문제라면 돌봐주마. 그들이 어떤 일을 하건 아무런 해도 입지 않을 것이다. 북지단은 물론이고 종남, 화산, 공동…… 이들도 손을 못 댈 게다. 약속하마.”

사약란은 할아버지의 얼굴을 물끄러미 쳐다봤다.

할아버지는 허언을 하지 않는다.

말이 없는 편도 아닌데, 입 밖으로 나온 말은 모두 지킨다.

칠살문을 지켜주겠다는 말은 허언이 아니다.

이제 그들의 안위는 보장되었다. 무림공적이라고 선포되었지만 그래도 안전할 것이다.

할아버지가 직접 언급한 이상 그들은 살인이 아니라 그보다 더한 짓을 저질러도 무사할 수 있다.

그러나 바로 그렇기 때문에 할아버지의 도움을 받을 수 없다.

할아버지는 무총 총주의 신분이다.

무총 총주가 칠살문을 비호한다면 문제가 매우 심각해진다.

자칫 세상 사람들에게 안선을 제거하기 위해 혈안이 되어 있는 것처럼 인식될 수 있다. 안선만 뿌리 뽑는다면 성인군자가 되었든 누가 되었든 용서하지 않고 처단한다는 인상이 심어진다.

무총이 정의의 집단에서 냉혹하고 잔인한 집단으로 변모하게 된다.

목적을 위해서는 살수도 쓴다. 민중을 위해 억만 냥을 베푼 군자라고 해도 안선과 연결되면 여지없이 죽는다. 무림공적 같은 건 없다. 그들은 안선을 죽였을 뿐이다.

더욱 심각한 것은 칠살문과 단차가 서로 연결되어 있다는 점이다.

단차는 개방 타구진을 깼다. 개방도를 도륙했다.

이미 개방과는 철천지원수가 되었다.

대문파인 구파(九派)는 개방과 호흡을 같이할 것이고, 오대세가 역시 구파일방과 손을 잡을 것이다.

그들은 단차를 공격한다.

한데 이 시점에서 무총이 단차마저 보호한다면 어찌 되는가.

무총의 힘이 아무리 거대해도 중원 전체가 등을 돌린다면 그 싸움을 이기기 어렵다. 더군다나 일이 그 지경까지 되면 지금까지 숨죽이고 있던 안선도 일어설 것이다. 어쩌면 구파일방과 손잡고 무총을 정면으로 들이받을 게다.

작은 불씨가 무총을 불태우리라.

사약란은 고개를 살래살래 흔들며 말했다.

"칠살문은 무림공적이에요."

"허허! 그보다 더해도 안위는 보장해 줄 수 있다. 믿거라, 이 할아비의 말을."

"물른이에요. 할아버지께서 그리 말씀하시면 보장될 거예요. 전 감시…… 무림 정의를 표방하는 무총이 어떻게 무림공적을 징치하지 않을 수 있을까 하고 생각해 봤어요."

"허허허! 날 무총 총주로만 보는 게냐? 허허허! 무총 총주이기 이전에 네 할아비라는 생각은 안 해본 게냐?"

"할아버지!"

"누가 감히 내 손자새끼를 곤란하게 해! 안 그러냐? 허허허!"

"할아버지, 아무리 그래도……."

"이런 일은 네가 나서는 것보다 내가 처리하는 게 깨끗해. 걱정 말거라. 모두 다 잘 마무리될 게다."

"단차는 어떻게 하시려고요?"

"그놈? 허허허! 조금 더 지켜보자꾸나. 하는 짓이 꽤 귀엽지 않냐? 허허허!"

할아버지는 기분 좋은 듯 웃었다.

'아냐. 뭔가 다른 게 있어.'

손녀로서의 생각은 아니다. 수년간 서지단 군사로 무림을 꿰뚫어 본 경험이 그런 말을 해준다.

"단차라는 사람, 너무 무모하지 않나요?"

"마음에 들지 않느냐?"

"그런 말이 아니라…… 사람이 너무 거친 것 같아요. 무슨 일을 저지를지도 모르겠고."

"이 할아비가 알아서 하마."

무총주는 사약란의 말을 근원적으로 잘라 버렸다.

당신이 알아서 한다는 말처럼 무섭고 강력한 말은 없다. 그런 말에는 이의를 제기할 수 없다. 부연 설명도 필요없다. 할 수 있는 것은 오직 하나, 손 떼고 물러서는 일뿐이다.

"네. 그럼 할아버지 말씀대로 단차는 상관하지 않을게요."

"그래. 그리고…… 네가 해줘야 할 일이 있다."

"말씀하세요."

"무총으로 가라."

"……?"

"무총에 준비를 시켜놨다. 이 할아비의 연공실에 들어가서 백일연공을 하거라."

"연공이요?"

"허허허! 연공이 끝나면 정식으로 무총주의 직위를 이양해 주마."

"할아버지! 안 돼요! 그건 오라버니가……."

"허허허! 네 오라비에게는 다른 일을 부탁했다. 무총주에 버금가는 중대한 일. 허허! 꽤 만족해하더구나."

"예?"

"우선은 무공 수련에 집중해라. 나머지는 서서히 알게 될 터이니 조급해하지 말고. 허허허!"

무총주는 기분 좋게 웃었다.

사약란은 할아버지가 떠나자마자 즉시 가부좌를 틀고 앉아 운공조식을 취했다.

츠츠츠츠츳!

무형의 기류가 막힘없이 흐른다.

한데 이 기류…… 그녀도 알지 못하는 진기다.

화화구중의 포근함이 사라졌다. 옷깃을 여밀 정도로 서늘한 날씨에도 화화구중만 한 바퀴 휘돌리면 온몸이 따뜻하게 녹았는데, 그런 느낌이 없다.

빙정의 서늘함도 사라졌다.

빙정 덕분에 한여름을 시원하게 보냈다. 푹푹 내리쬐는 오뉴월의 태양도 빙정 진기를 휘돌리면 차가운 물에 발을 담든 듯 온몸이 시려왔다.

화화구중과 빙정은 몸 밖에 나가면 이글거리는 태양이 되고, 맨살을 꽁꽁 얼리는 한설(寒雪)이 되지만 진기로써 운용될 때는 순한 양처럼 약간의 기운만 풍겼다.

그런 기운들이 일시에 사라졌다.

대신 투명하리만치 맑고 담담한 진기가 흐른다.

진기의 성질도 감지하지 못하겠다. 뜨겁다거나 차갑다는 느낌이 없고 무미건조한, 마치 말랑말랑한 묵 덩어리가 흘러가고 있다는 느낌만 든다.

이 성질을 알기 위해서는 무공을 사용해 봐야 한다.

한 가지 무공만 써서도 안 된다. 양강지공(陽剛之功), 음한지공(陰寒之功)을 모두 사용해 봐야 한다.

츠으으읏!

진기가 임독맥을 관통했다. 사지백해로 흘러들어 전신 기운을 충만케 했다.

이런 것은 아무래도 상관없다.

그녀는 진기를 운공하면서 단차에 대한 생각을 떠올렸다.

이것은 굉장히 위험한 시도다. 방금 전에 이러다가 주화입마를 겪었다. 다행히 그때는 할아버지라도 있었지만 지금은 주위에 아무도 없다.

'단차…… 단차……'

웬일일까? 가슴을 먹먹하게 만들던 그리움이 사라졌다.

그리움? 생각을 하고 보니 어색하다.

그리움을 말할 수 있는 관계도 아니다. 낯선 자다. 휘장으로 가려진 침상 너머에 있어서 얼굴조차 보지 못했다. 그런 자를 그리워하고 있었단 말인가?

그리움이라고 말할 수는 없지만 그를 냉정하게 죽일 수 없었던 것만은 사실이다.

운공 중에 그를 생각했기 때문에 주화입마에 걸린 것이 아니다. 그를 죽일 수 없다는 답답함이 전신을 짓눌렀다. 바로 그런 마음이 심마(心魔)를 불러일으켰다.

한데 그런 마음이 들지 않는다.

화화구중과 빙정의 기운만 사라진 것이 아니라 단차에 대해서 느끼던 미묘한 감정도 사라졌다.

할아버지가 운공을 도와줄 때, 이런 점을 감지했다.

할아버지 앞에서는 내색하지 않았지만 한시라도 빨리 확인하고 싶었다.

운공을 하고, 단차에 대한 생각을 했다. 그 결과는 생각했던 대로 감정이 일어나지 않는다는 것이다.

호감을 느꼈던 사람이 한순간에 말끔히 잊히는 경우다.

말도 안 되는데 그런 일이 벌어졌다.

할아버지는 단순히 주화입마에서 빠져나오게 도와주기만 한 게 아니다. 화화구중과 빙정을 완전히 녹여 버렸고, 그녀의 마음까지 세심(洗心)시켜 버렸다.

상단전, 중단전, 하단전에 순백의 기운만 남았다.

무총에 가서 연공하라는 무공과 연관이 있을 게다.

할아버지의 무공은 구결을 안다고 해서 누구나 수련할 수 있는 무공이 아니다.

조부의 무공은 심공부터 시작한다.

내공 성취도가 오성을 넘지 못한 상태에서 초식을 전개하면

필히 주화입마에 걸린다.

할아버지는 무조건 가서 백일연공을 하라고 하셨다.

구결을 알지 못하나 이미 초식을 수련할 정도의 내공 기반은 닦여 있다는 뜻이다.

그런 작업이 마음에도 영향을 미쳤다.

그녀는 운공을 계속하며 다른 사람을 떠올렸다.

'오라버니……'

자신에게 지대한 영향을 끼치는 사람이다. 어떤 면에서는 계야부보다도 더 깊이 자극을 준다고 할 수 있다.

오라버니의 영상이 떠오른다.

웃는 모습, 말하는 모습, 걷는 모습, 무공을 수련하는 모습……

그중에 어떤 것도 달라 보이지 않는다.

이번에는 계야부가 남긴 혈족(血族), 칠살문을 떠올렸다.

세상에 시각랑이 수도 없이 많지만 그녀가 챙겨야 할 시각랑은 칠살문뿐이다.

부사영, 고봉, 갈조기……

한 명, 한 명 얼굴이 떠오른다. 그들의 행동과 말투와 습관들이 병풍처럼 나열된다.

자신이 생각하고 있는 모습과 다르지 않다.

어떤 사람이 특별히 밉다거나 좋아졌다거나 하는 감정의 변화가 생기기 않았다.

오목, 사색신녀, 일력광겸, 사사표풍…… 자신이 알고 있는 모든 사람을 떠올려 봤다.

그녀는 운기를 풀고 눈을 떴다.

'단차…… 단차에 대한 감정만 변했어!'

강력한 끌림이 사라졌다!

차가운 바람이 분다.

그녀는 날이 저물고, 밤이 깊도록 자리를 뜨지 못했다.

왜 단차에 대한 감정만 변했을까?

북지단에 가서 그를 만나고 나온 날, 강렬한 친근감을 느꼈다.

단순한 호기심이 아니었다. 그와 계속 이야기를 나누고 싶고, 차도 같이 마시고 싶고…… 에둘러 말하지 않고 정곡을 찌르자면 그의 곁에 있고 싶다는 느낌이었다.

그런 마음이 너무 미안해서 오열했다.

죽은 계야부에게 너무 큰 죄를 짓는 것 같아서, 마음이 흔들리는 자신이 미워서 울음을 펑펑 쏟아냈다.

그리고도 마음을 깨끗하게 비우지 못했다.

단차는 여전히 다정하게 생각되었다. 그는 싸늘함만 풍기고 있는데, 자신의 마음은 그를 향해서 달려간다. 마치 숙명이었던 것처럼, 전생의 인연을 만난 것처럼…… 자석처럼 빨려 들어갔다.

한데 그런 모든 감정이 사라졌다. 정말 거짓말 같게도 일순간에 싹 사라졌다.

'할아버지가 준 내공…… 내공의 변화가 관계있을 거야.'

지금으로서는 그렇게밖에 생각할 수 없다.

한데 그렇게 생각하고 보니 또 이상한 점이 생긴다.

단차에 대한 감정이 내공의 변화로 사라졌다면…… 애초에 그에게 느꼈던 끌림 또한 내공 때문이라는 결론에 이른다.

정말 말도 안 되는 이런 일이 가능한 건가?

가능하다. 계야부와 그랬으니 단차하고 그러지 말란 법은 없다.

이번에는 어떤 내공이 영향을 끼쳤을까?

화화구중? 아니면 빙정?

둘 중에 어떤 것이 자석처럼 그를 끌어당겼을까? 아니면 반대로 자신이 끌려간 것인가?

계야부와 아주 흡사한 상황이다.

양의 기운인 화화구중이 음의 정화인 빙정을 그리워하는 심정…… 지금에서야 말할 수 있지만 자신과 계야부가 급속도로 가까워진 이면에는 무언가가 있었다. 자신들도 알지 못하는 사이에 심어진 두 영물이 서로를 끌어당겼다.

사실 이런 말들은 두 사람의 사랑에 먹칠을 하는 것과 다름 없다. 하지만 두 영물의 효험을 보지 않았다고 자신있게 말할 수도 없다.

단차의 내공을 살펴볼 필요가 있다.

그도 계야부처럼 빙정 같은 영물을 지녔을 게다.

"지통!"

“넷!”

왼쪽 숲, 바위가 잠깐 들썩였다.

“바쁘게 왔다 갔다 해야겠어요. 괜찮겠어요?”

“말씀하시죠.”

“할아버지께서 칠살문을 어떻게 처리하시는지 살펴봐 줘요.”

“예?”

“생각 같아서는 살림까지 살펴봐 달라고 말하고 싶은데, 둘을 동시에 살필 수는 없겠죠?”

있다. 지통은 할 수 있다. 그에게는 또 다른 발이 있다. 어둠 속에 꼭꼭 숨겨놓고 드러내지 않는, 이 세상에서 오직 자신밖에 모르는 또 다른 발이 있다.

사약란은 그 발을 움직이고 싶었다.

“제가 몸이 두 개인 것도 아니고…….”

지통은 거절했다.

“알았어요. 칠살문만 살펴봐 줘요.”

“개방은 어찌할까요?”

“그것도 함께 살펴봐 줘요. 누가 어떤 식으로 움직이는지 소상히 알려줘요.”

“또 다른 분부는?”

지통은 큰일도 아니라는 듯 대수롭지 않게 말했다.

사실 이건 굉장히 위험한 일이다.

개방은 북무림에 퍼져 있는 전 개방도를 이용하여 칠살문에 대한 소식을 차단하고 있다.

칠살문을 세상으로부터 숨기기 위한 사전 작업이다.

그들이 속여야 할 사람은 북지단과 북무림이다. 북무림에 있는 모든 무인들의 이목을 속이고 칠살문을 숨겨야 한다.

굉장히 고단한 작업이다.

개방은 이 일을 순순히 실행하고 있다.

이유는 뻔하다. 이번 일을 기화로 무리한 부탁을 해올 게다. 문행개와 협정을 맺었지만 칠살문을 숨기는 시점에서 모든 협정은 무효화된다고 보는 편이 낫다.

한데 할아버지도 가세했다.

걱정하지 마라!

그 말은 개방이 하는 일도 걱정하지 말라는 뜻이다.

개방이 한발 앞서서 칠살문을 움직이고 있지만 할아버지가 나선 이상 그들 몫은 없을 것이다.

지통이 살피려는 일이 바로 이것이다.

할아버지가 어떤 식으로 개방을 떼어놓느냐 하는 것. 무총을 정면에 등장시키면 구파일방을 적으로 돌리겠다는 뜻이고, 암암리에 빼돌리면 한숨 돌리게 된다.

지통이 이런 판을 기웃거리다가 못 볼 것을 보기라도 하는 날에는 목숨이 위태롭다.

다른 사람이라면 걱정하지 않는다. 할아버지이기에 걱정한다.

사약란은 지통을 보며 말했다.

"항상 도와줘서 고마워요."

"천만의 말씀."

지통이 씩 웃으며 사라졌다.

그녀는 분주로 발길을 옮겼다.

할아버지는 단차를 놓아두라고 했지만 그럴 수 없다. 그를
정면에서 마주 바라볼 생각이다. 그런 상태에서 감정의 변화
가 어떻게 흐르는지 살펴봐야겠다.

'이 일이 먼저야.'

2

"석두개가…… 그 돌머리가…… 죽었단 말이냐."

천우개의 눈에서 굵은 눈물이 뚝뚝 흘러내렸다.

무행개가 주류를 이루다시피 하는 개방에서 문행으로 구걸
을 해먹고 산다는 것은 버거운 일이었다.

우선 동조해 주는 사람이 없다.

개방도들은 시(詩)나 서(書)를 이야기하면 고개부터 내젓는
다.

누가 걸인이 아니랄까 봐 배부르고 등 따시면 잠이나 퍼질
러 잘 줄 알지 글 한 줄 읽을 생각을 하지 않는다. 장래가 창창
한 백의개부터 살 만큼 산 장로들까지 한결같이 그런 꼴이다.

개방은 썩은 무 밭이다.

생각이란 건 아예 없고, 하루 빌어서 하루 만족하면 가장 행

복한 줄 안다.

그런 돌머리들 틈에서 문행개를 만났다.

세상을 오시할 정도로 학식이 높기에 온갖 것 다 버리고 걸인의 생활에 뛰어들었다.

그를 만나면 죽은 친구를 만난 것처럼 반갑다.

밤새워 술을 마셔도 취기가 돌지 않는다. 입이 아프도록 떠들어대도 질리지 않는다. 하루 종일 시를 읊어도 중복되는 시가 없을 정도로 박학하다.

그런 친구가 죽었다.

"강룡십팔장을 썼는데…… 일초에 무너졌단 말이지."

"네. 의살이라고는 하는데…… 저희가 보기에는 강룡십팔장 같았습니다. 분타주님이 펼친 것을 보고 그대로 흉내 낸 게 아닐까 싶을 정도로 똑같았어요."

"그럼 뒤늦게 쳤단 말이냐?"

"네."

"석두개가 먼저 치고 놈이 나중에 쳤어?"

"네."

"그런데도 석두개가 당했어? 강룡십팔장으로? 자기가 먼저 쳐놓고 나중에 친 놈한테 맞아 죽었어?"

"네."

천우개는 손을 들어 머리를 짚었다.

갑자기 두통이 물밀듯이 밀려온다. 관자놀이가 바늘로 쿡쿡 찌르는 것처럼 아프다.

'미련곰퉁이 같은 놈! 어찌 강룡십팔장으로 당해! 그러게 정신 차려서 무공 좀 익히라니까! 썩을…… 썩을 놈!'

욕이 마구 쏟아져 나오려고 했다.

눈물이 주르륵 떨어진다.

한평생 이리 살다가 거의 비슷한 시기에 앞서거니 뒤서거니 떠나갈 줄 알았는데, 이리 빨리 가버리다니.

"알았다. 물러가거라. 그리고…… 술 좀 가져와라. 오늘은…… 취해야겠구나."

"네."

개방도들은 천우개의 심정을 안다는 듯 공손히 물러났다.

그것도 그럴 것이 석두개와 천우개의 의리는 개방뿐만이 아니라 전 중원이 알아주는 사이가 아니던가. 흔히 백년지기(百年知己)라는 말을 툭툭 쓰는데, 그들이야말로 백년지기가 아니던가.

개방도들이 물러난 자리에 고요한 적막이 맴돌았다.

술단지가 두 독이나 들어왔다.

안주는 종류를 알 수 없는 온갖 고기들의 잡탕 볶음이다.

개고기, 오리고기, 소고기, 돼지고기…… 구걸해 온 것들 중에 아직 상하지 않은 것들을 한데 섞어서 볶았다.

보기도 지저분하고 맛도 더럽다. 하지만 한겨울의 추위를 이겨내는 데는 이만한 보양식도 없다. 이런 거 한 접시만 먹으면 엄동설한에도 팔팔 난다.

평소 천우개가 좋아하던 음식이다.

한데 이번에는 거들떠보지도 않았다. 술도 흘깃 쳐다보기만 했을 뿐, 그의 눈길은 서탁(書卓)에 틀어박혀 떨어질 줄 몰랐다.

사실 서탁도 아니다. 책 몇 권 쌓아놓고 그 위에 널빤지를 얹어놓은 것이 고작이다.

그는 그 위에 종이를 펼쳐 놓고 깨알 같은 글씨를 써 내려갔다.

제일 먼저 나열된 것은 사약란을 이용하는 방법이다.

칠살문의 일곱 살수를 은밀한 곳에 감춰놓을 테니 절대 놓치지 말라는 당부다.

그놈들만 손에 쥐고 있으면 사약란을 움직이는 것은 콧바람 부는 것과 마찬가지다.

두 번째는 단차에 대한 당부다.

놈에 대한 정보는 개방에도 수북이 쌓여 있다.

석두개가 오죽 꼼꼼한 사람이던가. 다른 건 몰라도 정보를 캐내는 것만큼은 그를 따를 사람이 없다.

그가 예천 분타주로 있으면서 한 일이 북지단에 대한 제반 사항을 수집하는 것이다.

그는 역대 그 어느 분타주보다도 뛰어나게 해냈다.

그가 분타주로 있는 동안 개방은 북지단에 대해서 모르는 것이 없게 되었다.

그는 단차에 대한 정보도 샅샅이 보고했다.

지각이 있는 사람이라면 단차를 보고 '한낱 시각랑 따위' 라고 말할 사람은 없을 게다.

한데 개방에는 그런 사람이 존재한다.

어쭙잖은 무공을 지녔으면서도 자신이 최고인 줄 아는 무행개들이 그런 식으로 말한다.

떼거리로 몰려들어 난장을 치면 끝나는 줄 아는 위인들⋯⋯.

이제 타구진도 깨졌으니 그들도 단차를 가볍게 보는 우행(愚行)은 저지르지 않을 게다.

그래도 또 당부했다.

가급적이면 끼어들지 마라. 타구진이 무너지고, 석두개가 죽은 것으로 끝내라. 절대 복수할 생각은 하지 마라. 이 일에 휘말리면 개방은 향후 백 년 이내에는 다시 일어설 수 없을 만큼 치명적인 타격을 받을 게다.

이것이 천우개의 냉정한 판단이었다.

타구진이 깨졌다면 개방은 끝난 것이다.

개방 문도가 사용할 수 있는 무공 중에 가장 위력이 강한 것은 강룡십팔장이다.

단차는 강룡십팔장마저 깨뜨렸다.

더 무엇을 어떻게 할까? 개방도가 할 일은 없다. 그래도 정분하다면 무언가 해볼 수는 있다.

타구진을 두 겹, 세 겹으로 펼치는 게다. 아주 긴 지구전(持久戰)으로 끌고 가서 지치게 만든다. 물론 개방도는 이천, 삼천⋯⋯ 수도 없이 죽어가겠지만 절반의 희생을 감수하고 끊임없이 밀어붙인다면 승산이 있다.

놈이 아무리 강하다고 해도 이만, 삼만을 당적하겠는가.

그만한 무공이면 단신으로 대군(大軍)도 물리치지 않겠나. 지금 당장에라도 군에 입대하면 장군(將軍)이 되는 것은 물론이고, 마음만 독하게 쓰면 황제를 노려볼 수도 있다.

무공이 아무리 강해도 사람을 죽이는 데는 한계가 있다.

다른 방법도 있다.

개방에는 최후의 절초가 남아 있다.

용두방주에게만 비전(秘傳)되는 타구봉법(打狗棒法)이다.

삼십육로 타구봉법은 공유삼십육로(共有三十六路), 내개방조사야소개창(乃丐幫祖師爺所開創), 역래시전임방주전후임방주(歷來是前任幫主傳後任幫主), 결부전외인(決不傳外人)이라는 말로 대변된다.

개방 조사가 개창했으며, 전임 방주, 후임 방주에게 직접 전수하며, 결단코 외인에게 전수해서는 안 된다.

용두방주의 타구봉법이라면 한 번 겨뤄볼 만하다.

하나 이 두 가지 방법 모두 아주 큰 위험부담을 안고 있다.

문도가 일만이고 이만이고 시체가 산이 되어 쌓이면 이겨도 진 싸움이 된다.

개방의 저돌적인 기상에 놀라기는 하겠지만 지금처럼 성세를 구가하기는 힘들 것이다.

방주의 타구봉법이 패해도 문제가 크다.

개방의 최절초가 겨우 단차 같은 자에게 무너진다면 무림 동도를 볼 면목이 없다.

아주 좋은 수는 이쯤에서 물러서는 것이다.

타구진이 깨진 것? 석두개가 죽은 것? 까짓것 두 눈 질끈 감고 모른 척하는 거다.

천우개는 자신의 이런 심정을 서신에 빼곡히 적었다.

개방에는 지자(智者)가 없다.

문행개가 나름대로 머리를 쓰기는 한다. 하나 자신이 맡은 자잘한 일에만 응용될 뿐이다.

개방은 타 문파처럼 전문적으로 무림 정세를 분석하고 암계를 짜는 군사나 책사 같은 사람을 두지 않는다.

그 모든 일을 방주가 직접 하기 때문이다.

그렇다. 개방에서는 방주가 제일 뛰어난 현자다.

개방도 중에서 최고로 뛰어난 사람만이 후개(後丐)로 임명받을 수 있다. 또 그런 머리가 있어야지만 구술로 전해지는 타구봉법을 완벽하게 시전해 낼 수 있다.

방주는 자신의 뜻을 이해하실 게다.

서신에 무엇을 적었으며, 어떤 충절로 말라고 있는지 단번에 깨달으실 게다.

'됐어.'

천우개는 서신을 접어 봉투에 넣은 후에야 술단지를 쳐다봤다.

길을 떠난다.

개방의 모든 것을 남겨두고 정처없이 길을 나선다.

개방에서 받은 매듭은 풀어놓았다. 평생 손에서 놓지 않던

죽장도 놓고 왔다. 해어질 대로 해어져서 더 이상 기워 입을
수도 없는 옷도 벗어났다.

개방에서 받은 모든 것을 남겼다.

'멀리 가지 말고 기다려. 곧 따라가마.'

그는 분주로 향했다.

방주에게는 복수를 하지 말라고 했지만 그건 개방을 염려했
기 때문에 말한 것이고, 자신마저 복수를 하지 않을 수는 없다.
그럼 먼저 떠난 석두개가 몹시 섭섭해할 게다.

물론 자신도 패할 것이다.

단차는 타구진을 분쇄했다.

그 한 가지만 놓고 보더라도 자신 같은 사람은 상대도 되지
않는 거물이다.

타구진? 그게 어떤 진인데 깬단 말인가. 열 번을 죽었다가
깨어나도 깨지 못할 철옹성(鐵甕城)인데…… 조금도 곤란해하
지 않고 무너뜨렸다.

그런 자를 어찌 이긴단 말인가.

분주로 가는 이 길은 죽으러 가는 길이나 마찬가지다.

그래도 간다. 이 세상에서 벗을 위해 죽어줄 사람이 한 명쯤
은 있어야 할 것 같아서.

3

짙은 어둠 속에서 뿌연 아침 안개가 피어났다.

개천가의 안개는 냄새도 좋지 못하다. 날씨가 좋지 않아서 냄새가 위로 뜨지 못하고 밑으로 착 가라앉을 때는 정말 다른 곳으로 가고 싶은 충동을 불러일으킨다.

"이게 무슨 냄새야?"

"시체 썩는 냄새 같은데?"

"어후! 머리야. 무슨 냄새가 이리 독해!"

"이런 냄새는 옷에도 배이던데. 제길!"

그들은 인상을 찡그리며 투덜거렸다.

그러나 불평불만도 오래 지속되지 못했다. 개천 바닥에 몸을 뉘는가 싶더니 이내 코를 골기 시작했다.

스웃! 쉬이잇!

일단의 무리가 잠든 걸인들 곁에 내려섰다.

모두 네 명이다.

짙은 어둠과 어울리는 검은 옷을 입고 머리에도 검은 복면을 뒤집어썼다.

병기는 각기 다르다.

검이 두 자루, 창이 한 자루, 도가 한 자루.

쌍검을 등 뒤에 메고 있는 자가 말했다.

"일일이 확인해. 잠들지 않은 자가 있으면 부골산(腐骨酸)으로 녹여 버려!"

대답 소리는 없었다.

다른 사람들은 사전에 약조라도 한 듯 사방으로 흩어졌다.

잠든 개방도의 코에 손을 대본다. 목 밑의 혈도 짚어본다.

한 사람을 점검하는 데 걸린 시간은 그야말로 촌각, 손을 대자마자 곧 다른 사람에게 넘어간다.

세 명이 개방도를 확인하고 있을 때, 쌍검을 멘 자는 거적때기로 사방을 에워싼 움막 같지 않은 움막으로 들어섰다.

파앗!

예리한 눈썰미가 밤부엉이처럼 반짝였다.

움막 안을 둘러보기를 잠시, 그는 망설일 것도 없다는 듯 책들이 쌓여 있는 곳으로 걸어갔다.

"으음!"

개방도가 잠꼬대를 하는지 몸을 뒤척였다.

그의 눈길이 잠시 개방도에게 머물렀으나 신경 쓸 필요가 없다는 듯 곧 눈길을 돌렸다.

서적 몇 권을 뒤적였다.

툭!

그중 한 권에서 두툼한 서신 뭉치가 떨어졌다.

그는 소도를 꺼내 봉투 끝을 조심스럽게 뜯었다. 익숙한 손놀림이 이어지고, 봉투가 활짝 입을 벌렸다.

그는 서신을 읽었다. 그리고 중얼거렸다.

"포가산(砲架山)? 예상 밖의 곳이군."

서신에는 뜻밖에도 칠살문 일곱 무인의 집결지가 적혀 있었다.

그들은 앞으로 이틀 후에 포가산에 집결할 것이다. 거기서 서길(西吉)을 거쳐 청가(靑家)까지 이동시킨다. 하면 고원주(固

原州)에 진을 친 북지단 외단을 피해갈 수 있다.

서신에는 포가산의 지명뿐만 아니라 서길까지 이동시키는 방법까지 상세하게 기재되어 있었다.

그는 휴대용으로 작게 만든 지필묵을 꺼냈다.

불을 켜고 먹을 갈았다. 서신에 적힌 글자와 먹의 농도가 같을 때까지 끈기있게 갈았다.

세필을 들어 먹을 듬뿍 찍었다.

서신에 바로 붓을 대지는 않았다. 자신의 팔뚝에 대고 몇 번 시험 삼아 글을 써봤다.

딱 한 글자, 일(一) 자만 썼다.

그의 얼굴에 만족한 미소가 스몄다.

그는 다시 먹을 찍어 이번에는 서한에 글을 썼다.

이(二) 자 위에 일(一)을 써서 삼(三) 자를 만들었다.

먹의 농도, 글씨체…… 모두 똑같다.

그에게 이런 조작은 어린아이 장난에 불과하다.

솔직히 무인이 하기에는 간지러운 짓이다. 하지만 이런 간단한 작업을 하기까지는 반년 이상의 연습 기간이 필요하다. 간지러운 짓일지라도 아무나 할 수 있는 건 아니다.

그는 서신을 다시 봉투에 넣고, 백색 분을 살살 뿌렸다.

치이잇!

백색 분이 봉투에 발라져 있던 풀 기운을 되살렸다.

봉투는 다시 붙었다. 처음처럼 완전히 밀봉되었다. 소도로 떼어낸 흔적은 눈을 씻고 찾아봐도 찾을 수 없었다.

‘칠살문은 삼 일 후에 모일 거야.’

“뭐야! 내가 늦잠을 잔 거야? 허! 장로님이 자리를 비웠다고 당장 정신이 헤이…… 훗!”

잠에서 깨어난 개방도는 평소와 다른 사실을 발견했다.

개방도 전원이 늦잠을 잤다.

아침 동냥까지 거를 정도로 깊은 잠에 빠져서 헤어 나오지를 못했다. 어느 한 놈도 먼저 깬 놈이 없다.

그는 화들짝 놀라서 서적을 쌓아놓은 곳으로 달려갔다.

“휴우!”

자신도 모르게 깊은 한숨이 새어나온다.

서신은 있다. 어제저녁처럼 서책 한가운데 얌전히 틀어박혀 있다.

“훗! 장로님이 무섭긴 무서웠군. 자리를 비우시자마자 죽은 듯이 잠들어 버렸으니…… 풋! 꿈도 꾸지 않고 아주 잘 잤어. 이놈들아! 그만 일어나지 못해! 동냥도 거르고…… 이놈들이 굶어 죽지 못해서 안달 난 거 아냐!”

그는 소리를 버럭 질렀다.

멀리서 발 빠른 개방도가 부리나케 뛰어가고 있다.

그는 인근에 있는 마방주를 찾아갈 것이고, 천우개가 남긴 서신은 준마 편으로 총단에 전달될 게다.

개방도가 서신을 전달하기 위해 달리고 있다.

간밤에 있었던 일을 까마득히 모른다는 뜻이다. 약간이라도 의심을 했다면 서신이 전달될 리 없다.

"됐다. 그만 가자."

쌍검을 멘 무인이 말했다.

"어디로 갑니까?"

"포가산으로 간다."

"분주로 가면 안 됩니까?"

"나중에."

"쳇! 나중에 우리 차지나 올까?"

"총주님이 약속하셨다."

"정말이오?"

"……."

"총주님이 약속하셨다면…… 흐흐흐! 단차 그놈…… 정말 한번 붙어보고 싶은데."

"정말로 붙게 될 거야. 총주님이 약속하셨다잖아."

그들에게 총주는 하늘이다.

총주의 약속은 천명(天命)이나 다름없다. 총주의 눈빛은 태양이고, 총주의 호통은 천둥이다.

도를 소지한 자가 전서구를 꺼내 휙 날렸다.

일의 경과는 수시로 보고한다.

사건이 벌어질 때마다 전서구를 날리던가 밀마를 남겨야 하며, 아무 일도 없을 때는 여섯 시진 간격으로 정기 보고를 한다.

보고할 내용이 전혀 없을 때는 무서(無書)를 보낸다.

전서구를 이용할 때는 전통에 전서가 들어 있지 않고, 밀마를 이용할 때는 신분만 적어놓는다.

언제, 어디서, 무엇을 하고 있는지 항시 보고한다.

그들은 포가산 방향으로 발길을 옮겼다.

"놈들은 어떻게 할 건데요?"

창을 든 무인이 물었다.

"……."

쌍검을 멘 무인은 대답하지 않았다.

지금 당장은 몰라도 좋다. 포가산에 당도해서 행동을 취할 즈음에 알아도 문제될 게 없는 사안이다.

필요한 때에 필요한 만큼만 알려준다.

창을 든 무인은 이런 일에 익숙한지 대답이 없어도 개의치 않았다. 으레 그럴 줄 알았다는 듯 다른 이야기를 꺼냈다.

"감주소(甘州所)에 술을 기가 막히게 담그는 집이 있는데, 들러보지 않을래?"

"그저 술이라면……."

"마셔보면 환장한다니까."

일상사, 잡담이었다.

＊　　　＊　　　＊

'무혼(無魂)! 무혼! 무혼이 틀림없어!'

그녀는 몸이 떨려서 움직이지 못했다.

사약란은 지통에게 천우개의 움직임을 살피라고 지시했다. 그러면서 또 그를 불러 칠살문의 움직임을 살피란다.

여기까지가 한계다.

천우개를 살피고 칠살문을 살피고…… 두 군데를 살피는 데 두 개의 눈이 필요하다.

사약란은 살림까지 거론했다. 거절했다.

당연하지 않은가. 두 개의 눈을 세 곳으로 돌릴 수는 없다. 그렇다면 한 곳을 포기해야 하는데, 지통 생각에는 살림을 포기하는 것이 낫다고 판단했다.

살림을 주시하는 것이나 칠살문을 주시하는 것이나 마찬가지다.

어느 한쪽만 주시해도 다른 쪽에서 어떤 일이 벌어지는지 짐작할 수 있다.

사약란의 생각은 다르다.

그녀는 천우개를 주시할 필요가 없다고 생각한다.

무총주가 나섰기 때문이다.

무총이 나섰으니 개방은 마음대로 행동할 수 없다. 북지단을 속이듯이 무총주를 속일 수 없다. 그렇기 때문에 칠살문의 흐름을 보면 개방의 움직임을 읽을 수 있다고 판단한 게다.

지통은 서로의 의견이 다를 때, 자신의 생각을 따른다.

사약란의 청을 거절했고, 그녀에게는 계속 천우개를 주시하라는 말을 남겼다.

원래 그녀는 천우개를 따라서 분주로 떠났어야 한다.

한데 아무래도 느낌이 찜찜했다. 천우개가 모든 것을 놓아 버리고 단신으로 훌훌 떠난 이면에 무엇인가 반드시 남겨졌을 것이라는 예감이 들었다.

그래서 남았다. 지켜보았다. 그리고 무총주의 직계 제자들인 스물일곱 명의 무혼 중 네 명을 봤다.

무혼은 무림에 알려진 사람들이다.

무총주의 직계 제자이기 때문에 관심의 대상이 되는 것은 당연했다.

사일도가 아니라면 그들 중에 한 명이 무총을 이어받을 것이라는 짐작도 가능케 했다.

한데 그들의 무공이 예상외로 낮았다.

무총주에게 가르침을 받은 무공치고는 정말 턱없이 부족했다.

사명사귀가 대표적인 예다.

그들 중 자자검은 출도하자마자 죽었다.

독심독의는 엄밀히 말해서 무총주의 제자라고 보기 어렵다. 그는 무총주의 제자가 되기 이전에 이미 독성의 칭호를 들은 사람이다. 그런 사람이 무엇이 부족해서 무총주의 제자가 되었을까?

풍문으로는 무총주가 독경 중의 독경이라는 활타미심경을 전수했다고 한다.

한데 여기에는 약간의 의문이 남는다.

천하의 무총주라지만 독에 대해서만큼 독성에게 밀린다. 하물며 독성에게 독경을 전수할 만큼 독에 대한 경지가 깊지 않다는 것은 삼척동자도 안다.

아마도 활타미심경이라는 독경을 건네준 것이 아닐까 싶다.

독경을 주는 조건으로 제자가 된다?

어쨌든 독심독의는 무총주가 제자가 되었다.

그가 사명사귀의 일원으로 세상에 나왔을 때, 특별하게 눈여겨볼 만한 무공은 선보이지 못했다.

무총주에게 여타의 무공을 전수받지 못한 것이다.

독심독의만 미진했던 게 아니다. 사명사귀가 전부 그랬다. 일력광겸이나 사사표풍도 일류고수이기는 했지만 초절정고수라고 불리기에는 많이 미흡했다.

그들이 초절정고수의 입지를 굳힌 것은 동정호 비궁에 있을 때다. 그때에서야 비궁에 존재하는 독물과 천충의 효험을 빌어 장족의 발전을 이룰 수 있었다.

무총주에게 가르침을 받아서 초절정고수가 된 것이 아니다.

스물일곱 명 무혼들 모두가 이런 현상을 보였다. 강하기는 하지만 이 정도라면 우리 문파에서는 겨우 당주 정도…… 하는 생각을 갖게 만들었다.

그 후, 무혼을 주시하는 사람은 없었다. 그들은 살아 있으나 잊힌 사람들이 되었다.

그들이 나타났다.

동영(東瀛)의 인술(忍術)을 수련한 듯 발걸음이 경쾌하고 수법이 기기묘묘하다.

무총주의 무공이 절대 아니다.

도대체 무총주는 어떤 목적에서 이런 자를 양성한 것일까?

사명사귀는 무혼을 대표한다.

무혼을 말하는 사람은 제일 먼저 사명사귀부터 거론하게 되어 있다. 무혼 중에서는 무림에 가장 널리 알려졌고, 지금도 활동하고 있기 때문이다.

무혼의 무공은 그들의 무공으로 가늠되어진다.

그들이 어느 정도 강한가라는 판단이 무혼 전체의 무공을 가늠하는 평균이 된다.

이것이 현재 무혼을 생각하는 잣대다.

사명사귀는 모두가 천시하던 시각랑 계야부와 한 배를 탔다.

물론 안선에서 그만한 자들이 나타났기에 어쩔 수 없이 행동을 같이한 측면도 있지만…….

무혼이 총주의 제자라는 점을 감안하면 한낱 시각랑 따위와 행동을 같이했다는 건 믿기지 않는 일이다. 그들의 지고한 무공까지 감안하면 더더욱 있을 수 없다.

일파의 장문인이 이제 검을 잡은 풋내기를 죽이기 위해 직접 나선 것과 같은 상황이지 않은가.

그런데 사명사귀는 그렇게 했다.

생각했던 대로 세상 사람들은 사명사귀를 보고 무혼에게서 시선을 거뒀다.

주목할 만한 자들이 아니라고 판단한 게다.

아주 잘못된 판단이다. 무혼을 조금이라도 아는 사람이라면 절대로 그런 판단을 내리지 못한다.

그들은 무총주의 직전제자다. 아주 강력한 비장의 절기를 터득하고 있다. 총주에게 무공을 전수받았으나 십분 수련해 내지 못하고 중도에서 출도한 사명사귀와는 차원이 다르다.

무혼들이 동영의 인술을 수련한 후 나타났다.

아마도 이들의 무공이 진짜 무혼의 무공일 것이다. 깜짝 놀랄 만큼 강한 모습이 진짜이리라.

무혼들은 동영의 인술을 가볍게 맛만 본 게 아니다. 아주 깊숙이 터득했다. 그녀가 수련한 것이 동영의 인술이기에 보자마자 알 수 있었다.

저들은 뒤따를 수 없다.

추적의 달인들이기 때문에 역으로 꼬리도 밟히지 않는다.

저들을 뒤따르려면 목숨을 걸어야 한다.

또 굳이 뒤따를 필요도 없다. 저들이 어디로 가는지 목적지를 알고 있으니 중간에서 심력을 소진할 필요가 없다.

'지통에게 알려야 돼, 무혼이 전면에 나섰다고!'

第百十五章
삼색(三色)

젊은 사내가 걸어왔다.

키는 오 척 칠 촌에서 구 촌 정도로 큰 키이며, 몸집은 매우 다부져 보인다.

이목구비는 날카롭다. 눈도 매섭고 코도 반듯하다. 얼굴 전체가 갸름한 편이라서 더 날카로워 보인다. 하나 전체적으로 조화를 잘 이루고 있어서 매력이 넘친다.

머리는 뒤로 치렁치렁하게 늘어뜨렸다.

상당한 미장부다.

그는 개방도처럼 누더기 옷을 입었다. 깨끗하게 빨아 입어서 더럽다는 느낌은 들지 않는다. 허리에는 짧은 단봉 두 개가 꽂혀 있고, 손에는 긴 청죽(靑竹)을 들었다.

스읏! 스으읏!

그는 별 힘을 들이지 않고 걸었지만 한 번 발을 내딛을 때마다 일 장씩 쑥쑥 미끄러져 왔다.

그를 제지하는 사람은 없었다.

주위에는 수많은 개방도가 사나운 눈길을 퍼붓고 있지만 그의 앞에서만은 순한 양이 되었다.

"단차는?"

"저기 있습니다."

개방도가 군막을 가리켰다.

석두개가 받았을 총통기가 바람에 펄럭인다.

그의 눈길을 의식해서인지 개방도가 급히 말했다.

"밤에 훔쳐 오려고 했는데, 부분타주님이 말리셔서……."

"잘했어."

"죄송합니다."

"훔쳐 왔다면 넌 내 손에 죽었다."

"……!"

개방도는 급히 고개를 쳐들어 젊은 사내를 쳐다봤다.

사내의 전신에서 사람을 찍어 죽일 듯한 패기(覇氣)가 강렬하게 풍겨난다.

"죄, 죄송……."

사내는 개방도의 말을 듣지 않았다. 벌써 신형을 날려 군막을 향해 쏘아가고 있었다.

"휴우!"

개방도가 가슴을 쓸어냈다.

"그러게 뭐랬어. 주둥이 함부로 놀리지 말라고 했지? 괜히 눈에 들려고 이 말 저 말 하더라니. 내 너 당할 줄 알았다. 부분 타주님 봐라. 꼬리를 말고 마중도 하지 않잖아. 그게 다 이유가 있는 거야. 남이 나서지 않을 때는 제발 눈치 좀 봐라."

다른 개방도가 히죽 웃으며 핀잔을 주었다.

펄럭! 펄럭!

총통기가 기분 나쁘게 펄럭거렸다.

개방은 최고의 순간에서 최악의 상황으로 급전직하했다.

총통기를 받은 것은 분명히 자랑할 일이다.

개방은 구파일방으로 당당하게 거론되는 대문파다. 하지만 큰일이 벌어지면 항상 중심에 서지 못했다. 늘 뒤에서 군웅들의 뒤치다꺼리나 하곤 했다.

총통기를 받았다는 건 드디어 개방도 정면으로 부상하는 계기가 마련되었다는 뜻이다.

하나 이런 영광은 한순간에 무너졌다.

무적불패의 신화를 자랑하던 타구진마저 깨졌으니, 석두개의 과오는 천대(千代)를 이어간다고 해도 씻기지 않으리라.

그는 잠시 총통기를 지켜보다가 군막을 밀치고 들어섰다. 한데!

'죽는다!'

갑자기 머리끝에서부터 발끝까지 번개가 관통하는 듯 짜릿

한 전율이 스치고 지나갔다.

군막을 밀치고 들어서면 죽는다!

일종의 예감이다. 너무도 뚜렷해서 두 번 다시 확인할 필요도 없는 직감이 뇌리를 파고들었다.

'뭐, 뭐야! 이건!'

그는 문 대신 사용하는 두꺼운 천을 부여잡은 채 안으로 들어서지 못했다.

"들…… 어가도 되겠소?"

그는 떨어지지 않는 입을 열었다.

적으로 간주한 자에게 허락을 얻는다? 이런 식의 허락은 그의 적성상 용납될 수 없었다.

한데 지금 그런 일을 하고 있다.

"누구냐?"

대답은 싸늘했다.

'죽…… 는다!'

또 한 번 강렬한 예감이 전신을 관통했다.

어린 소녀가 산중에서 호랑이를 만났을 때처럼, 오직 호랑이가 자신을 해치지 않고 돌아서기만 바랄 때처럼…… 그가 할 수 있는 일은 아무것도 없다.

'무, 무슨 이런 개 같은……!'

그는 급히 머리를 휘저었다.

상대를 보지도 않았다. 싸워본 적은 더더욱 없다.

물론 이미 벌어진 일로 그의 무위를 측정한 적은 있다.

그는 타구진을 해체시켰다. 강룡십팔장으로 대항하는 석두 개도 간단하게 죽였다.

이 두 가지 사건으로 미루어 단차는 자신보다 월등히 강한 고수다.

이런 점은 알고 찾아왔다.

한데 얼굴도 보기 전에 ‘죽는다!’ 는 공포심에 질려 버렸으니 이 무슨 개 같은 경우인가.

“개방…… 후개(後丐)요.”

그는 자신의 신분을 밝히는 치욕까지 경험했다.

후개라는 신분을 숨겨야 할 이유는 없다.

명문정파를 방문하면 자랑스럽게 말하기도 한다.

후기지수 중에서도 후기지수이니 이 어찌 자랑스럽지 않은가.

거기에 후개에는 ‘차기 개방 문주로 내정된 사람’ 이라는 뜻까지 포함되어 있다.

그의 허리에 두른 매듭은 방주 바로 아래인 팔결이며, 그를 호위하는 사람은 칠결장로 두 명이다.

그는 웬만한 곳에서는 개방 방주와 동등한 대접을 받는다.

그만한 위치에 있는 사람이 개방의 숙적이 되어버린 사람에게 자신을 밝혔다. 무위(武威)로 억누르지 못하고, 조금 봐달라는 뜻으로 신분을 드러냈다.

단순히 신분을 밝힌 것뿐이지만 후개는 그렇게 생각했다.

‘이 치욕을…….’

“들어와.”

안에서 냉담한 음성이 들려왔다.

“…….”

그는 말이 없다.

아무도 보는 사람이 없는 군막 안인데도 복면으로 얼굴을 가렸고, 방갓은 깊이 눌러썼다.

‘이놈이 단차!’

그는 짚더미 위에 팔베개를 하고 누워 있는 괴물을 쳐다보며 살광을 뿜어냈다.

놈도 자신이 지은 죄가 크다는 걸 알고 있을까? 그래서 밝은 하늘 아래 얼굴을 드러내지 못하고 저 짓을 하고 있는 건가?

“개방의 후개요.”

그는 자신의 신분을 다시 한 번 밝혔다.

“말해.”

단차는 일어서지도 않았다. 누운 자세 그대로 천장만 쳐다봤다.

후개의 눈썹이 가늘게 떨렸다.

‘죽여 버려?’

순간적으로 기습을 할까 하는 생각을 가졌다.

설마 자신이 사지를 풀어놓고 무방비 상태로 누워 있는 놈조차 처리하지 못할까.

이건 강적을 맞이하는 자세가 아니다.

개뿔 후개라고 해봐야 얼마나 뛰어나겠냐는 무시가 깔려 있는 행등이다.

그러나 진기를 끌어올리려고 하면 또다시 엉뚱한 생각이 든다.

'죽는다!'

놈이 사지를 풀어놓고 있는 것은 선제공격을 받기 위해서다. 한마디로 자신을 끌어들이려는 수작이다. 자신이 손을 쓰기만 하면 기다렸다는 듯이 달려들어 단매에 때려죽일 게다.

'이, 이건 무슨……!'

그는 자신의 생각이 수치스러워서 얼굴을 붉혔다.

단차가 무섭고 겁난다고 해서 핑계까지 만들어내면 안 된다.

그를 공격하기 싫으면 싫다고 해야 한다. 죽음이 두려우면 두렵다고 말해야 한다. 적어도 무인이라는 자가 자신의 마음까지 속여서는 안 된다.

이곳은 군막 안이다.

자신이 먼저 치든 놈이 먼저 치든 알아볼 사람이 아무도 없다.

싸움이 벌어지고 삶과 죽음이 결정되면 모든 일의 경과는 산 자가 어떻게 말하느냐에 따라서 결정된다.

단차가 자신을 죽일 생각이었다면 벌써 공격했다.

그는 공격할 의사가 없다. 그냥 누워 있을 뿐이다.

자신이 혼자서 북 치고 장구 치고…… 공격하려고 했다가

괜히 겁나서 물러서고…… 말도 안 되는 핑계나 지어대고……
이런 병신 같은 자식!
　후개는 입술을 잘끈 깨물며 말했다.
　"개방도의 시신, 정리해도 되겠소?"
　단차는 너무도 간단하게 대답했다.
　"치워."

　절반에 가까운 개방도가 한자리에서 죽임을 당했다.
　그 시신은 치웠다. 그들이 흘린 피, 떨어져 나간 살점들도
말끔히 정리했다.
　하지만 군막 앞에 있는 시신들은 치우지 못했다.
　개방도는 단차와 시비가 벌어질 것을 우려해서 그가 있는
군막 근처에는 가지 않았다.
　시체가 썩는다.
　같이 동냥을 나가고, 추운 날에는 서로 바싹 껴안고 자던 놈
들이 들쥐들의 먹이가 되고 있다.
　그래도 그들은 지켜보기만 했다.
　그들에게 단차는 악마였다.
　개방도는 치우라는 명령이 떨어지기 무섭게 우르르 달려가
시신을 거적때기에 말아갔다.
　시신을 태우는 냄새가 매캐하게 번진다.
　검은 연기가 푸른 하늘을 온통 가려 버렸다.
　"아이고! 아이고!"

"아이고! 아이고오!"

개방도가 일제히 목청을 돋워 곡을 했다.

온 산하가 곡소리로 쩌렁쩌렁 울린다.

풀도 나무도, 바람도…… 세상천지에 존재하는 모든 만물
이 슬피 울부짖었다.

"어땠습니까?"

추레한 걸인이 물었다.

머리도 얼굴도 옷도 마구 헝클어져 있다. 땟국이 자르르 흐
르고 누런 이에서는 쉰내가 풀풀 풍긴다.

전형적인 개방 장로다.

"……"

후개는 말을 하지 않았다. 멍한 눈으로 활활 타오르는 문도
의 시신만 지켜봤다.

"후흑! 우리 도련님, 기가 팍 죽으셨네. 마, 짜식아! 넌 그런
걸 묻고 그래!"

머리가 반쯤 벗겨지고 이빨도 절반밖에 남지 않은 걸인이
먼저 말을 건 걸인을 타박했다.

"재미있어?"

후개가 시비조로 말했다.

"재미있냐니, 무슨 말씀을 그리…… 후후후! 의살에 단단히
당하신 모양 같아서 말입니다."

"너무 걱정 마십시오. 마, 승패는 병가지상사(兵家之常事)라
하지 않습니까. 이번 일은 잊어버리시고 다음 기회를 보세요.

어차피 정면 승부로는 힘들다고 말했지 않습니까.”

후개는 아무 소리도 못했다.

이곳에 오기 전, 단차에 대해서 상의한 적이 있다.

여러 자료를 놓고 비교 분석한 결과 개방 내에서 단차를 상대할 수 있는 사람은 오직 방주뿐이라는 결론을 얻었다.

그 이외의 여타 사람들은 모두 상대가 안 된다.

방주를 제외하고 개방에서 가장 강한 두 사람이 그의 곁에 있다.

눈을 게슴츠레하게 뜨고 있는 걸인 중의 상걸인은 무상개(無上丐)라 불린다.

무상개라는 별호는 위가 없다는 뜻이니 조직적인 방파의 방도가 가질 만한 별호는 아니다.

하지만 그는 무상개로 불린다.

용두방주가 직접 하사한 별호인지라 자랑스럽게 사용한다.

그는 강룡십팔장 전 초식을 완벽하게 구사한다.

그게 뭐가 이상하냐고?

강룡십팔장을 몰라서 하는 소리다.

역대 장로들은 강룡십팔장을 삼장 내지 사장 정도밖에 수련해 내지 못했다. 현존하는 장로들 중에서도 사장 이상을 수련한 사람은 그가 유일하다.

하니 그의 무위가 어느 정도인지는 짐작이 가능하다.

또 한 사람도 무공에 관한 한 천고의 기재다.

그는 개방에 갓 입문한 백의개 시절, 무공을 배우지 않은 상태에서 삼결 대선배를 두들겨 팼다.

개방의 율법에 따르면 능지처참이다.

개방도가 빙 둘러서서 돌팔매질로 때려죽인다.

하지만 그는 율법 적용을 받지 않았다.

삼결 대선배와 정정당당하게 서로 결전 의사를 밝히고 싸웠다는 게 인정되었기 때문이다.

삼결제자라면 무공을 일급 경지까지 끌어올린 무공 고수다.

그런 사람을 단순히 선천적인 힘과 반사신경만으로 억눌러 버린 것이다.

그는 방주의 주목을 받았고, 특별 지도를 받는 영광까지 누렸다.

당연히 무공이 일취월장(日就月將)했다. 십 년이 채 되지 않아서 개방 무공 중에 쓰지 못하는 무공이 없었다.

그런 그가 강룡십팔장만은 사장 이상 수련하지 않았다.

이는 개방 십대불가사의(十大不可思議)로 거론되는데, 여기에 관한 말은 후개에게도 하지 않았다.

그는 늘 웃음을 머금고 살기 때문에 화소개(和笑丐)라 불린다.

현임 방주가 나타나지 않았다면 이 두 사람 중의 한 명이 방주가 되었을 게다.

그만큼 뛰어난 두 사람이 단차를 분석하고는 두 손 들었다.

"나는 안 되겠는데."

화소개가 한 말이다.

"강룡십팔장을 보자마자 받아쳤다는 건…… 후후! 이 세상에 그럴 수 있는 사람이 몇이나 될까? 강룡십팔장을 안다고 해도 힘들 판인데, 몰랐다면…… 나도 안 되겠어."

무상개가 처음으로 상대도 보기 전에 포기했다.

그런 만큼 후개가 질려 버렸다고 해도 창피할 것은 없다.

그래도 창피했다. 낯부끄러워서 얼굴을 들 수 없다.

싸워본 것도 아니고 언성을 높인 것도 아니다. 단지 쳐다보기만 했는데 기가 눌렸다.

의살이 그런 무공이었나.

"아이고! 아이고! 아이고!"

곡소리는 점점 높아져 갔다.

목청을 더 크게 돋운 게 아니다. 곡을 하는 사람들이 점점 불어나고 있기 때문이다.

"까짓것 다 잊어버리고…… 초심에서 시작하세요. 그러면 됩니다. 천하에 독불장군이 어디 있어요? 그런 놈 없습니다. 잘났다고 설치는 놈치고 제명 채우는 놈 못 봤어요."

무상개가 말했다.

"짜식아, 너 지금 그 말 나보고 들으라고 하는 소리냐?"

화소개가 눈을 부라리며 말했다.

"마, 넌 귀 좀 열고 살아라. 쯧! 나이는 어디로 처먹었는지…… 쯧쯧쯧!"

"뭐, 뭐! 처먹어?"

"그럼 처먹었지, 말아먹었냐?"

"너 오늘 좀 맞아야겠다."

"지금 발작하면 이따 술 없을 줄 알아."

"끄응!"

화소개는 술 없다는 말에 단박 입을 다물었다.

"아이고! 아이고!"

곡소리는 동서남북(東西南北) 사방에 걸쳐서 회오리쳤다.

북무림 개방도들이 일제히 움직이고 있다.

현재까지 모여든 인원만 물경 사천오백이다.

동서남북으로 타구진 네 개가 펼쳐졌고, 다른 한 개는 예비가 되어 뒤로 빠졌다.

전 중원 전체 방도의 일 할이 한자리에 모였다.

"후개님, 저 왔습니다."

"후개님, 저도 왔어요. 단차란 놈, 결코 살아서 나가지 못할 겁니다. 여기다 뼈를 묻을 거예요."

그를 아는 분타주들이 반갑게 인사를 했다.

개방도의 시신은 말끔히 정리되었다.

불길도 잦아들었고, 검은 연기도 하얀 연기로 변해갔다.

그럼에도 불구하고 곡성은 계속 이어졌다.

한쪽에서 곡을 하면 한쪽에서 쉬고, 곡을 하다 지치면 쉬던 자들이 이어받아서 곡을 했다.

"저기가 단차 그 새끼가 있는 곳이야?"

"좌우지간 배짱 하나는 알아줄 놈이네. 어떻게 저런 데서 발 뻗고 잘 수 있어?"

"그러게. 나 같으면 야반도주를 했어도 백번은 했을 텐데."

뒤늦게 당도하여 처참한 광경을 목도하지 않은 개방도들은 단차를 단숨에 잡아먹을 듯 자신만만했다.

후개는 고민했다.

'죽는다!'

아직도 군막 안으로 들어설 때 전신을 관통하던 소름이 잊히지 않는다.

죽는다! 죽는다! 죽는다!

그는 타구진 다섯 개, 사천오백 명의 개방도보다 단차 한 사람의 더 커 보였다.

그는 결정을 내렸다.

"무상개, 이 싸움을 맡아."

"네?"

"난 화소개 말대로 의살에 단단히 걸린 것 같아. 아무래도 자신이 없어. 겁에 질려서…… 놈이 있는 곳만 쳐다봐도 부들부들 떨려. 이래서 어떻게 싸우나."

"후개님, 왜 이러쇼? 그건 그냥 해본 말이란 걸 잘 알면서……."

화소개가 당황해서 급히 말했다.

단차를 만나고 온 후개의 표정이 어둡기에 놀려볼 심산에서 한 말이다.

후개도 그런 줄 알고 있다.

세 사람은 친 혈육처럼 각별하다. 수시로 농을 주고받는다. 감정이 남을 만한 말도 쉽게 한다. 그래도 다 이해할 것이라고 믿기 때문에 안심하고 말할 수 있다.

후개는 손을 들어 그의 말을 제지했다.

"진심이야. 난 놈이 무서워."

"……!"

무상개와 화소개는 후개에게서 고개를 돌려 서로를 쳐다봤다.

그들은 비로소 후개의 상태가 예상보다 훨씬 심각하다는 것을 깨달았다.

모난 돌이 정을 맞는다.

후개의 성격은 매우 강직하고 날카롭다. 불의를 보고 참아 넘긴 적이 없다.

정을 맞기 딱 알맞은 성격이다.

그런 성격에 개방도를 몰살시킨 단차와 대면했다.

위험은 거기서부터 시작되었다.

개방도의 시신을 거두기 위해 찾아간 길이지만 단차를 보자 살의(殺意)가 솟구쳤을 게다.

두 주먹은 억눌러 참을 수 있다. 하나 살기만은 거침없이 쏘아냈을 것이다.

죽인다, 죽인다, 죽인다!

그런 살기를 접한 단차가 어떤 행동을 취했을지는 불문가지다.

그도 살기로 받았다.

죽이고 싶은가? 죽여봐라.

죽여보라는 말은 네 무공으로 나를 죽일 수 있냐는 자신감의 표현이다.

후개의 살기는 '죽일 수 없다'는 자괴감으로 이어졌을 게다.

단차의 무공은 정신무공이다.

굳이 손발을 쓰지 않아도, 눈빛을 마주치는 것만으로도 마음껏 공격을 가할 수 있다. 반면에 후개의 무공은 진기의 무공이다. 진기를 이끌어 초식이라는 형태로 표현해야 한다.

후개는 아무것도 모른 채 실컷 농락당한 것과 같다.

무상개가 고개를 끄덕이며 말했다.

"알겠습니다. 이 싸움…… 제가 이끌어보죠."

화소개도 상황을 파악하고 말했다.

"염병! 이거 곡소리는 정말 적응이 안 된다니까. 후개님, 어디 한적한 곳에 가서 낚시나 즐길까요? 여기는 이놈만 있어도 될 겁니다. 이놈 실력 알잖아요. 하하하!"

후개도 두 사람의 뜻을 읽었다.

세 사람은 모두 어찌 된 영문인지 안다.

후개는 정신적인 타격을 받았다. 살기를 강하게 띠었던 만큼 돌려받은 타격도 크다.

엄청난 정신적 충격 때문에 마음을 가누지 못할 정도다.

이런 상태에서 후개가 할 수 있는 것은 휴식밖에 없었다.

"기왕 낚시하는 것, 내기나 하자고. 누가 이길까? 단차? 무상개?"

"에이, 왜 이럽니까? 잊어버릴 것 깨끗이 잊자고요. 가서 여자나 찝시다. 하하하! 이래 봬도 아직 말발이 먹힌다니까요. 하하!"

"말발은 먹힐지 몰라도 냄새가 나서……."

후개가 코를 잡는 시늉을 했다.

이런 일…… 이런 결과…… 오늘 아침까지만 해도 생각지 못했다.

이번 싸움은 후개가 이끌 것이라고 생각했다.

방주가 되려고 할 만큼 영민한 사람이다.

학식이 높고, 병법에 밝다. 사리 판단이 빠르다. 결단력이 뛰어나다. 솔선수범할 줄 알고, 문도의 아픔을 공유할 줄 안다.

그는 지금 당장 방주가 되어도 손색이 없는 인물이다.

그런데 싸워보지도 않은 상태에서 내상을 입었다.

꼭 장기가 손상되고 기혈이 뒤틀려야만 내상이 아니다. 정신적인 타격도 중요한 내상이다.

육신이 받은 내상은 시간이 지나면 낫는다. 하나 정신적 내상은 시간으로 해결되지 않는다. 자칫 영구히 지워지지 않을 수도 있으니 훨씬 고약하다.

그래도 후개는 영민하다.

그는 잠시 혼동했지만 곧 자신의 상태를 깨달았다. 자신이 싸움을 이끌어서는 안 된다는 사실까지 판단해 냈다.

지금 그의 심정은 너무 비통해서 죽을 지경일 게다.

"기왕 가실 것, 이 밤을 도와 가시지요. 이 몸이 언제 이 많은 형제들을 거느려 보겠습니까? 흐흐흐! 빨리 지휘권을 넘겨받아서 마음껏 휘둘러 보렵니다. 흐흐흐!"

무상개가 장난스럽게 웃었다.

그러나 그의 마음은 무겁기만 했다.

단 하루 만에 후개를 낚시나 하게끔 만들어 버린 놈을 무슨 수로 상대한단 말인가.

2

전방 십칠 장, 화산 도인 둘!

앞에서 길을 인도하던 금룡대원이 수신호를 보내왔다.

금룡대원들을 일제히 금룡대주를 쳐다봤다.

처단(處斷)? 회피(回避)?

선택은 언제나 둘 중의 하나다.

금룡대주가 손을 들어 반원을 그렸다.

'이번 선택은 회피.'

모두들 알아들었다는 듯 고개를 끄덕였다.

한쪽은 급경사, 다른 한쪽은 자갈투성이다. 소리를 흘릴 공산이 대단히 높다.

그래도 처단을 선택했을 때보다는 위험성이 낮다.

처단을 택하려면 소리를 지르는 것부터 막아야 한다. 한데 그들을 공격하려면 적어도 세 호흡은 필요하고, 그 시간이면 서너 번은 고함을 내지를 수 있다.

전신을 새털처럼 가볍게 만들어 자갈밭을 걸었다.

경사진 자갈밭을 소리 내지 않고 건넌다는 것은 젖은 종이 위를 걷는 것처럼 힘들다.

그들은 깊은 집중력으로 해냈다.

금룡대주가 먼저 단단한 자갈들을 골라냈다.

발끝으로 확인해 보고, 꾸욱 눌러본 후 안전하다 싶으면 체중을 실었다.

열 명의 대원들이 충실히 뒤따랐다.

그들은 중봉(中峰)을 넘어 수렴동(水簾洞)까지 다다르고 있었다.

"이거야 원…… 생사의 고비를 하루에도 열댓 번씩 넘나들었다면 믿을까?"

"누가 믿겠나. 그것도 화산에서."

"그렇지. 믿지 않을 거야."

모두들 다리를 높이 올리고 푹 쉬었다.

화산은 위험한 곳이 아니다. 산세가 험하기는 하지만 하루에 몇 번씩 목숨을 걸 만큼 위험하지는 않다.

물론 산을 무시해서 스스로 위험을 자초하는 사람은 논외로 한다.

무공을 아는 사람이든 모르는 사람이든 마음에 여유가 생기면 찾아올 수 있는 산이다.

더군다나 화산에는 화산파가 있어서 도적들의 횡포 같은 건 전혀 걱정하지 않아도 된다.

어떤 면에서는 깊은 산이면서도 가장 안전한 산이다.

한데 그런 산이 금룡대에게는 죽음의 산이 되었다.

검을 맞대는 것만이 생사의 갈림길은 아니다. 사람을 만나는 것만으로도 생사가 결정될 수 있다. 화산 도인들에게 발각되면 죽을 수밖에 없으니, 살고 싶으면 발각되지 말아야 한다.

"한잠 자두자고. 밤에 움직이려면 힘 좀 비축해야지."

"그럴까?"

금룡대원들은 편한 자세로 잠을 청했다.

금룡대주는 단차가 준 흑첩를 꺼내 읽었다.

수많은 사람들이 나열되어 있다. 한 명, 한 명이 청진자에 비해 결코 뒤떨어지는 사람들이 아니다.

한데 이상한 점이 있다.

단차는 청진자를 죽이는 데 충분한 시간을 주었다. 다소 과하다 싶을 만큼 넉넉했다.

이대로라면 화산을 무사히 빠져나갈 수 있다.

금룡대도 예전의 금룡대가 아니다. 화산오검을 맞이해 절반이 몰살당하는 순간부터 독이 바짝 오른 살인 병기가 되었다.

누구든 이들을 건드리면 물린다.

수렴동도 지나쳤고…… 이제 다소 느슨한 외곽 경계만 돌파하면 완전히 화산의 돌파구를 벗어나게 된다.

모두 시간을 넉넉하게 주었기 때문에 가능했다.

한데 이다음부터는 가히 살인적인 일정이 펼쳐진다.

거의 하루에 한 명꼴로 살인이 예정되어 있다.

가까운 거리도 아니다. 숨이 턱에 닿을 만큼 전력으로 질주해야 간신히 도착할 정도다.

죽이는 것이 아니라 상대가 사는 곳에 도착하는 것만도 빠듯하다.

암살이란 도착하는 것만으로 끝나지 않는다. 상대가 어떤 환경에 있는지 살펴야 한다. 잠입해야 하고, 직접 병기를 써서 육신에 흔적을 새겨야 한다.

그러려면 하루에 한 명은 너무 지나치다.

도착하고, 조사하고, 실행하고…… 최소한 한 명당 삼 일은 주어져야 한다.

단차는 왜 이토록 무리한 일정을 준 것일까?

그는 잠자고 있는 금룡대원들을 쳐다봤다.

참 곤하게 잘도 잔다. 두 발을 높은 곳에 올려 피로를 풀면서 최대한 편한 자세를 취했다.

천둥번개가 쳐도 모르고 잘 것 같다.

아니다. 그렇게 봤다면 아주 잘못 본 것이다.

금룡대원들은 숙면(熟眠)을 취한 적이 없다. 숙면을 취하는 것처럼 보이지만 깊은 가면(假眠) 상태에 들어 있을 뿐이다.

옆에서 바스락거리는 소리만 들려도 눈을 뜬다. 무형의 살기가 쏘아져도 당장 뛰어 일어난다.

이들은 언제든 싸울 준비가 되어 있다.

자신이 금룡대를 가르칠 때보다 훨씬 강해졌다. 단차가 살수비기를 가르칠 때보다도 훨씬 사나워졌다. 화산에서의 수련이 십여 년간의 무림 생활보다 더 큰 성취를 안겨주었다.

이제 이들을 놓아줄 때가 됐다.

'이거였던가……'

그는 단차의 생각을 읽었다.

그가 이곳에서 왜 그토록 시간을 넉넉히 주었는지 이제야 비로소 깨달았다.

단차의 수련은 청진자와 화산오검을 죽이는 데서 끝나지 않았다. 그의 안배는 화산을 벗어나는 데까지 이어졌다.

철통같은 경계망을 벗어나기 위해서는 극도의 집중이 필요하다. 맹수의 야성에 살인자의 냉혹한 마음이 덧보태져야 한다. 사람을 죽이는 순간에는 인의라거나 도의, 혹은 협의심 같은 것이 일절 망각되어 있어야 한다.

단차는 살수비기를 가르칠 때 이런 점을 누누이 강조했다. 그리고 이번 화산행을 통해서 직접 체험케 했다. 경험이라는 살을 붙여서 더욱 냉혹한 병기로 가다듬었다.

이것이 시각랑이다.

현재 활동하고 있는 시각랑들에게 무림의 절정비기만 수련시키면 딱 금룡대원이 된다.

금룡대원들은 반대의 길을 걸었다.

먼저 무공을 수련한 후에 시각랑들이 절망을 안고 걸었을 죽음의 험로를 체험했다.

선후는 바뀌었지만 칠살문이나 금룡대나 똑같은 입장이 되었다.

칠살문은 시각랑이 아니다. 그들은 고도로 전문화된 살수다.

금룡대는 무인이 아니다. 그들은 비정함으로 가득한 살수다.

'놓아줄 때가 되었단 말이지.'

금룡대주는 흑첩에 기재된 자들을 분류하기 시작했다.

거리도 따지고, 무공 수준도 따지고, 세력도 살폈다. 난이도가 높은 자와 낮은 자를 구분했다. 그리고 지필묵을 꺼내 자신만의 명단을 적어 내려갔다.

"내가 대주이니 두 명만 데리고 간다. 너희들 여덟! 마음에 맞는 자들끼리 두 패로 나눠라. 우리는 셋으로 갈라진다."

"화산이나 벗어난 다음에 하죠?"

과연! 과연이다!

이들은 살수행을 셋으로 갈라져서 한다는 말에도 놀라지 않았다. 즉, 어떤 명령이든 받아들일 준비가 되어 있다. 불가능, 가능을 염두에 두지 않고 명령받은 것은 무조건 이행한다.

그것이 이들의 마음이다.

성사 여부는…… 다시 말하지만 고려하지 않는다.

명령을 실행에 옮기다가 능력에 부쳐서 실패하면 어쩔 수 없다. 다만 기필코 명령을 수행해 내기 위해서 최선을 다한다는 점만은 믿어도 좋다.

"셋으로 나눠서 화산을 벗어난다. 지금까지는 내가 뒤를 받쳐 줬지만…… 후후! 솔직히 너희를 너무 무시했던 것 같다. 솔직히 지금 내 심정을 말하라면…… 우리 모두 각각 뿔뿔이 흩어져도 화산을 무사히 빠져나갈 수 있을 것이다. 우린 그 정도로 훈련되었다. 그만큼 완벽한 살수가 되었다."

금룡대주는 '완벽한' 이란 말을 할 때 특별히 힘을 실었다.

살수는 강해질 필요가 없다.

부단히 무공을 수련해도 무림에는 그보다 훨씬 강한 사람이 있게 마련이다.

항상 최고가 될 수는 없다.

하나 명령은 시도 때도 없이 떨어진다. 죽일 자 역시 무공의 고하를 가리지 않고 하달된다. 자신보다 강한 자를 죽여야 할 경우도 종종 발생한다.

그때 뭐라고 할 텐가? 무공이 약해서 죽일 수 없다고 말할 것인가?

살수는 누구든 죽인다.

강해질 필요는 없다. 완벽하기만 하면 된다. 죽음의 수순을 정확히 밟을 줄만 알면 천하에 못 죽일 사람이 없다.

계획…… 계획이다.

맹수를 함정에 몰아넣듯이…… 죽음의 함정 속으로 떨어질 수밖에 없도록 살인 구상을 잘 해야 한다.

그것만 잘해도 무적의 살수가 된다.

"넷씩 조(組)를 나눴으면 조장을 뽑아라. 불화가 생기지 않도록 잘 선택해라. 조장은 너희의 목숨을 좌지우지할 것이니 목숨을 내맡길 수 있다고 생각되는 자를 뽑아야 할 것이다."

"누구한테도 내 목숨을 맡길 수 없다…… 이러면 어찌합니까?"

"그래서 내가 먼저 떠난다. 나머지는 너희가 알아서 해라. 여태까지 경험으로 짐작하겠지만 여기서 견딜 수 있는 것도 한 시진 정도뿐이다. 그 이상 지체하면 화산의 맹견(猛犬)들에게 뒤를 밟히게 될 터, 알아서 해라."

"이럴 것 같았으면 어제 언질이나 주시지."

금룡대주는 대원들의 투정을 무시했다.

"조장은 여기서 서신을 가져가라. 양쪽 모두 쉬운 자와 어려운 자를 공평하게 섞어놓았으니 고를 필요는 없을 게다."

금룡대주는 어젯밤에 적은 서신을 땅에 놓고 돌로 꾹 눌렀다. 그리고 마지막 말을 했다.

"정해진 날짜에 정해진 자들을 죽이고…… 살아서 만나자."

금룡대주가 두 명을 지목하여 데리고 갔다.

남은 대원들도 떠날 준비를 했다.

마음에 맞고 안 맞고…… 그런 건 중요하지 않다. 마음에 안 맞으면 맞추면 된다.

중요한 것은 목숨을 맡겨도 될 자가 누구냐이다.

그들은 어렵지 않게 선택했다.

"너, 내 목숨 맡을래?"

대원 한 명이 아침까지만 해도 동료였던 대원의 어깨를 툭 치며 말했다.

"후회하지 않을 자신이 있으면 맡겨."

"너라면 괜찮을 것 같다. 가져라, 내 목숨."

아주 쉬운 선택이다.

그들은 같이 수련했다. 같이 호흡했고, 같이 생활했다.

누가 강하고 약한지 안다. 누가 정(情)에 약하고, 누가 살인에 강한지 안다. 누가 무모하며, 누가 약아빠졌는지, 또 누가 동료를 위해 목숨을 아끼지 않는지 안다.

그들은 일다경도 안 되는 짧은 시간에 여덟 명 중 두 명의 조장을 골라냈다.

그들 중 누구에게 몸을 의탁할까?

그 선택도 쉬웠다. 가까이에 있는 사람이 조장을 향해 한 걸음씩만 움직이면 되었다.

마음에 들고 안 들고를 따지는 건 미숙한 자나 하는 짓이다. 살행이 업(業)이라면 무리하지 않으면서 확실하게 임무를 완수하는 자가 제일 좋다.

그들은 금룡대주가 남긴 종이를 집어들었다.

“우린 북쪽으로 간다.”

“가만…… 흠! 우린 동쪽인데.”

“그럼 우리도 여기서 갈라지는 거구나. 잘 가라. 조심하고 나중에 꼭 보자.”

그들은 두 패로 갈려 흩어졌다.

금룡대주는 그들이 흩어지는 모습을 끝까지 지켜봤다.

자신이 떠나고 저들이 움직이기까지 일다경 정도의 시간이 걸렸을 뿐이다.

‘이게 잘한 짓일까?

한순간 회의가 치밀었다.

그들에게 나눠준 서한 속에는 그들의 무공으로는 감당하지 못할 고수들이 수두룩하게 기재되어 있었다.

정말로 무공으로 상대하려고 해서는 안 된다,

독을 써야 한다. 화약을 써야 하고, 방심을 유도해 내야 한다. 필요하다면 인질도 기꺼이 써야 할 게다.

저들이 그런 일까지 할 수 있을까?

어쨌든 주사위는 던져졌다.

“우리는 어느 쪽으로 가죠?”

“남쪽.”

“네? 남쪽이라면…… 화산으로 다시 들어가야 하는데……?”

“화산에 아직 죽이지 못한 자들이 있지 않나. 명은 반드시 수행한다. 잊었나?"

"햐! 여기서 뒤통수를 얻어맞네. 가장 편한 줄 알고 대주님을 따라왔는데…… 지옥이네."

"그러게 말이야. 우린 죽었다. 다른 건 다 좋은데, 저 개 떼를 어떻게 하냐? 대주님, 좀 편한 방법 없습니까? 저 개 떼만 피해도 어떻게 숨을 쉴 수 있겠는데."

"후후! 가자."

금룡대원은 마음을 살행에 집중시켰다.

지금은 수하 말대로 인간보다 사십 배 이상 냄새를 잘 맡는다는 맹견들의 후각을 피해야 할 때다.

3

그들은 모이지 않을 수 없었다. 이대로 방관하다가는 북무림에 적을 둔 안선은 완전히 기반을 잃을 판이다.

"하루에 십여 명씩…… 우수수 죽어 나가고 있어요. 이러다가는 정말……. 대공께서 무슨 생각을 하는지 알아야겠어요."

전왕(錢王)이 말했다.

달그락! 달그락!

손에 든 호두 두 알이 경쾌한 소리를 울렸다.

"전왕도 타격이 크셨겠지만 저는 더 죽겠어요. 비단길이 완전히 막혀 버렸습니다. 장사꾼이 장사를 할 수 없는 지경이 되어버린 거지요. 기반이 무너지면 일으켜 세우면 되는 거예요.

하지만 움직임을 막아버리면 그건 대책이 없어요. 특히 장사꾼의 발길은 한시도 쉴 수 없는 것. 매일 나라 하나씩 잃고 있다고 생각하면 크게 틀린 말은 아닐 겁니다."

팔교사가 말했다.

구교사는 말도 하지 않았다.

입을 굳게 다물고 무서운 고리눈으로 좌중을 쓸어볼 뿐이다.

그가 가지고 있는 광산은 스물아홉 개, 그중에 열한 개가 섬서성 산악 지대에 깔려 있다.

그는 광산 운영을 전면 중지시켰다.

거의 절반에 해당하는 광산이 찬바람만 토해내고 있다. 손해가 이만저만이 아니다.

그러나 그는 다소 양호한 편이다.

한 달, 두 달 광산 운영을 중지시킨다고 해서 땅속에 묻혀 있는 광물들이 어디로 도망가는 게 아니다. 소낙비를 피했다가 다소 빗줄기가 그치면 다시 운영하면 된다.

정작 가장 많은 피해는 칠교사와 팔교사가 당하고 있다.

그들이 감수해야 하는 고통은 회합에서 토로하는 심정 표현의 백 배 이상 된다.

돈의 흐름이 끊기고 있다.

구교사처럼 안 벌면 되는 게 아니라 있는 것까지 무너지고 있다.

살수 몇 명으로 시작된 북무림 초토화 계획은 실로 막중한 타격을 가하고 있었던 것이다.

오교사도 한마디 했다.

"민심이 굉장히 흉흉해졌어요. 그곳이 어딥니까? 적과 국경을 마주하고 있는 곳이에요."

오교사가 손가락으로 탁자를 탁탁 두들겼다.

신경질이 나는 것을 간신히 억누르고 있다는 의사표시다.

"서쪽으로는 몽골과 부딪치고 북쪽으로는 토노번인들과 싸우고 있어요. 그런데 바로 뒤통수에서 파리새끼가 윙윙거리고 있으니…… 황상의 진노가 말도 못해요. 지금은 이리저리 평계를 대보고 있지만 앞으로 어떻게 될지는 보장하지 못합니다."

"일이 더 커지기 전에 수습하는 게 좋을 겝니다."

삼교사가 오교사를 거들었다.

그들은 많은 말을 했다. 하나 요구 사항은 딱 하나로 집약된다.

살수들을 제거해라!

그들은 자신들의 요구가 얼마나 강력한지 알리기 위해 몇 가지 행동을 일으켰다.

수강보(水康堡)에 주둔했던 군대가 만리장성(萬里長城) 이남(以南)인 홍성보(紅城堡)로 삼십 리가량 물러섰다.

토노번인을 향해 겨누던 창칼이 만리장성 이남을 향해 거꾸로 돌려지고 있다.

이대로 살행이 지속된다면 군대를 움직이겠다는 엄포다.

무인들만 죽어 나가는 것이라면 황실이 이토록 진노하지는 않았을 게다.

현재 살수들이 죽이고 있는 사람들은 거의 대부분이 상인이나 대부호다. 북방을 지키는 군대는 보급 물자를 받아야 하고, 그들은 보급 물자 조달에 직접적으로 간여하고 있다.

살수들이 상인들을 죽이는 행위가 북방 군대의 안전까지 위협하고 있는 것이다.

하나 보급 물자 조달에 문제가 생겼다고 해서 곧바로 군대가 움직인 것은 지나친 감이 없지 않다.

이는 삼교사와 오교사의 실력 행사라고 봐야 한다.

자신들이 손을 놓았을 경우, 어떤 일이 벌어지는지 똑똑히 알고 있으라는 엄포다.

칠교사, 팔교사, 구교사도 실력 행사를 했다.

그들은 북방 사건을 핑계로 상납 금액 중 삼 할을 줄여 버렸다.

예전 같으면 눈치를 보아가면서 흥정을 벌이곤 했는데, 이제는 생산 능력이 없는 사람을 어쩔 수 없이 거둬 먹인다는 식으로 마뜩찮게 내놓는다. 하니 그거라도 필요하면 받으라는 조롱이 노골적으로 섞여 있다.

무림이라고 조용하지는 않았다.

십교사도 쏟아지는 불평불만 속에 한마디 끼어 넣었다.

"화산에서 살겁이 벌어졌습니다. 청진자를 비롯해서 나진선자(蘿瑨仙子) 등 여덟 명이 암살되었습니다. 후후! 화산 안선은 뿌리 뽑히고 말았네요. 금룡대 짓인데…… 그놈들, 굉장히 빨라졌어요. 지금 파악한 바로는 하루에 칠십 리를 주파하면서 최소 한 명은 목을 날리고 있습니다."

"허어! 이거야 원…… 하룻강아지가 범의 목줄을 문 격이지 않나. 그것도 제대로 물었어."

침묵만 꾹 지키고 있던 구교사가 참지 못하고 한마디 했다.

일교사는 모든 소리를 들었다.

이들은 행동을 요구하고 있다.

북무림의 살수들을 당장 제거하지 않으면 교사라는 위치도 던져 버리겠다는 투다.

"후후! 후후후!"

일교사는 쏟아져 나오는 웃음을 참을 수 없어서 기어코 실소를 흘리고 말았다.

교사들의 눈빛이 냉랭해졌다.

우리들의 말이 말 같지 않느냐? 지금이 어느 때라고 웃음이나 흘리고 있느냐?

일교사가 그들을 쳐다보며 말했다.

"여러분의 말씀, 잘 들었어요. 이제 안선이 필요없어졌다는 뜻으로 들리는데…… 하면 십교사의 모임, 오늘을 마지막으로 해체하는 건 어떻습니까?"

"일교사, 말씀이 너무 지나치신 것 아닙니까? 지금 그 말씀은 협박으로 들립니다."

전왕이 즉각 반발했다.

일교사는 고개를 끄덕였다.

"협박이 통하지 않을 만큼 거대해지셨군요. 축하합니다."

일교사는 손을 들어 딱딱! 손뼉까지 쳤다.

사실 이런 조짐은 예전부터 있었다.

상계(商界)가 독자적인 생존을 모색하고 있다는 정황은 곳곳에서 드러났다.

그들은 무림 각대문파와 교분을 나누고 있다. 관계(官界) 쪽으로도 폭 넓게 발을 넓혀 나갔다.

웬만한 일은 안선을 통하지 않고도 그들 스스로 해결했다.

그들이 구축한 막대한 부(富)는 많은 것을 바꾸어놓았다.

그중에서 단연 제일이라면 무림을 앞세워야 했던 빈약한 구조에서 무림을 종처럼 부릴 수 있는 막강한 구조로 탈바꿈시켜 놓았다는 점일 게다.

삼교사와 오교사도 크게 다르지 않다.

예전의 그들은 도움을 받는 측면이 컸지만, 이제는 도움을 줘야 하는 쪽에 섰다.

한마디로 받는 것은 적고 주는 것은 많은 입장이다.

이들이 안선을 귀찮게 여기는 것도 납득이 간다.

"일교사, 지금 뭐 하자는 겁니까?"

전왕이 눈을 내리깔며 말했다.

정 이런 식으로 나오면 단호한 결단을 내리겠다!

그의 모습에서 말하지 않은 생각을 읽는 건 너무 쉬웠다.

"훗!"

일교사는 피식 웃으며 품에서 봉투 세 개를 꺼내 탁자에 놓았다. 그리고 사교사에게 눈짓을 했다.

사교사가 봉투를 집어들고 칠교사에게 갔다.

"가지고 오신 어음입니다."

"어…… 음?"

"솔직히…… 저희와 같이 일하실 의향이 없으시잖습니까? 그러니 이 돈도 받을 수 없지요."

사교사는 칠교사 앞에 봉투를 내려놓았다.

다른 두 봉투의 주인도 정해졌다.

팔교사와 구교사는 회합 직전에 건넸던 어음을 다시 건네받았다.

"지금까지 그랬듯이 여러분의 장도에 무궁한 발전이 있기를 기원합니다."

일교사가 두 손을 모아 합장했다.

일교사와 사교사가 나간 후에도 다른 교사들은 자리에서 일어서지 못했다.

뜸을 들이듯이 약한 불로 살짝살짝 조절만 하려고 했는데…… 역으로 한 방 먹고 말았다.

"이거…… 집어들면…… 끝이에요."

칠교사가 자신 앞에 놓인 어음 종이를 손가락으로 툭툭 건드리며 말했다.

"안선이 아직도 힘이 있다고 생각합니까?"

특정인에게 한 말이 아니다. 모두에게 의견을 구한 것이다.

안선과 등을 돌리면 그 순간부터 촉급을 다퉈서 급히 처리해야 할 일이 있다.

제일 우선은 뭐니 뭐니 해도 자신의 안전 강화다.

안선은 뛰어난 살수를 많이 거느리고 있다.

쥐도 새도 모르게…… 아니, 그 말조차도 부적합하다. 안선은 자연사를 유도해 낸다. 이들에게 어려운 일을 부탁하면 마치 잘 익은 감이 감나무에서 똑 떨어지듯 절묘한 시점에, 아주 자연스럽게 경쟁자가 죽는다.

그 방법이 자신들에게 쏘아질 게다.

물론 방책은 있다.

손수 양성한 무인들도 있고, 관계와 무림에 연(緣)도 닿고 있다.

그래도 부족해서 안선도 전원의 이름이 기재된 인명첩(人名帖)까지 만들어서 숨겨놨다.

자신들이 해를 당할 경우, 인명첩은 무총에 전해질 것이다.

이토록 만반의 준비를 갖춰놨는데도 여전히 불안한 마음이 깊다. 그동안 안선이 하는 일을 두 눈으로 보아왔기에 안전하다는 보장을 하지 못하겠다.

안선은 작은 부자를 무수히 만들었다.

그들은 지역의 패주가 되었다. 천금을 풀어 인심을 샀고, 민중의 아픔을 제 몸처럼 살폈다.

그들은 성인군자가 되었다.

안선은 큰 부자를 만들지 않았다. 큰 부자는 세 명으로 족했다.

그들이 어느 정도의 재력을 가졌는지는 추측도 하지 못한다. 다만 중원의 절반을 살 수 있을 정도라는 말에서 어느 정도 짐작을 해볼 뿐이다.

큰 부자는 강적을 용납지 않는다.

누군가가 급성장하여 그들과 어깨를 나란히 하려고 하면 반드시 변괴가 생긴다.

사람들은 이런 일을 두고 '하늘의 시샘'이라고 말한다.

안선과 손을 끊으면 그런 보장도 사라진다.

북무림 하나가 초토화된다고 해서 그들의 생활이 당장 궁핍해지는 건 아니다. 솔직히 지금 북무림에서 일어난 사건은 작은 생채기 정도밖에 영향을 주지 않는다.

'그래?' 하고 웃어넘기면 그뿐이다.

다만 이번 일을 기화로 자신들의 입지를 조금 더 강화시킬 생각은 했다.

한데 일교사가 먼저 칼을 빼들었다.

마주 뽑아야 하나, 아니면 허리를 굽혀야 하나.

"다른 때 같으면 이런 일이 벌어지지도 않았어요. 일교사가 어떤 사람입니까? 그런 사람이 단차 같은 자가 설치고 다니도록 내버려 둬요? 안선의 뿌리가 흔들리고 있는데, 이걸 가만히 두고 봐요? 일교사의 성격에 그게 가능하다고 봅니까?"

팔교사가 두 손 모아 각지를 끼며 말했다.

“대공……”

“그래요. 대공입니다. 대공의 지시가 있었기 때문에 단차를 내버려 두고 있는 겁니다.”

“그게 말이 된다고 보십니까? 하하! 내 새끼를 죽이는 놈이 있는데 그걸 일부러 놔주고 있다고요?”

오교사가 비웃듯 말했다.

팔교사는 인상을 찡그렸다.

관계에 있는 사람은 정보에 밝은 듯하면서도 어둡다.

오히려 이런 면에서는 상계에 있는 사람들이 가장 빨리 알아챈다. 그들의 촉수는 예민하다. 먼지 한 톨만 내려앉아도 대번에 지진이 들이닥칠 것을 알아챈다.

이번 일은 확실히 대공이 간여하고 있다.

일교사가 숨도 쉬지 못할 만큼 강력하게 몰아치고 있다.

이것이 팔교사의 생각인데…… 삼교사와 오교사는 동의하지 않는 모양이다.

하기는 그럴 만도 하다.

그들의 눈에 보이는 단차는 살수들을 거느린 한낱 쓰레기처럼 보일 것이다.

살수들을 제거한다. 그리고 단차를 죽인다. 하면 세상은 예전의 평안함으로 돌아간다.

그들의 생각은 아주 단순하다.

그 생각이 또 맞다. 북무림 사건은 길게 끌 이유가 하등 없다. 살수와 단차만 제거하면 언제 시끄러웠냐 싶게 급속도로 안정을 되찾아갈 것이다.

군대는 다시 제자리로 돌아간다.

전왕의 돈은 다시 돌기 시작할 것이고, 팔교사는 상단(商團)을 가동할 것이고, 구교사는 광산을 움직일 것이다.

세상이 다시 제자리로 돌아간다.

한데 왜 안선은 그런 일을 하지 않으려고 하는 것인가.

일교사가 하지 않는 게 아니라 대공이 하지 않는 것이다. 못하는 것이 아니라 안 하는 것이다.

상인들은 그 점을 고민했다.

대공이 왜 그를 죽이지 않는지 그 이유를 알기 전에는 어음 종이를 집어들 수 없다.

언젠가는 안선과 관계를 매듭지어야 할 게다.

아무런 하자도 없을 때, 미혹한 일이 없을 때, 사리가 분명하게 보일 때…….

구교사가 아무 소리 없이 품에서 봉투를 꺼내 올려놓았다.

봉투가 하나에서 두 개로 늘어났다.

"혹 떼러 왔다가 혹 붙이고 간다더니……."

구교사는 몸을 일으켰다.

다른 사람들이라고 이견(異見)이 있을 수 없다.

언젠가는 안선과 한바탕 전쟁을 벌여야 할 터이지만, 지금은 아니다. 지금은 명분도 실력도 없다.

칠교사와 팔교사는 누가 먼저랄 것도 없이 봉투를 꺼내 올려놓고는 몸을 일으켰다.

“쯧! 저렇게 겁을 먹어서야…….”

삼교사가 헛바람을 찼다.

“뭔가 있는 것 아니겠습니까? 저놈들은 눈치 하나로 먹고사는 놈들인데…… 우리가 파악하지 못한 무언가가 있는 것 같습니다.”

“대공이 왜 단차를 주목하는지는 알아봤는가?”

오교사는 고개를 좌우로 흔들었다.

“쯧! 그걸 빨리 알아보라니까.”

“그보다…… 조금 이상한 점을 찾아냈습니다.”

“그래? 뭔가?”

“북지단 만총림 부림주가 전격 사퇴했습니다.”

“전격…… 사퇴?”

“사직 이유야 지병(持病) 때문이라지만 아무래도 이번 일과 무관하지 않을 듯싶습니다.”

“흐음! 그 외 또 다른 움직임은…….”

삼교사가 오교사에게 물을 때였다.

“북지단 내단, 외단, 호법원이 일제히 철수를 시작했죠. 후후! 북지단으로 되돌아가고 있다 이 말입니다.”

한구석에서 있는 듯 없는 듯 조용히 있던 십교사가 삼교사 대신 대답했다.

“한마디로 무총 총주도 그놈이 하는 일을 수수방관한다는 뜻이지요. 잘해봐라, 이겁니다. 무총 총주에 안선 대공…… 이

두 거물이 모두 팔짱만 끼고 있는 거죠. 후후후! 개방…… 그
놈들, 아주 더러운 똥을 밟은 거예요. 하하하!"
십교사는 재미있다는 듯 웃어 제쳤다.

상계 거물들이 두둑한 어음 뭉치를 남겨놓고 돌아갔다.
관계 거물들도 속앓이만 하면서 물러났다.
당분간 준동은 염려하지 않아도 된다. 아니, 지금보다 더 큰
지원을 전폭적으로 받게 될 것이다.
이빨은 그들이 먼저 드러냈다.
무림에 사는 자, 이걸 명심해야 한다.
이빨을 드러냈으면 반드시 숨통을 물어뜯어야 한다. 그렇지
못할 바에는 이빨 없는 합죽이처럼 입을 꼭 다물고 지내야 한
다. 자신도 없으면서 이빨만 드러내면 매 맞아 죽는다.
그들은 어느 정도 자신을 가졌다.
안선이 끝없이 추락하고 있다. 무총은 태연하다. 구파일방
은 뒷전에서 웃으며 싸움을 구경하고 있다. 배신을 함으로써
받게 될 징치만 피할 수 있다면…….
그들의 생각이 손에 잡힐 듯이 읽힌다.
또 그들에게는 등을 돌릴 만한 힘이 있다.
무력, 재력, 권력…… 두루 갖췄다.
안선의 수법을 손바닥 들여다보듯이 안다는 점도 등을 돌릴
수 있는 자신감으로 발전했다.
그들은 배신을 염두에 두고 준비했다.

안선이 공격을 시작하면 반격할 만반의 태세가 갖춰졌다.

안선도의 인명록을 작성한 것도 그와 같은 생각 때문일 게다.

여느 조직이 지금과 같은 상황에 처했다면 백 중 백 틀림없이 배신자가 나왔다.

하지만 한 가지, 그들은 대공을 너무 모른다.

무총주와 어깨를 나란히 하는 고수라는 점은 안다. 하나 그가 누구인지를 알지 못한다. 그의 무공이 어느 정도인지 정확하게 파악하지도 못했다.

무총주와 비슷한 경지다?

이 정도로는 방어를 할 수 없다. 그림 그리듯이 정확하게 그려낼 수 있어야 방어가 가능하다.

그 한 가지 사실 때문에 그들이 등을 돌리지 못한 게다.

일교사는 교사들이 돌아가는 모습을 보면서 사교사의 어깨를 툭툭 쳤다.

"가볍게 하게."

"걱정 마십시오."

사교사가 히죽 웃었다.

십교사는 제일 늦게 회의청을 걸어나왔다.

교사가 되기 전에는 참으로 존경했던 사람들인데…… 막상 같은 위치에서 접하고 보니 아주 치졸하고 옹졸하고 겁 많은 늙은이들에 지나지 않는다.

‘후후후! 제 밥그릇만 챙기는 늙은이들······.’

그는 모든 게 마음에 들지 않았다.

일교사의 음흉함도, 다른 교사들의 비겁함도 경멸의 대상이었다.

그러나 이제 와서 어쩌겠는가. 자신이 택한 조직이고, 평생을 바쳐 온 조직인 것을.

일선에서 뛰고 있는 안선도가 불쌍하다.

그들은 누구를 위해 목숨도 기꺼이 내놓는 것인가. 무림 정의? 그런 건 없다. 협행? 그런 것도 없다. 있는 것이라고는 오직 아전인수(我田引水) 격인 욕심뿐이다.

십교사로 있는 것이 재미가 없다.

이럴 줄 알았으면 차라리 안선주로 계속 있는 건데. 그때는 참 재미있었는데. 안선을 위해서라면 정말 목숨이라도 내놓을 만큼 충성스러웠는데.

밖으로 걸음을 옮기던 그의 눈에 사교사가 보였다.

“흐흐!”

사교사는 징그럽게 웃었다. 손에는 검까지 들려 있다.

“만만한 게 나 같은 놈인가?”

“버르장머리 없는 놈. 안선주였던 것을 교사로 앉혀주니까 발뒤꿈치를 깨물어?”

“쯧! 불알을 깨문다는 게 뒤꿈치를 물었군. 거기를 깨물려고 했는데 워낙 냄새가 지독해서 말이지.”

“흐흐흐!”

사교사가 징그럽게 웃으며 달려왔다.

스릉!

십교사도 급히 검을 뽑았다.

어차피 안선에서는 희망이 없었다. 생각 같아서는 교사들을 말끔히 갈아치우고 싶은데, 그건 자신이 할 수 있는 일이 아니었다. 그러니 이것도 저것도 못하고 답답하기만 했다.

그런 마당에 먼저 공격해 온다?

좋다! 이 기회에 교사란 놈들을 싹 죽여보자.

사교사만 죽이면 나머지 놈들은 별로 힘들지 않을 것 같다. 자신의 명을 충실히 따르고 있는 안선주들을 동원하면…… 아니, 그들을 동원할 필요도 없다. 그놈들 정도 죽이는 것은 자신 혼자 나서도 충분하다.

쒜에엑!

검이 허공을 찢는다.

십교사는 급히 진기를 끌어올려 벽력십검(霹靂十劍)을 펼쳐냈다.

무림에 나온 이후 단 두 번밖에 펼치지 않은 진산절학이다. 사문에서도 목숨이 위급할 때가 아니면 절대 펼치지 말라고 당부할 정도로 패도적이다.

'벽력십검 앞에 무사할 수 있는 자는 없어!'

꽈르르르릉!

검이 허공을 찢는 소리가 천둥소리를 능가한다.

"후후후! 다짜고짜 벽력십검인가?"

"너에 대한 예우라고 생각하길!"

꽈르르르르룽!

검에 진기가 밀집되었다. 무지막지한 패검(覇劍)이 공기를 산산조각으로 찢어버린다. 베는 게 아니라 잡아 뜯어버린다. 거치적거리는 것은 모두 짓뭉개 버린다.

쒜에엑!

사교사의 검도 코앞까지 다가왔다.

그의 검은 평범하다. 지극히 평범한 일검이라서 특별히 경계심도 들지 않는다. 그런 검공을 펼치는 사람이 사교사가 아니라면 코웃음을 흘려도 좋았으리라.

꽈르르룽! 쒜에엑!

벽력검이 급변했다.

패검에서 쾌검(快劍)으로 순식간에 변화했다.

천둥 다음에 몰아치는 것은 번개다. 무지막지한 패력을 고스란히 유지한 채 아무도 방비할 수 없는 속도로 몰아친다.

번개가 내리치는 것을 보고 피할 수 있는 사람이 있는가? 번개에 관통되고도 살아남은 사람이 있는가?

꽈르르룽!

벽력검이 정확하게 사교사의 몸통을 내리갈겼다. 그때!

쒜에에…… 스으웃!

사교사의 검이 소리없이 스며들었다.

날카로움, 빠름…… 어느 것도 없이 허공에 뚝 멈춘 듯 소리를 죽였다.

‘섬전검(閃電劍)!’

십교사는 한순간 눈앞이 노래졌다.

이 검은…… 이 검법은…… 소리조차 죽여 버릴 정도의 빠른 검이라면 오직 하나…… 벽력부의 섬전검뿐이다.

벽력검은 빠르고 강하다. 한때는 무적의 신화를 일구기도 했던 검법이요, 사문이다. 벽력부(霹靂府) 고수는 오직 벽력부 사람만이 꺾을 수 있다는 말도 나오곤 했다.

벽력검을 전수받았을 때 하늘을 얻은 기분이었다면 감정 표현을 제대로 한 것일까?

그 벽력검의 마지막 제십검이 바로 섬전검이다.

무엇보다도 그는 아직 섬전검의 요체를 터득하지 못했다.

자신은 일초식 쾌력검(快力劍)을 썼는데, 사교사는 십초식 섬전검을 써온다.

승부는 바로 갈렸다.

픽!

쾌력검보다 배는 빠른 섬전검이 어느새 가슴에 틀어박혔다. 그리고 쾌력검 사이를 유유히 빠져나가 버렸다.

“꺼억!”

십교사는 가슴을 부여안고 쓰러졌다.

“어, 어떻게…… 벽…… 벽력부의…….”

“후후후! 벽력부가 괜히 은자지부(隱者之府)인가? 사제(師弟)가 서로 간여하지 않고, 사형제(師兄弟)가 없고, 오로지 무공만 배우면 끝나니 좋은 게 아닌가. 후후후! 알겠느냐? 수많

은 안선주 중에 네놈을 고른 것은 그래도 네가 벽력부 출신이
기 때문이다. 가깝게 느껴졌다고나 할까? 후후후! 한데 내 등
을 밟고 올라서?"
　십교사는 사교사의 말을 끝까지 듣지 못했다.
　그의 신형은 이미 무너져 버렸다.

第百十六章
단혈(斷血)

第百十六章
단혈(斷血)

사약란은 분주로 들어섰다.

'이상해.'

길을 오는 동안 내내 느낀 것이지만 분주로 들어서자 이상하다는 느낌이 더욱 확실해졌다.

북지단 무인들이 빠져나가고 있다.

북지단이 단차와 몇몇 살수들을 무림공적으로 선포했는데, 정작 선포를 한 당사자들은 싸움에서 한 발 빼고 있다.

그런 현상은 곳곳에서 목격된다.

무총 무복을 입은 자들이 보이지 않는다. 눈을 부릅뜨고 찾아야 간신히 한두 명 찾을 정도다.

무총이 주도한 싸움이지 않은가.

지금쯤 분주는 무총 무인들로 발 디딜 틈이 없어야 한다. 일부러 찾아도 보이지 않는다는 건 일부러 피한다는 뜻, 모종의 특명을 받았다는 말이 된다.

서지단의 경험에 의하면 이건 완전히 물러서려는 의도다.

물론 군웅들은 알지 못한다. 그들은 여전히 무총이 뒤에서 버티고 있다고 생각한다.

소문이 꾸준히 나돌기 때문이다.

그녀는 무총 무인을 찾았다.

거의 대부분 다루(茶樓)에서 차를 마시거나 주루(酒樓)에서 술을 마실 것이다.

그녀는 다루를 찾아 안으로 들어섰다.

"이번에 무총에서는 누가 나서는 겁니까?"

"나 같은 졸자가 무얼 알겠소. 하지만 내단, 외단, 호법원…… 고수란 고수는 모두 빼냈으니 조만간 이리 오지 않을까 싶소."

"북지단 무인들이 빠지고 있다는 소문은 들었는데……."

"그럼 그게 이리로 오기 위해서란 말이오?"

"아이고, 나 같은 졸자한테 그런 걸 자꾸 물으면 어떻게 해? 대답하기 곤란하잖아."

"답답해서 하는 소리 아니오."

"내가 받은 명령은 단단히 준비하고 있으라는 것밖에는……. 아이고, 더 묻지 마시오. 이것 참 입 떼기 곤란해서."

무총 무인은 손까지 휘휘 휘둘렀다.

핵심을 꼬집어 말하지 않고 두루뭉술하게 말한다. 빠진다, 안 빠진다 하는 결정적인 말은 상상에 맡긴다. 다만 전격 개입하는 쪽으로 살짝 유도만 한다.

'졸자(拙者)' 라는 말을 강조한다.

하급이라는 뜻보다는 '쓸모없는 놈' 이라는 뜻이 강한 말로 언제든 자신이 한 말을 부인할 수 있다.

그녀는 몇 마디 말을 듣자마자 즉각 깨달았다.

"확실히 발을 빼고 있어!'

그녀는 곧바로 단차를 찾아가지 않았다.

우선 단차가 그랬듯 약간의 위장을 했다.

그녀의 질 좋은 옷과 천하일색(天下一色)의 용모는 어디를 가든 만인의 주목을 받는다.

방갓을 사서 쓰고, 옷도 허름한 무명옷으로 바꿔 입었다.

'어디서부터 뒤진다?'

막상 움직이려니 막막하다.

그녀는 이런 일을 해본 경험이 없다. 누구를 찾거나 동정을 살필 일이 있으면 수하를 시키면 되었다. 그녀가 생각할 것은 누구를 시킬 것이냐였지, 어디서부터 뒤질 것인가는 아니었다.

'아무래도 주루나 객잔이겠지?'

이럴 때 사내들은 참 편할 것 같다.

주루나 객잔 같은 곳에서는 많은 정보를 얻는다. 하지만 아무래도 여인의 몸으로는 마음대로 들락거리기 힘들다. 특히 여인이 술을 따르는 주루에는 더 들어가기 힘들다.

그녀는 무작정 길을 나섰다.

사람 많은 곳은 무조건 기웃거렸다. 그러면서 사람들이 나누는 이야기를 주의 깊게 들었다.

오가는 사람들의 면면도 세심하게 살폈다.

그들 중 자신이 아는 얼굴이 있을 수도 있고, 특정 문파의 독문표식을 발견할 수도 있다.

그녀는 난생처음으로 정보라는 것을 직접 찾아다녔다. 그러던 어느 한순간,

'훗!'

그녀는 너무 놀라 경악성을 토해낼 뻔했다.

노상 점포에서 익숙한 손놀림으로 만두를 만드는 사람이 보였다.

만두를 팔아 생계를 유지할 사람 같지는 않다. 풍기는 기도가 예사롭지 않다. 더군다나 점포의 주인인 듯한 자가 옆에 서서 어쩔 줄 몰라 하고 있다.

어느 대부호가 아마도 약간의 흥취가 돋아서 만두를 빚어보고 싶었던 모양이다.

사약란은 그를 안다.

'할위막사……'

놀랍지는 않다. 어느 정도 예상은 했다.

할아버지가 단차에게서 손을 떼라고 했을 때, 단차를 중심

으로 거대한 수레바퀴가 돌아간다는 느낌을 받았다. 그것이
무엇인지는 모르지만 아주 큰일인 것만은 확실했다.

그 증거 중에 하나가 북지단 무인들이 빠진 것이다.

무총이 단차를 징치하지 않고 얌전히 물러섰다.

할아버지의 명령이 아니라면 있을 수 없는 일이다.

자신에게 그랬듯 북지단주에게 물러서라는 명을 전했고, 북
지단은 들을 수밖에 없었으리라.

상황이 이 정도로 진행되었다면…… 할위막사 같은 초특급
고수가 단차 주변을 맴돈다고 해서 이상할 건 없다.

그녀는 할위막사를 보자마자 몸을 숨겼다.

왜 그런지 그녀 자신도 모르지만 왠지 자신이 와 있다는 걸
굳이 알릴 필요가 없다는 생각이 들었다.

'훗!'

놀람은 계속되었다.

커다란 느티나무 아래에서 동네 촌로와 바둑을 두고 있는
사람은 천중일기가 틀림없다.

"허! 그거 묘수네."

"허허! 나리, 대마가 잡혔습니다요."

"그러게 말이야. 꼼짝없이 술을 사게 생겼구먼."

"그럼 이제 그만……."

"어허! 왜 이러나. 한 판만 더 두세."

"나리, 이제는 날도 저물었고……."

"한 판만, 딱 한 판만 더 두세. 내 이번에는 스무 문을 걸지."

천중일기가 동전 꾸러미를 꺼냈다.

촌로는 동전을 보자마자 즉시 앉았다.

그의 눈에는 마치 눈먼 돈처럼 보일 게다. 돌 몇 개만 후다닥 놓으면 제대로 된 술집에서 술 한잔 거나하게 마실 돈이 생길 거라며 들떠 있을 것이다.

마음껏 들떠도 좋다.

천중일기는 평민들과 바둑을 둬서 이겨본 적이 없다.

내기를 해도 지고, 안 해도 진다. 내기가 걸렸으면 반드시 약속을 지킨다.

하니 그가 내민 동전은 촌로의 것이 맞다.

'천중일기까지!'

이제는 정말 확실해졌다.

도대체 단차를 중심으로 무슨 일이 벌어지고 있는 것인가!

그녀는 분주 구석구석을 이 잡듯 뒤지고 다녔다.

그녀는 안선의 대응을 알고 싶었다.

무총은 수수방관 쪽으로 기울었다. 완전히 두 손 놓고 지극히 은밀하게 물러섰다.

할아버지는 칠살문에 대해서 염려하지 말라고 했다.

그쪽에 대한 조처가 어떤 것인지도 알 것 같다. 지통이 자세한 보고를 해오겠지만 지금도 짐작은 가능하다.

완벽한 방관이다.

이번 북무림 살행 사건에서 무총은 완전히 빠진다.

내단, 외단, 호법원이 물러섰다. 무총 무인들 몇 명이 꾸준히 소문을 흘리고 있지만 그것도 얼마 가지 않아서 중단할 것이다.

군웅들은 바보가 아니다.

북지단이 완전히 빠진 사실을 이르면 내일 정도, 늦어도 모레 정도면 알게 된다.

물론 북지단은 합당한 이유를 내세울 게다.

어쨌든 손을 떼고 물러선다.

살수들과 단차에 대한 무림공적 선포와 총통기 하달은 철회하지 않을 가능성이 높다.

대충 짐작컨대 합당한 사연을 제시하며 조사 개시를 선포할 가능성이 높다. 그때까지, 조사가 끝날 때까지 단차와 살수들에 대한 무림공적 선포는 유효하다. 하지만 그들을 징치하는 데 사용되는 총통기는 잠시 유보한다는 형식을 취하지 않을까 싶다.

이것이 무총의 대응이다.

하면 직접 타격을 당하고 있는 안선은 어떤 반응을 보일까?

각 문파에 잠입해 있는 안산도 간자들을 움직일 가능성이 매우 높다. 그들을 움직여서 무림공적을 멸살해야 한다는 대의명분 아래 뭉치게 한다.

명분이 매우 좋다.

그 말을 하는 사람이 장로 정도 되는 주요 인물이라면 거절하기도 힘들다.

그리되면 단차는 북무림 전체의 공격을 받는다.

두 번째는 독립된 안선도를 움직이는 방법이 있다.

안선은 각 문파에 잠입해 있는 안선도 말고도 정통 무인들을 많이 거느리고 있다.

그들은 거의 대부분 독자적인 세력을 형성하고 있다.

한독도인이나 괴노독처럼 세력에 구애됨이 없이 홀로 움직이기도 한다.

그들을 뭉쳐서 내놓는다면 살수들을 단번에 쓸어버릴 수 있다.

지금은 일방적으로 공격을 받는 형태이지만 반격 명령만 하달하면 만만치 않은 싸움으로 변한다.

안선은 정말로 칠살문과 살림 살수들의 흔적을 잡아내지 못하고 있는 것일까?

아니다. 벌써 잡아냈을 것이다.

단언하건대 칠살문과 살림은 안선의 반격을 감당하지 못한다.

금룡대도 활발하게 움직이기 시작했는데, 때가 좋지 않다. 안선이 반격을 시작하면 금룡대가 제일 먼저 당한다.

무총은 검산, 붕지, 살림을 봉문시켰다.

봉문하지 않으려는 문파를 멸문으로 협박해서 억지로 봉문케 만들었다.

안선도 그만한 무력이 있다.

안선을 만만하게 봐서는 안 된다.

그녀는 유시(酉時)를 넘길 때까지 돌아다니다가 돌계단을 보고 주저앉았다.

다리가 아플 정도로 많이 돌아다녔다.

소득은 없다. 많은 사람들이 운집했다는 사실 외에는 특이한 사항을 찾을 수 없다.

안선? 그들은 침묵한다.

살행은 오늘도 벌어지고 있는데, 그들은 계속 침묵으로 일관한다. 이건 정도가 아니다.

안선에 무슨 변괴가 생긴 것일까? 이만한 사건에는 신경도 쓰지 못할 만큼 큰일이 벌어졌나?

단차는 섬서성 안선의 붕괴로 만족하지 않는다. 그는 계속 쳐나갈 것이다. 호광성(湖廣省)으로 밀고 내려갈 수도 있고, 산서성(山西省)으로 방향을 틀 수도 있다.

단차는 안선이 대응하든 안 하든 끝까지 밀고 갈 것이다.

그녀는 계속 고개만 갸웃거렸다.

‘이상해! 정말…… 이상해.’

정말 이상한 일은 아직 벌어지지 않았다. 그리고 한 시진도 채 되지 않아서 이상한 일이 어떤 것인지 알게 되었다.

“헉헉! 찾느라고 한참 헤맸습니다.”

지통이다. 그가 숨이 턱까지 차서 다급하게 달려왔다.

"웬일이에요?"

사약란은 예정된 만남이 아닌지라 깜짝 놀랐다.

객잔을 구하지도 못하고 돌계단 위에서 밤을 밝히던 참이었다.

계절은 입동(立冬)이 지나 있었다.

밤 날씨가 얼음장같이 차가워 따뜻한 불이 절로 그리웠다.

잠을 자기는 틀렸고…… 진기를 돋워 운기조식으로 피로와 추위를 달래고 있던 참이었다.

"밀마나 제대로 남겨놓으시지, 사방을 헤매고 다녔잖아요."

"미안해요. 저도 찾을 게 있어서…… 잠시 밀마를 소홀히 했네요. 정말 미안해요."

"됐습니다. 그건 됐고요. 휴우!"

지통은 깊은 숨을 들이켜 뛰는 가슴을 진정시켰다.

"안선이 사라지고 있습니다."

"뭐라고요!"

"잠적하고 있어요."

"물론…… 북무림 안선도 전원을 말하는 거겠죠?"

"칠살문을 살필 필요가 없어서 바로 왔습니다. 전답(田畓), 점포(店鋪)…… 모두 남겨놓고 몸만 싹 빠져나갔어요."

"정말 그 많은 사람들이 전부 잠적했다고요?"

"전부 다는 아니고요."

"그렇죠? 전부 다는 아니죠?"

"각 문파에 잠입한 무인들은 남았어요."

"그들만요? 무인들 중에서 개별적으로 활동하는 사람도 있는데?"

"그런 자들은 모두 사라졌습니다, 감쪽같이. 흔적을 찾을 수 없어요. 아예 작심하고 잠적한 것 같습니다."

"칠살문이나 살림은 어때요? 어떻게 움직이고 있죠?"

"거기까지는 아직……."

무총이 빠지고 안선이 잠적했다면 그들이 할 일이라고는 단차 곁으로 돌아오는 것밖에 없다.

물론 북무림 무인들이 남아 있기는 하다.

하지만 사태가 심상치 않다는 것을 그들도 느꼈을 테니, 일단은 단차 곁으로 돌아올 공산이 크다.

'안선도…… 손을 뗐어.'

이건 정말 의외다.

안선은 복수 대신에 잠적을 선택했다. 충분히 때려잡을 힘이 있는데도 일부러 피했다.

북무림에는 무총이 없다. 안선도 없다.

태초의 무림처럼 군웅들의 세상이 되었다. 그리고 그 한가운데 단차와 살수들이 있다.

무총과 안선, 이 두 집단은 단차와 군웅들의 싸움을 부추기고 있다.

'군웅들은 물러서지 않아.'

물러서고 싶어도 물러설 수 없는 사람들이 있다.

개방!

무림 역사상 가장 큰 방파를 구축한 개방은 단차를 용서할 수 없다. 무총이 물러나고 안선이 빠져도 그들은 분주를 떠날 수 없다. 단차가 두 눈 시퍼렇게 뜨고 있는 한, 그들의 타구봉은 오직 한 사람만을 겨냥한다.

어쩌다가 이런 싸움이 된 거지?

안선과 무총은 왜 몸을 사린 걸까?

지통은 다른 말도 했다.

"그리고 이것도 아셔야 할 것 같은데…… 무혼들이 움직이기 시작했습니다."

"예?"

"전부 움직였는지는 모르겠고요, 일단 네 명이 움직인 것만은 확실합니다."

"네에."

그녀는 시큰둥하게 받았다.

안선이 잠적한 사건에 비하면 무혼이 움직인 것은 사건 축에도 들지 못한다.

할아버지가 칠살문을 돌보겠다고 했는데, 아마도 무혼을 움직이신 것 같다.

그때, 지통이 또 한 번 그녀를 놀래켰다.

"한데 무혼들이 동영의 인술을 수련했다네요. 그것도 아주 극상승 수준이었답니다."

정말 잠들기는 틀린 밤이다.

개방은 원래 자신의 청을 받아서 칠살문을 숨길 목적이었
다.

그들의 행동을 철저히 은폐시켰고, 추적도 뿌리칠 수 있게
도와주었다.

개방은 최종적으로 그들을 완벽하게 잠적시킬 작정이었다.

한데 그만 타구진이 깨졌다. 칠살문을 암중에서 움직이는
단차에 의해 무적불패의 절진이 박살 났다.

변명이 필요없는 대참패다.

그래도 개방은 칠살문을 잡을 생각이었다. 그들을 잡아야만
자신을 쥐락펴락할 수 있으니, 단차와는 별도로 칠살문 잠적
계획을 진행시켰다.

그런데…… 무혼이 일을 틀었다?

이게 할아버지의 방식인가? 개방의 손이 닿지 않는 곳에서
은밀히 칠살문을 잠적시킬 생각인가?

무총데는 사람도 많은데 하필이면 왜 무혼인가?

그녀 곁에도 무혼이 있다. 일력광검과 사사표풍은 할아버지
의 제자라기보다는 자신의 충실한 조력자 역할을 하고 있다.
마치 할아버지보다는 자신과 더 연관이 깊은 것처럼 보인다.

사람들은 무혼을 보고 할아버지의 명성을 갉아먹는 좀벌레
같은 자들이라고 비하해서 말하지만, 그녀는 절대 그렇게 생
각하지 않는다. 또 실제로도 그렇다.

천하의 독심독의에게 좀벌레라고 말할 수 있는 사람이 몇
명이나 될까?

할아버지는 그들에게 심오한 무공을 전수했다.

하루 이틀에 수련해 낼 무공이 아니라 이십 년, 삼십 년을 고련해야 빛을 볼 수 있는 힘든 무공들이다.

일력광겸과 사사표풍이 좋은 예다.

그들은 비궁에서 장족의 발전을 했다. 무공은 할아버지에게 전수받은 무공을 쓰지만 위력은 옛날과는 천지 차이다. 일 년 전의 그들이 반딧불이라면 지금은 태양이나 다름없다.

동영의 인술? 그것도 무혼 네 명이 동시에?

그들이 개방에 잠입해서 칠살문 잠적 계획을 손댄 것은 이해할 수 있다. 할아버지의 명이 있고, 그래야 할 이유도 유추해 낼 수 있다. 하지만 동영의 인술을 수련했다는 것은 도무지 이해할 수 없다.

'동영의 인술…… 그건 간자나 살수…… 살수? 살수!'

그녀의 미간에 깊은 주름이 패었다.

설마…… 그들이 칠살문을 치려는 건 아니겠지? 잘 돌봐준 다는 것이 영원히 이 세상에서 지워 버린다는 뜻은 아니겠지?

아무래도 마음에 걸린다.

'날이 밝는 대로 단차를 만나야겠어.'

2

계야부는 들판을 거닐었다.

아직도 피가 흘렀던 자국이 선명하다. 불에 탄 자국도 여전하고, 사방에서는 곡소리가 울린다.

지옥의 현장이다.

사박! 사박……!

아침 이슬이 바짓가랑이에 묻어났다.

새벽이 밝아오려면 아직도 반 각 정도는 남았다.

오늘 하루…… 이 시간이 아니면 산책을 즐길 여유조차 없으리라. 피가 마른 자리에 다시 피가 묻어날 것이다. 들판 곳곳에 얼기가 떨어질 것이다. 그리고 그 모든 처참함을 이글이글 타오르는 불꽃이 태워주리라.

온 서상이 울음바다다.

오천 명 가까운 거지 떼가 한꺼번에 목 놓아 울어젖히니 그야말로 소음 지옥이 따로 없다.

귀청 떨어지지 않은 게 다행이다.

날이 밝으면 저들의 울음소리는 함성으로 바뀔 것이다.

징소리, 소고 소리, 대북 두들기는 소리…… 온갖 소리가 비명조차 삼켜 버리리라.

처절한 혈전이 눈앞에 다가왔다.

사박! 사박……!

조용히 밤길을 걷다 보니 자신의 발자국 소리도 크게 들린다.

물론 그의 발자국 소리 같은 것은 곡소리에 묻혀 들리지도 않는다. '아악!' 하고 고함을 질러도 어느 구석에다가 무슨 소리를 질렀냐는 듯이 흔적없이 묻혀 버린다.

개방도는 밤새도록 곡을 해대고 있다.

그래도 그는 자신의 발자국 소리를 듣는다.

일목!

맑고 깨끗한 정신은 개방도의 곡소리와 자신의 발자국 소리를 분리해 낸다. 지겹도록 큰 소리는 지워 버리고 오직 자신의 발자국 소리만 귀청에 담아 넣는다.

그리 어려운 일은 아니다.

누구나 대화 도중에 딴생각을 해본 적이 있을 게다. 그때와 같다고 생각하면 된다.

머릿속에서 다른 생각을 하고 있으면 코앞에서 말하는 소리가 들리지 않는다. 대화 내용은 물론이고 억양까지도 듣지 못한다. 말을 계속하고 있는지, 중단했는지도 깨닫지 못한다.

정신이 소리를 받아들이지 않는 것이다.

이토록 인간의 모든 감각은 정신으로 조절할 수 있다.

일목의 정신 상태에 들어가려면 자신의 감각을 조절해야 한다.

살에 닿는 감촉, 눈으로 보는 풍경, 코로 맡아지는 냄새, 귀에 들리는 소리를 모두 차단해야 한다. 그리고 백지처럼 깨끗한 정신을 그려야 한다.

하니 그가 듣고 싶은 소리만 듣는 것은 그만의 특권이다.

개방이 그를 자극하기 위해서 밤새도록 곡을 하는 것이라면 헛수고를 한 셈이다.

그는 길을 걷다가 불에 탄 자국을 찾아냈다.

십여 장 정도 되는 넓은 공지가 온통 검은 그을음으로 가득
했다. 땅에서는 아직도 기름 냄새가 풀풀 풍겼다.

타구진과 치열하게 접전을 벌이던 곳이다.

그는 그곳에서 철검 여러 자루를 발견해 냈다. 대장간에서
구한 철검들이다.

'이것이 남아 있었던가.'

철검은 쇳덩이조차 녹여 버리는 강렬한 불길 속에서도 살아
남았다.

그을린 곳도 많고 날도 무뎌졌지만 약간만 손보면 그럭저럭
쓸 수 있을 것 같았다.

철검 열 자루를 구입했는데, 하나밖에 사용하지 못했다.

날이 무뎌지면 다른 검으로 교체할 생각이었는데, 그럴 시
간조차도 없었다.

그는 잿더미 속에서 사용할 수 있는 철검들을 끄집어냈다.

네 자루는 손을 봐도 쓰지 못할 정도로 망가졌고, 다섯 자루
는 비교적 상태가 양호하다.

'이거면…….'

그는 쓴웃음을 지었다.

개방도를 죽일 생각은 없지만 일이 이 지경이 되었으니 죽
인다.

한데·병기가 없다. 타구봉은 발에 채일 정도로 굴러다니는
데 검이나 도는 구할 수 없다.

어쩔 수 없이 타구봉으로 때려죽여야 한다.

이 얼마나 잔인한 죽음인가.

죽는 사람이 고통을 느끼지 못할 정도로 산뜻한 솜씨였으면 얼마나 좋을까.

마침 그런 생각을 하던 참에 철검이 나타났으니 반갑기 그지없다.

그는 철검들을 집어들었다.

사각! 사각! 사각……!

여명이 밝아올 무렵, 그는 검을 갈고 있었다.

최대한 날을 바짝 세워야 한다. 살을 가를 때 육신의 기름이 묻지 않도록, 묻어도 최소량만 묻을 수 있도록…… 뼈를 가를 때 고통을 주지 않고 단숨에 갈라낼 수 있도록 벼르고 또 벼른다.

개방도는 정녕 죽이고 싶지 않다.

안선도만 죽여도 차고 넘치는데 개방도까지 죽일 이유가 없다.

시각랑, 살림, 금룡대…… 그들은 자신이 어떤 짓을 벌이고 있는지 소문을 들어 알고 있으리라. 이왕 시작한 것, 끝을 보는 수밖에 없다는 사실도 인식했을 게다.

소문은 그들만 듣는 게 아니다. 안선도 듣는다.

지금쯤 반격이 시작되어야 옳다. 처절한 반격…… 그 누구도 삶을 장담할 수 없는 치열한 싸움…… 그래서 이즈음에는 모든 살행을 멈추고 방어에 치중하라고 지시해 놨다.

잘하고 있겠지.

사각! 사각……!

숫돌에 검을 가는 소리가 경쾌하게 울렸다. 그때,

저벅! 저벅! 저벅……!

멀리서 귀에 익은 발자국 소리가 들려왔다.

'약란?

그녀가 여기에 있을 리 없는데? 그녀는 훨씬 전에 섬서성을 벗어났어야 하는데?

그가 벌떡 고개를 쳐들었을 때, 저 멀리서 걸어오는 사람이 보였다.

무명옷을 걸쳤고, 자신처럼 큼직한 방갓을 썼다. 하지만 성별(性別)은 쉽게 판별된다. 체형이나 걸음걸이는 숨길 수 없는 법, 틀림없이 여인이다.

아니, 모든 말이 필요없다. 그녀는……

'약란!'

계야부는 동작을 뚝 멈췄다.

파파팟! 파파파팟!

그녀가 십 장 안으로 들어서면서부터 두 사람 사이에 보이지 않는 불똥이 튀었다.

그녀는 무형의 진기를 쏘아내고 있다.

북지단에서 만났을 때는 단차의 기운에 짓눌렸는데, 이제는 그런 적을 엿볼 수 없다. 당당하게 마주치고, 태연하게 다가온다. 무형기를 쏘아내기까지 한다.

'기연(奇緣)!'

퍼뜩 머리를 스쳐 가는 생각이다.

기연이 아니고서는 사람의 기도가 이토록 빨리 변할 수 없다.

계야부는 그녀의 진기를 시험해 볼 요량으로 심상을 쏘아 보냈다.

'죽는다!'

타앙! 타아앙! 타앙!

그가 보낸 심상이 강력한 무형막에 튕겨난다.

소리가 나는 것도 아니고 눈에 보이는 것도 아니지만 나무로 만든 화살이 쇠로 만든 방패를 뚫지 못할 때처럼 탁탁 튕겨나가는 느낌이 고스란히 전달되어 온다.

'아주 강해졌다!'

놀라움이 커서 말로 표현할 수 없었다.

그녀의 발전은 자신의 행복이다. 그녀가 강해지면 강해질수록 자신 역시 행복하다.

그는 방갓을 벗고 복면마저 찢어버리고 싶은 충동을 느꼈다. 복면 안쪽에 덧씌워 놓은 인피면구마저 박박 찢어버리고 싶었다.

나다. 나 계야부야. 당신 낭군 계야부라고!

뜨거운 절규가 목청을 타고 솟구쳤다.

사약란의 무공이 이 정도라면 제 몸 하나는 지킬 수 있는 것 아닌가? 대공이 직접 손을 쓴다고 해도 견뎌낼 수 있지 않을까?

가까운 사람은 모두 죽는다.

자신이 누구인지 밝히면 그 순간부터 사약란의 목숨은 자신의 운명과 결부 지어진다.

자신은 무림공적이다. 당장 날이 밝으면 개방도와 싸워야 한다.

진면목을 드러내는 순간, 사약란도 같은 운명에 처한다. 자신의 편에 서서 정도 무림에 검을 겨눠야 한다.

'안 돼!'

그는 고개를 저었다.

"당신, 꽤 유명한 사람이었군요. 몰라봐서 죄송해요."

사약란이 비꼬는 말투로 말을 걸어왔다.

"소저께서 관심을 가질 만한 사람은 아니오."

계야부는 떨리는 마음을 억누르며 말했다.

그녀는 큰 방갓으로 얼굴을 가리고 있다. 하지만 방갓 아래로 드러나는 입술이며, 턱선이 그녀의 모습을 고스란히 말해 준다.

그녀의 말투는 차갑다. 입술에는 냉기가 묻어난다. 눈빛에는 살광이 섞였다.

그녀가 보는 자신은 살인귀에 지나지 않는다.

꼭 그만큼…… 살인귀만큼 대접하고 있다.

무척 섭섭하다. 진면목을 숨긴 것은 자신이다. 따뜻한 말을

단혈(斷血) 151

들을 수 있는 처지가 아니다. 모든 상황을 자신이 나쁘게 이끌었다. 그녀 입장에서는 말뿐이 아니라 당장 손을 쓰지 않은 것만도 크게 생각해 준 것이다.

그런데도 차가운 말투가 못내 섭섭하다.

"타구진을 깨셨다고요? 축하해야 하나요?"

"……."

"제가 누군지 알죠?"

"사 소저 아니오."

"아시니 말하기 쉽군요. 할아버지께서 단주 직을 하사했는데…… 할아버지를 뵌 적이 있나요?"

"없소."

"할위막사나 찬중일기는 알아요?"

"……."

"입이 무겁군요. 안선이 숨고 있다는 것은 알아요?"

"안선이! 소저, 소저께서 말씀하신 안선이란 북무림 안선을 말하는 것이오?"

"맞아요. 당신이 살수들을 시켜서 죽이라고 명령한 안선도들이 일제히 잠적하고 있어요. 이것이 당신에 대한 대응이에요. 당신이 칼을 뽑으니까 그들이 숨었어요. 여기에 대해서 할 말이 많겠죠?"

계야부는 깜짝 놀랐다.

그는 눈과 귀가 막혔다. 분주로 들어서기 전부터 모든 정보가 차단된 상태다.

안선이 숨고 있다? 금시초문이다.

그는 '안선이 숨는다'는 말뜻이 어떤 파장을 불러오는지 파악하기 위해 잠시 생각했다.

안선이 잠적하고 있다?

시각랑 형제들, 살림 살수들, 금룡대…… 그들이 목표를 잃었다. 죽여야 할 자들이 있는데 죽이지 못한다.

상관없다. 어차피 지금쯤이면 안선이 발칵 뒤집혔을 테고, 전 방위에 걸쳐서 공격이 시도될 게다. 그래서 모두 안전에 치중하라고 지시해 놨다.

문제는 공격을 기대했는데 잠적을 선택했다는 점이다.

그것은 다시 말해서 자신을 상대하지 않겠다는 뜻이다.

죽일 테면 죽여라. 우리는 숨는다. 꼭꼭 숨을 테니 잘 찾아서 죽여봐라.

'이 싸움…… 의미가 없다!'

더 이상 개방도를 죽일 이유가 없다.

안선에 대한 경고를 날릴 만큼 날렸는데, 그들이 대응해 오지 않는다. 이런 상태에서 개방도를 죽이는 것은 정말로 무림공적다운 행태가 될 것이다.

안선이…… 안선이 왜 피했을까?

살수들이 목표를 잃은 것처럼 그도 목표를 잃었다.

이제 어디서 무엇을 해야 할까? 다른 지역에 가서 또 안선도를 찾아 죽여야 하나? 섬서성에서만 피바람을 일으키면 끝날 줄 알았는데, 지금까지 흘린 피만큼 또 흘려야 하나?

안선도라고 모두 죽을죄를 지은 것은 아니다.

그들 중에는 의뢰를 알고 협행에 목숨을 거는 사람도 많다.

다른 사람은 몰라도 계야부 자신은 자신있게 말할 수 있다.

자신이 무림에 나와서 제일 처음 만난 무인, 십일 안선주 위지패문이 그런 사람이었다. 십삼 안선주 장원주도 그런 사람이었고, 창녕 악가촌의 촌장은 오로지 의술에만 매진한 사람이다.

그들은 안선으로부터 도움을 받은 죄밖에 없다.

안선이 죽일 놈들이다. 과거에 금전적인 도움을 줬다고 보답으로 목숨을 내놓으란다.

그들은 그런 식의 계약에 동의했고, 마지막 약속까지 충실하게 지켰다.

개방도를 죽이기 싫은 것처럼 그들 역시 죽이기 싫다.

교사들! 교사들이 튀어나와야 한다.

대공! 대공과 정면 승부를 벌이고 싶다.

계야부의 생각은 여기까지 이어졌다.

사약란이 입을 열기 전에 그가 먼저 말했다.

"소저가 온 이유를 알아도 되겠소?"

"제가 안 것을 말하죠, 허심탄회하게. 당신…… 얄팍한 사람은 아닐 것 같으니까. 무총, 이번 싸움 포기했어요. 당신은 물론이고 살수들도 잡지 않을 거예요."

"그렇소?"

"놀라지 않는군요."

“…….”

“방금 전에 말했다시피 안선이 잠적했어요. 당신에게서 완전히 손을 뗐어요.”

“…….”

“당신이 그만한 인물인가요?”

“아니오.”

“지금 이 상황이 이해돼요?”

“소저는 날…… 죽이러 온 것이 아니군. 무총이 손을 뗐다……. 이건 무총주의 명령이 아니면 있을 수 없는 일. 하니 소저에게도 전갈이 있었을 것이오. 그 전갈, 나를 건드리지 말란 전갈이 아니었소? 허심탄회하게 말하겠다고 했으니…….”

“맞아요. 건드리지 말라시더군요. 하지만 그건 상황에 따라서 달라질 수 있는 거죠.”

사약란이 두 손에 진기를 운집했다.

계야부는 모든 상황을 짐작했다.

그는 계략은 잘 모르지만 병법이나 정치는 안다. 전장에 투입된 군인이 어떤 경우에 버려지는지도 안다. 기껏 일을 시켜놓고 언제 그런 명령을 내렸냐며 발뺌하는 경우도 많이 봤다.

무총과 안선이 완전히 손을 뗐다는 소리를 듣는 순간, 정치를 떠올렸다.

무언가 있다.

그러나 그것은 나중에 생각할 문제다. 지금 당장은 눈앞에서 진기를 끌어올리고 있는 아내를 상대해야 한다.

그녀는 이곳에 올 때만 해도 자신과 싸울 생각은 아니었다.

그녀는 할아버지의 지시를 거역하지 못한다. 할아버지가 무서워서가 아니다. 웃어른이 지시를 하면 자신의 주장에 반하더라도 따라야 한다고 배워왔기 때문이다.

건드리지 마라. 건드리지 않는다.

그녀도 자신의 주위에서 벌어지는 일이 심상치 않다고 생각했기에 사연을 알아보기 위해 온 것이다.

한데 와서 보니 심경이 변했다.

들판이 온통 피투성이다. 핏물이 흘러 내로 변했던 자리가 아직도 선명하다. 죽은 사람을 태운 냄새가 산천초목에 짙게 배어 있다. 개방도는 슬피 울며 복수를 다짐한다.

결단코 차분할 수 없는 상황이다.

더군다나 날이 밝으면 대접전이 예상된다.

타구진이 무려 다섯 개나 펼쳐진다. 사천오백 명의 걸인이 일제히 한 명을 죽이겠다고 달려든다.

엄청난 피바람이 일어날 것이 불 보듯 뻔하다.

이런 상황에서 말 몇 마디만 나누고 물러날 수는 없으리라.

그녀는 정말로 싸우고자 한다.

계야부는 갈고 있던 철검을 놓아버렸다.

“싸우기 싫소.”

“뭐, 뭐라고요!”

“내가 죽이고자 하는 자는 안선뿐이오.”

“개방도를 죽였잖아요.”

"북지단이 무림공적이라는 굴레를 씌웠기 때문이오. 우리 형제들이 죽인 자들…… 그들 모두 안선도요. 안선도를 무림 공적으로 몰아세운 건 무총 아니오?"

"그래서 나와는 싸우지 않고 저 사람들과는 싸우겠다는 건가요?"

사약란이 주위를 손가락으로 가리켰다.

특정한 방향을 가리킬 필요도 없다. 아무 곳이나 가리키면 그곳에 개방도가 있다.

계야부는 사약란의 지혜를 믿는다. 그래서 작심하고 말했다.

"내가 죽이고자 하는 사람은 안선 교사와 대공뿐이오. 그들이 어디 있는지 가르쳐 주시겠소?"

"뭐요!"

"그들만 제거하면 무림을 떠나겠소."

"제 낭군의 복수인가요?"

"그렇소."

"거짓말. 거짓말인 거 알아요. 할아버지와 안선이 당신을 건드리지 않고 물러설 때는 뭔가 있는 거예요."

"그 뭔가는 나도 모르겠소."

파파파팟!

둘 사이에 또 한 번 무형의 불똥이 튀었다.

사약란의 자신의 경험을 바탕으로 단차를 판단했다.

'이 사람, 거짓이 아냐.'

그는 정말로 안선만을 상대하려고 한다.

"내가 물러서면 어떻게 할 거죠?"

"빠져나가야겠지."

"그리고요?"

"부탁이니…… 무총의 모든 눈을 총동원해서 교사와 대공의 위치를 알려주시오. 그때까지 자중하리다."

한 점 거짓도 없다.

사약란은 단차의 행동, 어투, 눈빛에서 거짓을 읽어내지 못했다.

또 하나, 예전에 느꼈던 가슴 떨리는 흥분과 긴장감도 느껴지지 않았다.

단차는 보통 사내다. 주위에서 흔히 볼 수 있는 평범한 사내 중의 한 명이다. 무공이 강하다는 것 외에는 특별히 관심을 가질 만한 사내가 아니다.

그때의 느낌이 잘못되었던 것일까? 단차가 시각랑 출신이고 계야부의 벗이라고 하니 낭군의 영상이 겹쳐 보였던 것일까? 아니면 지금이 잘못된 것인가.

"칠살문은 어떻게 할 거죠?"

"목표를 잃은 사람들이오."

사약란은 그 한마디로 단차의 진정성을 완전히 읽었다.

안선을 제거하는 것 외에는 흥미가 없는 사람이다. 살인자도 아니고 악마도 아니다.

'인생의 모든 초점이 안선에 맞춰져 있어.'

계야부도 이랬다. 정말 맹목적으로 안선과 부딪쳤다.

그를 무림에 끌어냈고, 속였으며, 그녀를 상하게 한다는 이유로 이 세상 최고의 적이 되었다.

단차도 계야부와 같은 종류의 사람이다.

새삼 그가 생각났다.

한데…… 정말 이상하다. 못 견디게 그리웠던 사람인데…… 점점 잊힌다. 가슴 설레게 하는 흥분도, 속절없는 죽음에 대한 애통함도 느껴지지 않는다.

'예전에 그런 사람이 있었지' 하는 정도밖에 생각되지 않는다.

'내가…… 내가 왜…… 그 사람까지 잊어가고 있어!'

그녀는 급히 말했다.

"좋아요. 최선을 다해서 알아보죠. 그동안 절대 살인은 안 돼요."

"알겠소."

단차는 아주 쉽게 고개를 끄덕였다.

3

계륵(鷄肋)! 사일도는 계륵이다.

먹자니 먹을 게 없고, 버리자니 너무 맛있다.

먹을 것인가, 버릴 것인가.

"무총에서 버림받은 자입니다. 더 볼 것이 없습니다."

“아닙니다. 그는 두 가지 장점을 가지고 있습니다. 하나는 절정무공. 그가 지닌 무공을 흡수하기만 해도 저희 세가는 비약적인 발전을 할 겁니다. 또 하나, 무총의 후계 구도가 아직 정해진 것은 아닙니다. 지금은 사약란이 유력해 보이지만 그녀의 신상에 변괴라도 발생하면…… 그때는 사일도가 다시 주목받겠죠.”

“무총주가 직접 챙기고 있는 일입니다. 사약란에게 변괴가 생기도록 내버려 두겠습니까? 이미 후계 구도는 정해진 것인데 왜 보지 못하는 겁니까?”

의견은 크게 둘로 나뉘었다.

먹어봤자 골칫덩어리밖에 되지 않으니 버리자는 쪽과 그래도 먹는 것이 낫다는 쪽이다.

결론은 별 볼일 없더라도 먹는 게 낫다는 쪽으로 정해졌다.

사실 별 볼일 없는 것도 아니다. 사일도는 누가 뭐래도 절정 고수다.

솔직히 황보세가에서는 그와 겨룰 만한 고수조차 배출해 내지 못하고 있는 실정이다.

그가 황보세가의 사람이 된다면 당장 제일고수로 등극한다.

문제는 무총주가 버린 사람을 어떻게 처리하느냐이다.

무총주는 뒤처리를 미지근하게 끝낸 적이 없다. 확실하게, 아무런 뒤끝이 없도록 아주 깨끗하게 정리해 왔다.

왕이 있는데 보위를 계속 탐내는 사람이 있다면 어떻게 할까?

황실을 보면 알 수 있다.

역대로 보위에 오른 사람과 왕권을 다툰 왕세자는 참혹한 죽음을 면치 못했다.

형제이기에 아무런 일이 없을 것이다? 사이좋은 오누이이니 전례와는 다른 결과가 생길 것이다? 이곳은 황실이 아닌 무림이니 같은 잣대로 측정할 수 없다?

이 모든 말들이 굉장히 낙관적이다.

무림은 그리 낙관적이지 못하다. 비정할 때는 몸서리쳐지도록 비정한 곳이 무림이다.

최악의 경우에는 사일도의 죽음까지도 염두에 두어야 한다.

그라도 황보세가 사람들은 사일도를 받아들일 수밖에 없었다.

황보매아(皇甫梅娥), 그녀가 대청(大廳)을 박차고 들어서며 말했다.

"아이를 가지면 돼요! 무총주에게 증손자를 안겨주는 거예요. 그럼 이번 싸움은 패하더라도 다음 싸움은 기대해 볼 수 있어요. 사일도는 패했지만, 내 아이는 무총의 주인이 될 거예요! 무총주는…… 사일도는 죽일 수 있어도 제 아이는 못 죽여요. 자신의 핏줄이니까. 무총을 이어받을 유일한 혈족일 수도 있으니까."

*　　　　　*　　　　　*

황보세가 사람들은 대체로 우람하다. 유전적으로 체구가 크고 신력(神力)을 타고난다.

몸이 크니 기상도 호협(豪俠)하다.

무공도 자잘한 변화를 추구하기보다는 선이 굵고 웅장한 무공을 선호한다.

이는 황보세가의 무공만 살펴봐도 쉽게 알 수 있다.

수미천왕신공(須彌天王神功), 벽력신장(霹靂神掌), 천왕삼권(天王三拳), 벽력신권(霹靂神拳)…….

검법 명칭도 웅장하다.

뇌진검법(雷震劍法), 오대부검(五大夫劍)…….

그들은 힘있는 무공을 구사한다.

실전에서는 무기술처럼 효율적인 무공이 없지만 권법(拳法)과 검법을 균형있게 수련하는 것도 그 때문이다.

탁! 타탁! 탁! 퍼억!

때리는 소리가 좋다. 경쾌하고 힘이 넘친다. 타사대(打沙袋)가 터지며 모래가 주르륵 흘러내릴 때의 쾌감은 말로 표현할 수 없다. 마치 적의 내장이 쏟아지는 듯한 느낌을 준다.

딱! 따악! 따아악……!

연무장을 울리는 타격 소리는 좀처럼 끊이지 않았다.

황보세가의 가주, 황보명(皇甫冀)은 분기를 참지 못하고 손을 부들부들 떨었다.

손에 들고 있는 찻잔이 달그락달그락 떨린다.

"지금…… 협박하는 건가?"

그는 마주 앉은 손님을 호랑이 눈으로 쏘아보았다.

"협박이라뇨. 천만의 말씀. 서로 좋게 좋게 지내자는 것인데 협박으로 들리셨습니까?"

'이 계집 같은 자식이 감히 누구를 우롱해!'

꽝!

황보명은 분을 참지 못하고 기어이 주먹을 내려쳤다.

나무로 만든 탁자는 강력한 타격을 이기지 못하고 우지끈 부서져 버렸다.

"이게…… 가주의 대답이라고 생각해도 되겠습니까?"

맞은편에 앉아 있던 서생은 조곤조곤 말했다.

북지단 만총림주였다가 무총 비목대주로 승차한 유생, 공위부(孔偉夫)였다.

그는 유삼을 입고 유건을 썼다.

황보세가의 호협한들이 보면 영락없이 책벌레로 보일 게다.

한데 한주먹감도 안 되는 자가 얼굴을 맞대고 당당하게 말해온다. 생각하기에 따라서는 협박이라고 해도 과언이 아닌 말을 태연하게 지껄인다.

우직한 호협한에게는 참기 힘든 모욕으로 느껴졌을 수도 있다.

"비목대주라고 했는가!"

"그렇소이다."

"비목대주면 일가의 가주에게 이리 무례해도 되는 것인가!"

“무례한 적 없습니다. 사리를 따져서 말씀드린 것뿐. 그것 참, 어렵게 생각하시는군요. 사일도에게서 손을 떼라는 게 그토록 어려운 말이었나요?”

“못 뗀다면?”

“그런 결정은 내리지 않으실 거라고 생각됩니다만…… 아쉽게도 황보세가의 인중용이었던 황보강이 안선의 명령을 받들었지 않습니까? 시각랑에게 죽기는 했지만. 저희 무총은 그 일을 문제 삼지 않을 생각이지요.”

“후후후! 대가를 치르라는 말이군.”

“뭐, 굳이 그렇게까지 생각하실 거야…… 하지만 안선도를 계속 끼고 도신다면…… 하하! 저희도 매우 곤란한 일이라서…… 모쪼록 안선도는 알아서 처리해 주시기를.”

부르르!

황보 가주의 전신이 사시나무처럼 떨렸다.

분을 참지 못하고 있는 것이다.

아무리 무총이라고 하지만 감히 한낱 대주가 찾아와 협박이나 늘어놓고 있다니!

“아직 할 말이 더 남았나?”

“아뇨, 아뇨, 아뇨. 다 끝났습니다. 이만 일어서야죠.”

비목대주는 빙긋 웃으며 일어섰다.

황보세가는 경계를 게을리하지 않았다.

산동(山東) 제남(齊南)으로 들어서는 무인은 그가 누구이든 예의 주시했다.

사일도와 혼담이 오고 가는 중이다.

무총의 주축이 되느냐, 아니면 지역 패주로 만족하느냐 하는 갈림길이다. 오대세가 중 하나라는 명패를 떼고 중원제일가로 우뚝 솟을 수 있는 절호의 기회다.

당연히 잔뜩 긴장할 수밖에 없다.

그런데도 놈은 틈새를 파고들었다. 유생 차림에 나귀를 타고 유유히 기어들어 왔다.

워낙 무인 같지 않은 놈이기에 주시하지 않은 게 실수다.

사실, 실수일 것까지는 없다. 낯선 무인이 들어선 적은 없으니 지금이라도 밀통을 해주면 된다.

문제는 비목대주의 경고다.

황보강이 안선의 입장에서 검을 뽑았다가 시각랑에게 죽었다. 엄밀히 말하면 투살진기에게 당한 것이지만……. 누구에게 죽었든 안선으로 죽었으니 내세울 만한 일은 아니다.

비목대주는 그 일을 물고 늘어진다.

비목대주의 협박거리는 또 있다.

황보세가에는 안선에 동조하는 사람이 많다. 황보세가뿐이 아니다. 어느 세가에나 현 체제에 반기를 드는 사람은 있게 마련이고, 그들은 안선을 맹목적으로 받아들인다.

문제는 그들이 모두 형제요, 자매들이라는 점이다.

그들의 처리 문제는 모든 문파가 안고 있는 최대 약점이다.

무총이 그들을 빌미로 협박을 가해온다면 어쩔 수 없이 중

대한 선택을 해야만 한다.

협박에 굴복하여 형제, 자매를 처리해야 한다. 또는 협박을 거부하고 일전을 불사한다.

이 두 가지 방법 중에서 하나를 선택해야 한다.

다른 길은 없다.

비목대주는 그들을 처리하라고 권고한다. 아니, 협박한다.

약점 중의 약점을 물고 늘어진다.

사일도와 계속 혼담을 이어가면 이 문제를 공론화시키겠다는 뜻을 명확하게 했다.

황보세가에 피바람이 불 게다.

다른 일 같으면 다른 가문에 도움이라도 청하련만…… 안선도에 관한 일이니 도움조차도 청하지 못한다.

무총과 일전을 불사한다는 건 더더욱 말이 안 된다. 지금 성세로는 어림 반 푼어치도 없다.

'빌어먹을!'

황보 가주는 밀서를 와락 구겨 버렸다.

혼담이 탐나지만 역시 비목대주의 협박을 무시할 수 없다.

'견뎌내면 혼인하는 것이고, 아니면 없는 이야기가 되는 것이고…… 사일도는 역시 계륵이었나.'

황보 가주는 답답한 듯 의자에 깊숙이 몸을 묻었다.

*　　　*　　　*

"후후! 참으로 대담한 소저지 않습니까?"

동나가 실소를 흘리며 말했다.

황보세가는 그리 보안이 좋지 않다. 아니, 류청지가 본격적으로 실력을 드러내면 못 뚫고 들어갈 곳이 없다. 세상에는 살수가 많지만 살수왕이라고 불리는 사람은 그밖에 없다.

그는 황보세가 사람들이 나눈 갑론을박(甲論乙駁)을 세세하게 보고했다.

"당분간 편히 쉴 수 있겠군."

"견디실 수 있겠습니까? 밤낮을 가리지 않고 아기씨를 받으려고 할 텐데."

"동나, 네 입으로 말한 것 같은데? 천하절색 어쩌고저쩌고. 그 말은 식언이었던 겐가?"

"아무리 먹기 좋은 떡이라도 자주 먹으면 질리는 법이라."

"하하하! 이건 또 무슨 말…… 난 아직 구경도 못했는데, 벌써 질리는 걸 걱정하는 것인가?"

"세상에는 자신의 그릇을 알지 못하는 사람이 제일 불쌍하지요. 겨우 작은 불씨밖에 담지 못할 옹기에 태양을 담으려고 하면 녹아버리는 법입니다."

"황보매아가 그렇다는 말이군."

"욕심이 너무 많습니다."

"생각을 말해봐. 뭐야?"

"황보세가에 몸은 의탁하되, 혼인은 미루십시오."

"황보매아를 염려해서인가? 아니면 나를 염려해서인가?"

"당연히 황보 소저를……."

"하하하! 하하하하!"

사일도는 목청을 드러내며 웃었다.

"아! 이거 또 속셈을 들키고 말았군. 정말 대책없는 주공이 시라니까. 속내를 읽으셨으면 모른 척하시고 따르면 될 텐데, 그걸 꼭 이런 식으로 밝히셔야 하나?"

동나가 머리를 긁적거리며 말했다.

황보매아의 욕심은 솔직히 예상 밖이다.

그녀에게 실소를 자아낼 만한 야망이 있다는 사실도 처음 알았거니와 혼인을 이런 식으로 이용할 것도 예상치 못했다.

한마디로 황보매아에 대한 정보가 잘못되었다.

이런 식의 오판은 동나의 잘못이 아니다. 충분히 있을 수 있으며, 앞으로도 계속 일어날 것이다.

동나는 제대로 된 정보를 활용하지 못한다.

세상 사람들이 시장통 같은 데서 흘러듣는 것 같은 몇 마디 소문, 그리고 류청지가 파악해 온 단편적인 정보들을 취합해서 나아갈 길을 제시해야 한다.

오판이 없을 수 없다.

중요한 것은 황보매아의 엉뚱한 욕심이 또 다른 결과를 불러온다는 점이다.

그녀가 임신이라도 하는 날에는 정말로 큰일 난다.

그러잖아도 이미 눈 밖에 나버린 사일도다. 겉으로 표가 나지는 않지만 무총주의 분노가 어떠한지 사일도와 십일영자는 여실히 실감하는 중이다.

검산이 들이닥쳤다.

검산의 공격은 예상했던 바이다.

딱 꼬집어서 공격해 오는 자가 검산이라고는 말하지 못하지만 그에 버금가는 자들이 공격해 올 것이라는 정도는 눈치챘다.

무총주는 검산을 보냈다.

사일도와 십일영자를 뿌리 뽑겠다는 단호한 결정이다.

지금도 그런 결정은 유효하다.

무총주가 보낸 살검이 언제, 어디서 터질지 아무도 모른다. 그야말로 백척간두(百尺竿頭)에 서서 외줄 타기를 하는 심정으로 하루하루를 보내고 있다.

이런 마당에 혈족을 이을 아이까지 준비되면 가차없이 제거될 공산이 십 중 여덟, 아홉은 된다.

혼인은 하되 아이는 안 된다.

이것이 동나의 생각이었다.

사일도가 말했다.

"싸움은 지금부터야. 어떻게 천하를 주무르겠다는 사람이 그런 것도 몰라. 어떻게 죽을 것인지 그거나 생각해 두라고."

"죽을 작정이십니까?"

"살 생각이었나?"

"딱히 그런 생각은 없었습니다만…… 그래도 그냥 죽기에는……."

"죽어야지. 구시대의 산물은 모두 죽어야 해. 그래야 이 세상이 조금은 깨끗해지지 않겠나. 하하하!"

"닷새 후에 황보세가로 들어가기로 했습니다. 사정이 사정이니만치 바로 혼례를 치를 예정이고요. 일단 무총에는 연락을 취하지 않기로 합의했습니다."

량준이 말했다.

"수고했어. 다른 말은 없던가?"

"다 그렇잖습니까, 끈 떨어진 연이 어디까지 날아가나 지켜보자는. 속이 뒤집히는 걸 간신히 참았습니다."

"수고했네."

동나는 긴장 한 올을 풀었다.

황보세가와 혼담을 논의했다는 자체만으로도 일 할 정도는 안전이 보장된다.

그에게 필요한 것은 눈과 귀였다.

무림을 장님인 채로 떠돌 수는 없는 노릇이다. 그렇다고 어디다 부탁을 하거나 의뢰를 할 수도 없는 입장이다. 그들을 돕는다는 건 무총을 적으로 삼겠다는 것과 같은 뜻이니 교분을 나눈 사이라고 해도 함부로 나설 수 없다.

하나 혼담은 다르다.

남자와 여자가 만나서 부부지연을 맺는 것이니 서로 간의 왕래가 지극히 자유롭다.

특히 산동(山東)은 대대로 황보세가의 영역이다.

산동에 들어서는 자는 그 누구를 막론하고 황보세가의 촉각에 걸리게 되어 있다.

산동에서만큼은 황보세가가 왕이다.

사일도를 치기 위해 달려오는 자가 있다면 황보세가에서 미리 연통해 줄 것이다.

기습받을 우려가 반의 반만큼은 줄어들었다고 봐도 좋다.

긴장 한 올……. 두 올도 아니고 한 올 정도에 불과하지만 조금은 풀어도 괜찮을 게다.

동나는 머리가 지끈거렸다.

'무총에는 고수가 너무 많아.'

십일영자로 시작했으나 이제는 팔영자밖에 남지 않았다.

그동안 소예, 양소명, 황욱이 죽었다.

놀랍게도 십일영자 중에 안선의 간자도 끼어 있었다. 하나 그 역시 죽을 때는 십일영자로 죽었다.

십일영자에게는 긍지가 있다.

그들은 이 시대 최강의 무인이 아니다. 그럴 만한 무재도 아니지만 최강의 무인이 되고자 노력한 적도 없다.

왕보는 무당파 장문인의 직전제자이나 파문을 감수하며 사일도를 따른다.

홍법은 아직도 불명(佛名)을 쓴다.

머리를 깎고 승복을 입는다. 아침저녁이면 혼자만의 예불을 올리기도 한다.

그는 누가 뭐래도 승려다.

다른 사람들도 마찬가지다. 그들 모두 탄탄대로를 버리고 고행 길로 접어들었다. 누가 시켜서 한 행동이 아니라 본인들 스스로 사일도를 믿고 따른다.

사일도는 그들에게 아무것도 주지 않았다.

금전, 높은 지위, 안락한 생활, 명예…… 그 어느 것도 보장하지 않았다.

사일도가 무총주가 되면 알아서 보상해 줄 것이다?

황보세가는 이리저리 계산이 복잡한 모양이다. 이쪽 수도 살피고 저쪽 수도 살피고…… 그래서 최악의 수가 어떤 것인지까지 염두에 두고 혼인을 준비한다.

십일영자는 그런 게 없다.

솔직히 말하면 사일도가 무총주가 될 것이라는 기대도 하지 않는다. 만약 그가 무총주가 되는 일이 벌어지면 어느 한 사람 남아 있지 않을 것이다. 그의 곁을 훌훌 떠나 자유로운 생활 속으로 침잠해 들어갈 사람들이다.

금력이나 권력, 명예로는 그들을 움직이지 못한다.

그런 것은 사일도를 따르기 전에도 충분히 주어졌었다.

무총주가 된다면 모르겠거니와 그렇지 않을 바에는 차라리 본 문에 남아 장문인이 되는 쪽이 빠르다.

십일영자는 '무림의 정화(淨化)'라는 기치 아래 모였다.

지금은 무림을 정화시키는 과정이다.

이를 위해서는 언제든지 죽을 각오가 되어 있다.

본 문에서는 결코 할 수 없는 일이기에 과감하게 등지고 나와 사일도를 따른다.

무림을 맑고 깨끗하게 만들기 위해 던진 한 목숨, 이만하면 긍지를 가질 만하지 않은가.

그들은 차분하게 준비했다.

무총주가 어떤 생각을 품고 있는지 확실하게 알 수 있는 시간이 다가왔다.

공격이 있을까?

공격이 없다면 사일도에게 조그마한 변방을 내준 것이라고 생각해도 좋다.

살려줄 테니 산동에서 살아라. 황보세가의 데릴사위가 되어 아들딸 낳고 오손도손 살다가 가거라.

그래도 무총주에게는 손자가 아닌가.

미우나 고우나 친 혈육이니 목숨만은 살려줄 가능성도 전혀 없지는 않다.

공격이 있다면…… 물을 것도 없다.

두 번 다시 무총주가 하는 일에 재를 뿌리는 일이 없도록 아예 뿌리를 뽑아버리겠다는 의지의 표현이다.

누가 공격해 올까?

십일영자의 머릿속에 수많은 얼굴들이 스쳐 간다.

그만큼 무총에는 고수가 많다. 머릿속에 떠오른 인물 중 몇몇만 나서도 감당하기 벅차다.

무총주는 완벽한 죽음의 덫을 펼칠 것이다.

타악! 타악! 따악!

량준이 애꿎은 감나무를 박살 냈다.

패왕권을 수련한답시고 나무를 두들겨 패더니 기어코 반으로 분질러 버렸다.

다른 때 같으면 농담 한마디쯤 던지고도 남았다.

지금은 모두 조용하다. 옆에서 시끄럽게 덜그럭거려도 돌아보지 않는다. 조용하고 차분하게 곧 닥쳐올 죽음을 준비한다. 깨끗하게 살아왔으니 깨끗하게 죽을 생각들을 한다.

"나무아미타불 관세음보살! 제행무상(諸行無常)이니 시생멸법(是生滅法)이요, 생멸멸이(生滅滅已)이니 적멸위락(寂滅爲樂)이라. 하하하! 나도 이만한 열반송(涅槃頌)쯤은 읊을 줄 알았더니……."

홍법이 석가모니의 열반송을 읊었다.

"모든 것이 무상하니, 바로 생멸법이다. 생멸이 소멸하여 그치면, 적멸이 즐거움이다. 후후! 적멸이 죽는다는 뜻이지? 완전히 소멸된다는 뜻인가?"

정파가 끼어들었다.

"그거 윤회가 끝났다는 말, 아냐? 생멸멸이. 태어남도 없고 죽음도 없다. 윤회가 끝났다는 말이네, 뭐. 그러니 죽는 게 즐겁지."

붕비가 말했다.

감나무를 부러뜨린 량준도 한마디 했다.

"꿈 깨. 우린 죽어도 좋은 데 못 가. 무인이랍시고 한 짓이

뭐냐? 사람 두들겨 패고 죽이고…… 독사지옥(毒蛇地獄)쯤에 있다가 무인에게 맞아 죽는 놈으로 태어날 거야.”

“저놈은 꼭 말을 해도…….”

“놔둬라. 하루 종일 주먹질만 하는 놈이 오죽하겠냐. 아! 주공은 뭐 하시나?”

“세검(洗劍)하시겠지. 싸움이 벌어질 것 같으면 으레 하셨잖아.”

“기왕 올 것, 괜찮은 놈들이 왔으면 좋겠다. 기운 빠지지 않게.”

“아주아주 괜찮아서 기운을 쓰기도 전에 끝나면 어떡하고?”

“너도 량준 저놈 닮아가냐? 왜 하는 말이 삐딱해?”

“하하하!”

그들은 긴장을 풀고 농을 주고받았다. 하지만 가슴속에는 짙은 그늘이 가득했다.

‘아무래도 이번에는 힘들 것 같아.’

第百十七章

살신(殺身)

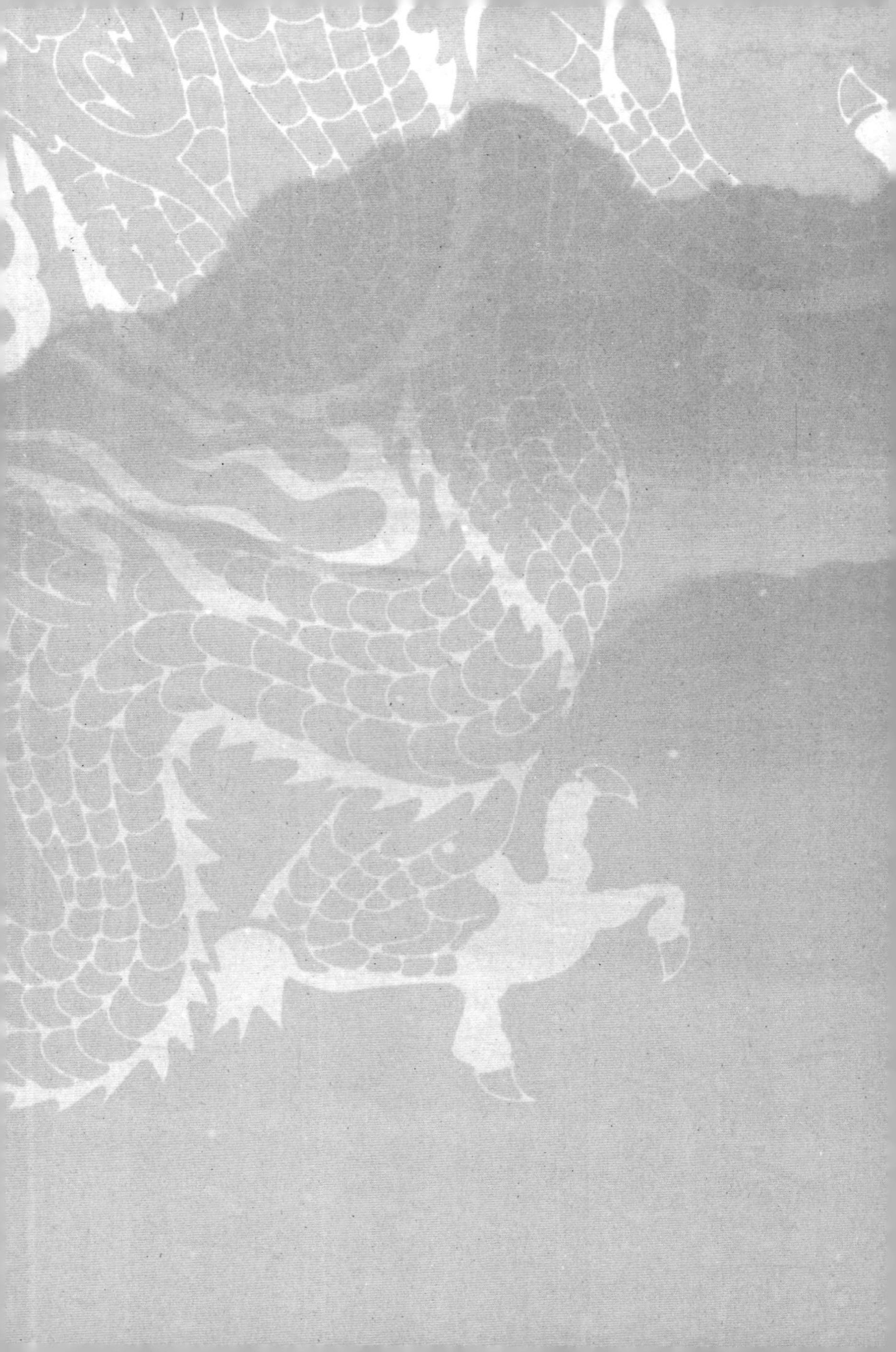

또르륵!

주담자에서 옥색 물방울이 떨어져 잔에 채워졌다. 약간의
김이 솟아오르고, 청아한 향기가 코끝에 감돈다.

붕비는 두 손으로 찻잔을 들어 입에 댔다.

스륵!

고요한 실내에 찬바람이 분다.

촛불이 잠시 깜박였다가 다시 제자리로 돌아왔다.

"차 한 잔 마실 시간은 주게."

그는 찻잔을 입에 대고 말했다.

"마셔라. 기다리마."

그들은 서둘지 않았다. 팔영자와 사일도가 있는 곳에 잠입했으면서도 지극히 태연했다.

'살수!'

그는 본능적으로 감지했다.

류청지를 보아왔기 때문에 사람을 대하는 모습만 보고도 살수인지 아닌지 알 수 있다.

살수의 태연함은 보통 사람들의 침착함과는 유형이 다르다.

보통 이런 경우에 침착할 수 있는 사람이라면 무공에 자신이 있는 사람이다. 상대를 단숨에 죽일 수 있다는 믿음이 마음을 차분히 가라앉혀 준다.

살수의 태연함은 자신감에서 오지 않는다. 자신을 철저하게 죽이는 데서 온다.

죽여도 그만, 죽이지 못해도 그만이다. 죽이면 임무를 달성하는 것이니 여한이 없다. 죽이지 못하면 되레 죽임을 당할 테니 그 이후는 생각할 것도 없다.

죽는 놈이 무슨 걱정을 하랴.

이들은 죽음을 피부 깊숙이 심어놨기 때문에 태연할 수 있다.

스윽! 슥!

그들이 병기를 들어 올렸다.

손바닥만 한 소부(小斧)를 좌우에 하나씩 들고 있다.

'무혼!'

그는 상대가 누구인지 알아냈다.

총주의 제자 중에 도끼를 잘 쓰는 자들이 있다.

‘대닥사부(大漠四斧)였던가? 대막사부…… 맞아. 대막사부였어.’

이들은 중원인이 아니다. 저 멀리 대막에서 무총주의 손에 이끌려 온 이방인이다.

붕비는 적이 실망했다.

조금 그럴듯한 인물을 보내올 줄 알았는데, 기껏 보내온 게 무혼이라니.

무혼의 실력은 잘 알고 있다.

일력광겸이나 사사표풍을 생각하면 된다.

천충의 도움을 받아서 무공이 급성장하기 전, 그들은 계야부조차 어쩌지 못하고 쩔쩔맸었다.

무혼은 떼로 덤벼도 두렵지 않다.

그는 천천히 차를 마셨다. 대막사부에게는 눈길도 주지 않고 오로지 차 맛을 음미하는 데 온 신경을 쏟았다.

대막사부는 무시해도 좋을 자들이다.

“기다려 줘서 고맙네.”

붕비가 찻잔을 내려놓으며 말했다.

“고마운 건 고마운 건데, 손님에 대한 예의가 없군.”

대막사부 중에 턱수염을 거칠게 기른 자가 말했다.

‘저놈이 대형(大兄).’

첫 번째 죽일 자를 선정했다.

“손님이 왔으면 후다닥 마시고 일어나야 예의지, 할 짓 다 하고 고맙다는 건 뭐야?”

"후후후!"

붕비는 그 말에 살소를 터뜨렸다.

다른 때 같으면 감히 얼굴도 마주 보지 못할 자들이 살수지심(殺手之心) 정도 수련했다고 시건방을 떨다니.

"도끼도 입처럼 매운가 봐야겠지."

스릉!

검을 뽑았다. 순간!

쒜엑! 파파팟! 쿠르르릉! 스스슷!

각기 다른 속도, 각기 다른 변화, 각기 다른 힘!

네 명이 일제히 부법을 전개했다. 같은 부법이 아니라 전혀 성질이 다른 부법이다.

이들은 별호를 같이 쓰고 같은 병기를 취했지만 부법의 성질은 전혀 달랐다.

파르르릉!

작은 도끼가 손아귀에서 장난감처럼 휘둘러진다. 찰나에 사십팔 변(四十八變)을 일으키니 양손을 합치면 구십육 변(九十六變)이다.

도끼 한 자루로 천살(千殺)을 기록했다는 혈부마(血斧魔)의 독문절기인 회선부법(回旋斧法)이다.

파파파팟!

찍고, 내려치고, 후려치고, 올려치고…… 도끼가 향하는 곳은 항상 타격할 곳이다. 병기로 가로막든, 방패로 수비를 하든 아랑곳하지 않는다. 무조건 찍고, 찍고, 또 찍는다.

빠름으로 수비를 대신한다는 쾌간부법(快看斧法)이다.

쿠르르릉! 스스슷!

한 명은 양의심공(兩意心功)을 사용하는 것 같다.

한 손으로는 난피풍부법(亂披風斧法)을 쓰고 다른 한 손으로는 단강부법(斷江斧法)을 사용한다.

가장 상대하기 까다로운 것은 뒤에서 쳐오는 소리없는 부법이다.

스스스……!

목덜미에 벌레가 기어가는 듯한 느낌이 들면 어김없이 도끼날이 육신을 스쳐 갔다.

'이건 무슨…… 혹시!'

그는 잊혀져 버린 전설의 부법을 떠올렸다.

음화부법(陰火斧法)!

삼십육초로 이루어진 음화부법은 초식을 거듭할수록 형체가 사라진다고 한다. 그래서 마지막 삼십육초를 전개할 때는 그야말로 눈에 보이지 않는 투명 상태의 공격이 펼쳐진다.

소리도 없고, 기세도 없다.

은밀히 다가와 치명적인 요혈을 찍고 사라진다.

투살진기처럼 잔혹한 무공 때문에 무림공적이 되어 사라진 음화신부(陰火神斧)의 독문절기다.

이들 네 명, 대막사부가 펼치는 부법은 하나같이 절전된 절기들이다. 더욱 기가 막힌 것은 무총이 수련을 금지시킨 금기마공(禁忌魔功)이라는 점이다.

무혼이 마공을 수련했다!

붕비는 너무 놀라운 사실에 아주 잠깐 심신이 흔들렸다.

치명적인 실수다.

스으읏! 퍼억!

뒤에서 은밀히 다가온 도끼 한 쌍이 등을 내리찍었다.

붕비의 눈이 부릅떠질 때, 회선부법이 양어깨를 파고들었다.

퍼퍽!

그게 시작이었다.

퍼퍽! 퍼퍼퍽! 퍼퍼퍼퍼퍽!

붕비는 눈 깜짝할 사이에 무려 백여 번 이상을 난타당했다.

눈 깜짝할 사이…… 정말로 앗차! 하고 자신의 실수를 자각하는 사이에 벌어진 사단이었다.

"훗!"

그는 웃으려고 했지만 그마저도 용이치 않았다. 기도를 타고 올라온 핏줄기가 웃음조차도 막아버렸다.

*　　　　*　　　　*

또르륵! 탁 또르륵! 탁!

정파는 주사위를 굴렸다.

주사위 두 개를 몇 번이고 몇 번이고 굴렸다.

주사위가 굴러가 벽에 맞고 되튕긴다. 그리고 자신이 생각했던, 또 생각하지 않았던 숫자를 토해낸다.

무료한 시간을 달래기에는 주사위처럼 좋은 게 없다.

또르륵! 탁! 또르르륵……

주사위가 굴러간다.

정파는 주사위 하나가 일(一)을 드러내는 것을 보자마자 용수철처럼 튕겨 일어났다.

"누구냐!"

그는 금방이라도 검을 뽑을 태세를 취했다.

분명히 기척이 있었다. 바로 앞에서 무엇인가가 어른거리는 것 같았다.

깊은 밤은 대답하지 않았다.

침묵이 흐른다. 죽음보다도 조용한 정적이 달빛을 타고 내려온다.

'잘못 듣지는 않았다!'

그는 자신의 이목을 믿었다. 일순, 잘못 들은 게 아닌가 하는 의심이 들기도 했지만 이내 고개를 흔들었다.

분명히 무슨 소리가 났다. 그때,

스스슷! 휘익!

눈앞에서 희뿌연 그림자가 휙 하고 지나갔다.

"웃!"

정파는 뒤로 한 걸음 물러섰다.

상대가 너무 빨라서 제대로 반응하지 못했다. 그럴 경우, 차라리 뒤로 물러서서 거리라도 벌려놓는 게 낫다.

정파는 병법대로 움직였다.

"누구냐!"

다시 한 번 저미하게 물었다.

매처럼 날카로운 안광은 어둠 곳곳을 훑었다. 적이 숨어 있을 만한 곳은 꼼꼼하게 뒤져 나갔다.

아무것도 보이지 않는다.

'굉장한 신법이다!'

그는 어깨를 들썩였다.

그렇게라도 해서 긴장을 푼다. 한 번 호흡을 하고, 다시 긴장을 끌어올린다.

십일영자 중에 제일 빠른 발을 가진 자는 왕보다.

그의 사전투광신보는 단순히 빠른 정도가 아니라 빛이 되었다.

원래 사전투광신보는 무당파의 독문절학이다. 그러던 것이 어떻게 해서 계야부에게 흘러들어 갔고, 다시 시각랑 전체에 퍼져 버렸다. 시각랑뿐만이 아니다. 오목이나 사색신녀, 사사표풍까지 계야부를 아는 사람이라면 모두가 아는 절기로 변했다.

왕보는 계야부가 비급만 보고서 사전투광신보를 자유자재로 펼치는 것을 보고 충격을 받았다.

그 후, 그는 정말로 옆에서 보기에도 기가 질릴 정도로 수련에 매진했다.

지금은 그야말로 빛이다.

계야부를 비롯해서 사전투광신보를 아는 그 누구도 그의 상
대가 되지 못한다.

암혹 속에서 그의 눈을 현혹시키는 자도 빠르다.

굳이 상대가 될 만한 사람을 거론하라면 당장 왕보를 말할
정도로 눈부신 발을 가졌다.

스릉!

그는 검을 뽑았다.

상대가 이토록 빠르다면 발검(拔劍)하는 순간이라도 아껴야
한다.

휘익!

눈앞에서 검은 환영이 번뜩였다. 순간!

쐐엑

정파는 환영을 향해 거침없이 일검을 쏘아냈다.

검에 걸리는 건 없었다. 환영은 이미 사라졌고, 검은 빈 공
간만 휩쓸었다.

“후웁!”

정파는 다시 숨을 골랐다.

당황하면 진다. 이럴 때일수록 침착하게 상대해야 한다. 지
극히 빠른 검을 상대할 때처럼 마음은 냉정하게 가라앉히고,
육신은 솔개처럼 민첩하게 움직인다.

고요함…… 정(靜)…….

두 귀로 사방의 소리를 담고, 두 눈으로 어둠을 꿰뚫었다.
진기를 가득 돋워 장검에 집중했고, 두 발은 언제라도 땅에서

떨어질 수 있게끔 앞발 뒤꿈치를 살며시 쳐들었다.

정(靜)…… 휘익! 쒜엑!

정파는 소리가 울리자마자 즉각 검을 쳐냈다.

가각! 가가각!

이번에는 반응이 왔다. 검이 통나무 같은 것에 틀어박혔다. 손목을 살짝 비틀어 잡아 빼자, 상대도 손목을 비틀어 빠져나가지 못하도록 붙잡는다.

정파는 그제야 상대의 얼굴을 봤다.

'응? 어디서 봤는데?'

제일 먼저 든 느낌은 눈에 익다는 것이다.

어디선가 분명히 본 사람이다. 가까운 사이는 아니었고, 오다가다 얼굴을 마주친 적은 있으리라.

씨익!

상대가 흰 이를 드러내며 웃었다.

한쪽 입가만 살짝 비틀어 올리며 웃는 모습…… 아! 무혼!

상대가 누군지 생각났다. 무혼! 무혼이다!

"무혼?"

그가 입을 열었을 때, 등 뒤에서 미미한 바람 소리가 울렸다.

'암습!'

그는 급히 허리를 비틀었다. 한데,

퍽!

무엇인가 둔중한 것이 옆구리를 후려쳤다.

너무 아파서 비명도 토해지지 않는다. 우두둑! 소리와 함께 오른쪽 옆구리가 힘없이 무너지는 것으로 보아 갈비뼈가 서너 개쯤 부러진 모양이다.

휘익!

옆에서도 바람 소리가 울렸다.

정파는 고개를 돌려 날아오는 병기를 봤다.

미치겠다! 이건 각목이 아닌가!

퍼억!

두툼한 각목은 그의 머리뼈를 산산이 부숴놓았다.

검은 옷, 검은 신발…… 어둠 속에서 활동하는 죽음의 박쥐…… 환영편복(幻影蝙蝠)!

환영문(幻影門)이라고 있었다.

낮에는 잠적하고 밤에만 활동하는 살수 집단으로, 죽이지 못하는 자가 없다고 알려졌다.

살림보다 한 시대 앞서서 등장했던 문파다.

하나 그들의 잔악무도함은 도가 지나쳤고, 결국 무림 공분을 사서 멸문당하고 말았다.

그들은 밤의 황제다. 밤에는 무적이다. 하나 아쉽게도 낮을 활용하지 못한다. 대낮에는 그들의 환영신보가 통하지 않는다. 편복의 날갯짓도 할 수가 없다.

'무혼이…… 무혼이 환영편복을…… 이런 일이……'

"이익!"

그는 검이 뽑히지 않는 원인도 알았다.

검이 각목에 틀어박혀 있으니 쉽게 빠져나올 리 없다.

손에 진기를 모아 검을 잡아 빼려고 했다. 하나 무혼들이 한 번 잡은 승기를 놓아줄 리 없다.

퍽! 퍽퍽! 퍽!

각목이 그의 전신을 난타했다.

뼈란 뼈는 모두 부서져 나갔다.

팔뼈가 가루가 되고, 다리뼈가 쭉쭉 갈라졌다.

어떻게 이렇게 맥없이 당했지?

정파는 자신이 손 한 번 제대로 써보지 못하고 당하는 게 믿어지지 않았다.

그러나 어쩔 수 있는가.

퍼억!

각목이 작심한 듯 뒷머리를 가격하자 그는 풀썩 꼬꾸라졌다.

차마 눈도 감지 못한 죽음, 그것이었다.

2

하룻밤에 두 명이 죽었다.

그 순간은 매우 짧았다. 이상한 기척이 들려서 우르르 뛰쳐나왔을 때는 이미 사단이 벌어진 후였다.

붕비가 잘 다져진 어육(魚肉)이 되어 죽었다.

정파도 뼈란 뼈는 모두 부서져 문어처럼 흐물거렸다.

두 사람이 이토록 당하는 동안 다른 사람들은 전혀 기미도 알아채지 못했다.

어떻게 이런 일이 있을 수 있단 말인가.

"류청지."

사일도가 딱딱하게 굳은 얼굴로 살수왕을 불렀다.

류청지가 붕비를 뚫어져라 살폈다.

"일수난타(一手亂打) 쾌간부법. 흠! 만변심사(萬變心死) 회선부법. 난피풍…… 단강…… 부법. 그리고 이건……."

그는 등에 찍힌 자국을 살폈다.

상처가 검에 찔린 듯 깊다. 도를 사용한 듯 폭이 넓다. 폭이 넓으면서 깊은 상처를 낼 수 있는 것, 역시 도끼다. 들어가고 나온 자국이 일치한다. 조금도 살결이 일그러지지 않았다. 고도의 집중력으로 일점타격(一點打擊)을 가한 증거다.

희한한 것은 등을 가격했으나 뼈는 피하려고 했다는 점이다.

도끼 회수에 주안점을 준 타격이다.

타격하고 다시 빼서 재차 타격한다. 순간적인 변화를 일으키는 진기의 흐름이어야 한다.

류청지는 같은 상처를 찾았다.

보인다. 양 옆구리에 등을 찍은 상처와 똑같은 상처가 있다.

등을 찍고 다시 빼서 옆구리를 찍었다.

그동안 붕비는 전혀 방비하지 못했다. 다른 도끼들이 무작위로 떨어지고 있었으니 이미 넋이 빠져나간 후일 게다.

"반격의 징후가…… 이토록 무기력하게 만드는 부법이라
면……."

"음화부법이다."

사일도가 말했다.

회선부법, 쾌간부법, 난피풍부법, 단강부법, 그리고 음화부
법.

부법의 최고봉에 올라선 절공들이 한 몸에 터졌다.

류청지는 잠시 붕비를 쳐다보다가 빨갛게 충혈된 눈을 정파
에게 돌렸다.

"아주 둔탁한 병기…… 각목."

류청지는 정파의 검에서 각목의 흔적을 찾아냈다.

톱밥처럼 미세한 나뭇조각이 검날에 묻어 있었다. 으스러진
머리뼈에서도 나무 부스러기가 나왔다.

확실히 각목에 타살당했다.

"검을 들었는데, 타격은 완전히 무방비 상태에서 이뤄졌습
니다. 이해할 수 없군요."

류청지는 고개를 갸웃거렸다.

"환영문입니다."

왕보가 조용히 말했다.

"정파가 쓰러진 곳을 살펴봤는데, 옷자락 쓸린 흔적이 많더
군요. 흑접(黑蝶)을 사용할 때 나타나는 흔적이죠."

"환영편복의 재림인가?"

"그런 것 같습니다."

"환영문의 무공은 금기마공이다. 음화부법도 금기마공. 이
곳에 나타난 무공들이 모조리 금기마공이다. 동나!"
사일도가 무서운 눈으로 쳐다봤다.
붕비와 정파의 죽음에 분노하고 있는 게다.
동나가 즉시 대답했다.
"환영문, 음화부법, 쾌간부법, 회선부법. 이 무공들 모두 무
총이 금기무공으로 지정했습니다. 문파는 멸문시켰고, 문도는
단 한 명 예외없이 척살했습니다. 무공은 불태워졌죠. 단언컨
대 이런 무공이 세상에 나타날 리 없습니다."
"한 사람만 제외하고는."
"그렇죠, 한 사람만 제외하고는."
그 한 사람이 누구인지는 모두들 안다.
금기마공이 불살라지기 전에 훑어본 사람이 있다.
금기마공으로 선언하기 전에 정말로 마성(魔性)이 있는지,
순화될 여지는 없는지 살펴보기 위해서다.
그 일은 마공의 전파를 막기 위해서 오직 한 사람, 비목대주
만이 해왔다. 그리고 비목대주는 금기마공을 선언하기 전에
반드시 총주에게 보고를 했다.
당시 일을 맡았던 비목대주는 죽고 없다.
전임 비목대주보다 훨씬 전에 비목대를 이끌었던 사람이니
지금은 기억하는 사람도 거의 없다.
금기마공을 아는 사람은 오직 한 사람, 총주뿐이다.
이제 우려했던 일이 사실로 드러났다.

무총주가 그들은 완전히 제거하려고 한다. 살인자들을 보냈으며, 금기마공으로 무장한 마인들이다.

무총주가 마인을 양성했다?

믿을 수 없는 일이지만 실제로 당한 사람이 눈앞에 있으니 믿지 않을 도리가 없다.

무총주가 직접 금기마공을 손봤을 수는 있다.

마성을 순화시키거나 제거하고 본연의 성질만 끌어내어 새로운 절공으로 재탄생시켰을 가능성이 높다.

"침입 인원은?"

"붕비는 확실히 네 명에게 당했습니다. 다른 부법이 두 개씩 찍힌 데 반해 난피풍과 단강은 각기 한 개씩 찍혔어요. 좌우쌍부를 사용하는 놈일 겁니다."

류청지가 말했다.

"흑접의 흔적이 사방(四方)에 있었습니다. 정말로 환영편복이라면 정파는 다른 놈들이 있다는 사실조차도 몰랐을 겁니다. 앞에서 눈을 현혹시키는 놈에게 집중하다가 느닷없이 일격을 당했을 가능성이 높습니다."

"정파를 너무 쉽게 본 것 아닌가?"

"정파와 동고동락한 게 몇 년인데 정파를 모르겠습니까. 음화부법으로 생각하면 되겠죠. 환영편복…… 밤의 제왕이라는 말, 틀린 말이 아닙니다."

"그럼 모두 여덟인가."

"최소 여덟이겠죠."

동나가 말했다.

"다른 놈들도 기습 계획을 세웠다가 우리가 우르르 달려나오는 바람에 기회를 잡지 못했을 겁니다. 한 사람에게 네 명씩 달라붙는 점으로 봐서……."

홍법이 동나의 말을 받았다.

"아미타불! 휴우! 최소 여덟, 최대 서른여섯."

사일도는 고개를 갸웃거렸다.

무총은 바닷가 모래알처럼 고수가 많다.

겉으로 드러난 고수도 많지만 실력을 숨긴 채 자중하고 있는 고수가 더 많다.

그들 중 십일영자를 간단히 제압할 만한 자들로 서른여섯 명을 추려봤다.

없다. 아무리 생각해도 그만한 숫자가 채워지지 않는다.

이번에는 네 명씩 아홉 조를 생각해 봤다. 단, 일련성(一連性)이 있어야 한다.

부법을 쓰는 자가 넷이다. 이들은 오로지 부법만 쓴다.

환영편복을 쓰는 자가 넷이다. 이들도 다른 무공은 일절 사용하지 않았다.

똑같은 무공을 수련한 자들로 아홉 조.

그만한 자들이 생각나지 않는다.

최소 여덟 명 쪽을 생각해도 난감하기는 마찬가지다. 이번에는 너무 많아서 추려지지 않는다.

어쨌든 이들은 무총에서 왔다.

"동나, 대책은?"

"시간이 없군요. 황보세가에서 연락을 취해올 줄 알았는데…… 허허! 조금 시간을 벌었다 싶었는데 기습을 당했으니……. 아마도 방관하는 쪽으로 기운 것 같습니다."

"호협하다더니, 여우 같은 놈들!"

석지가 주먹을 불끈 쥐었다.

"그럴 것 없네. 아마도 누군가 황보 가주를 협박했겠지. 웬만한 협박에는 눈도 깜짝하지 않을 사람이니…… 아마도 멸문을 들먹였을 것이고."

"비목대주군."

"그렇죠? 그런 말을 할 만한 자는 역시 비목대주밖에 없군요. 안선은 각 문파의 요혈(要穴). 안선도를 정리하라는 말로 협박하면 먹히지 않을 문파가 없습니다."

"비목대주도 왔다는 말이군."

"총주님이 단단히 각오하신 모양입니다."

"당해야 하나?"

"당할 만큼 당했죠. 공자님만 죽어주시면 저희야……."

"내 죽음을 계획했나?"

"짜보라고 하셔서…… 아직 완벽하지는 않지만 그럭저럭 괜찮다 싶습니다."

"시행한다."

"네? 말도 들어보지 않으시고……."

"그래? 길게 들을 건 없고…… 명칭이나 들어보지. 뭔가?"

"명칭이라시면…… 아! 제 계획을 말씀…… 생각해 본 적이 없는데, 급히 물으시니…… 화조(火鳥). 화조가 적당하겠군요."

"화조라면 불사조(不死鳥) 아닌가."

"죽을 때가 되면 제 몸을 불사른다고 하지요."

"됐어. 시행해!"

사일도가 안으로 성큼성큼 걸어 들어갔다.

"주공의 무공은 비밀에 가려져 있어. 그게 좋을 때도 있군."

"어지간히 강하시겠지?"

"남들에게는 무총의 후계자로 인식되고 있으니까…… 사실 주공이 손을 쓴 적은 없는데 말이야."

"말이 났으니 정말 알아나 보자. 누구 주공의 무공을 본 사람 있어? 있으면 손 들어봐."

손 드는 사람은 없었다.

"뭐야? 주공의 무공을 본 사람이 한 명도 없단 말이야?"

왕보가 어처구니없다는 표정을 지었다.

석지가 왕보의 말을 받았다.

"어쨌든 이번에는 확실히 보게 될 거야. 주공도 싸우지 않을 수 없으니까."

3

동나와 왕보, 량준이 뭉쳤다. 류청지, 석지, 홍법이 또 한 무리가 되었다.

그들은 기습에 대비했다.

"저희와 함께 계시는 게 좋을 겁니다."

동나가 사일도에게 같이 있자고 권유했다.

사일도의 대답은 간단했다.

"그래도 한때는 무총주가 되려고 했던 몸이다. 이번에는 용서한다만…… 나를 모욕하지 마라."

동나는 거듭 권유했다.

"황보세가에 들어가실 때까지만이라도. 그래도 친형제처럼 지내온 사이인데 굳이 격식을 따질 필요는……."

"동나."

"예."

"예의를 지켜라."

"예, 주공!"

동나의 입도 막혀 버렸다.

낮말은 새가 듣고 밤말은 쥐가 듣는다. 모든 공격은 듣고 보는 것에서부터 시작된다.

그들은 기회가 찾아왔다는 걸 깨달았다.

"오늘, 칩니다."

"바보 아닌가! 저건 함정이야!"

"그걸 모르겠습니까."

"알던서도 하란 말이냐!"

"가장 좋은 계책은 적의 계책을 역으로 치는 거죠. 저들은 저걸 유인책이라고 내놨습니다만…… 관건은 사일도입니다. 그를 잡으면 우리가 역으로 이용한 것이고, 잡히면 걸려든 것이죠."

"어차피 승부는 무공이란 것이군. 좋다. 우리가 하지."

"무시하는 건 아니지만 당신들만으로는 힘들 겁니다. 상대는 사일도예요. 무공의 끝이 어디인지 모르는 사람입니다. 정파 같은 자와는 비교도 할 수 없는 거물이죠. 대막사부와 함께 하시는 게 좋을 듯합니다만……."

"좋아."

"우리도 좋다."

"좋습니다. 그럼 그렇게 하고…… 다른 분들은 저들을 막아야겠어요. 처리가 끝날 때까지 절대로 들어서는 안 됩니다. 저들이 들어서면 우리가 걸려들게 됩니다. 반대로 저지시키면 안에서 제대로 요리할 수 있을 겁니다."

"승부를 볼 수는 없지만 저지는 할 수 있을 것이다."

"그거면 됐어요."

그들은 회심의 미소를 지었다.

휘익! 휘익! 휘이익!

사방에서 희끄무레한 것이 번뜩였다.

유령이라도 되는 듯 잠깐 형체가 드러나는가 싶더니 이내 사라져 버린다.

마치 자신이 환각을 보지 않았나 싶어서 눈을 비비게 만든다.

"환영편복."

사일도가 입꼬리를 비틀며 말했다.

"후후! 알아도 당할 수밖에 없는 게 환영편복이지. 잘 견뎌 봐."

휘익!

눈앞에서 희끄무레한 물체가 후딱 지나갔다.

죽은 정파는 이 시점에서 검을 날렸으리라. 그리고 상대의 각목을 후려친다. 그는 그렇게 적을 앞에 두고 병기를 잃었다.

사일도는 그때서야 검을 뽑았다.

스르릉……!

달빛에 비친 칼날이 귀신의 목이라도 칠 듯 번뜩인다.

"무총의 공자께서 어떤 무공을 수련하셨는지 못내 궁금했는데…… 낄낄! 오늘에서야 견식하게 되다니 영광이군."

그 순간이었다.

파앗! 쒜엑!

사일도의 신형이 연기 꺼지듯 사라졌다가 일 장 거리 앞에서 불쑥 나타났다. 그리고 찰나를 반으로 가른 것 같은, 너무 빨라서 눈으로 잡아낼 수 없는 쾌검이 번뜩였다.

"컥!"

검이 번뜩인 곳에서 두 조각으로 갈라진 검은 천 조각이 펄
럭였다.

파아앗!

피분수는 뒤늦게야 터져 나왔다.

투둑! 투둑!

잘려 버린 왼팔과 오른팔이 힘없이 떨어졌다. 그리고 가슴
부위에 붉은 혈선이 그려지더니 이내 제방이 무너지듯 핏물이
콸콸 쏟아져 나왔다.

"내 앞에서 말을 많이 하면 이리된다, 참고로 하도록."

사일도는 검에 묻은 피를 뿌렸다.

동나와 왕보, 량준 앞에 네 명이 섰다. 또 다른 네 명은 류청
지, 석지, 홍법을 가로막았다.

"너희뿐인가?"

동나가 흰 이를 드러내며 말했다.

파팟! 파파팟!

사방에서 불똥이 튀었다.

서로가 서로를 훑어보느라 정신없었다. 상대의 무기는 무엇
이고, 최절초는 무엇이고…… 싸움을 어떻게 이끄는지 알아내
기 위해 머리 회전이 무척 빨라졌다.

스릉! 스르릉!

사방에서 검들이 뽑혔다.

한쪽은 무총 고위직을 내걸고 무림을 종횡무진하며 비무행

을 벌였던 십일영자다. 또 다른 한쪽은 십일영자가 어떤 사람들인지 알면서 죽이러 왔다.

인원수로 보면 거의 일대일의 싸움 같다.

해볼 만하지 않나? 맞다. 해볼 만하다.

십일영자 중 그 누구도 일대일의 승부를 양보할 사람은 없다.

하지만 선자불래(善者不來)요, 내자불선(來者不善)이라고 했다.

이들 같은 경우는 내자불선이다.

기본 중의 기본이 십일영자에 대한 연구다.

무공을 자세히 파악했을 뿐만 아니라 파해 방법까지 터득했다. 어떻게 싸우면 이길 수 있는지 안다. 그리고 십분 자신있다고 생각했기에 모습을 드러냈다.

이런 점까지 고려하면 십일영자는 벅찬 상대를 만난 것이다.

그때, 동나가 고개를 갸웃거리며 말했다.

"가만…… 자넨 어디서 본 듯한데?"

"곧 죽을 목숨, 기억하지 마라. 머리 아파진다."

상대가 검을 쳐들며 말했다.

"그렇군. 자네들…… 누구인지 알겠어. 무혼. 그렇지? 무혼이 맞을 게야. 자네들을 보니 알겠군."

동나가 다른 쪽과 부딪치고 있는 네 명을 가리켰다.

"자네들이 익힌 게…… 분심검(分心劍). 맞아. 분심검이었어. 후후! 자네들이 서 있는 형태는…… 정확한 사각이 아냐. 한쪽이 삐뚤어졌군. 비정형사각이라.”

그들과 검을 맞대고 있던 류청지가 피식 웃으며 말했다.

“분심검에서 발전시킬 수 있는 합격진(合擊陣). 비정형사각. 이건 마진(魔陣)인데? 해개심마진(解開心魔陣). 후후! 무혼이 이젠 마진까지 수련했군.”

류청지의 말이 끝나기 무섭게 동나가 자신들을 둘러싼 무혼들을 보며 말했다.

“자네들이 뭘 하려는지도 알겠어. 폭우비설진(暴雨飛雪陣) 아닌가? 이것도 금공(禁功)인데. 자네들 아주 단단히 작심했군.”

“어차피 죽을 놈들이니 상관없어. 검에 맞아 죽으나 물에 빠져 죽으나 죽는 건 마찬가지야.”

“그것도 무혼의 입에서 나올 말은 아닌 것 같고. 무혼이 썩은 건가? 무총이 변질된 건가?”

량준이 두 주먹을 탁탁 부딪치며 받았다.

“원래부터 이랬는데 보지 못한 거죠. 모두들 눈이 동태눈이라 제대로 보지 못한 겁니다. 후후! 자, 그럼 한바탕 놀아볼까요? 어느 놈부터 작살낸다?”

그가 주위를 쓸어봤다.

일촉즉발의 긴장이 흘렀다.

말로는 금방이라도 때려죽일 듯이 으르렁거렸지만 무혼들이 어떤 합격진을 펼치고 있는지 알기 때문에 함부로 달려들지는 못했다.

폭우비설진을 돌파하려면 눈가루처럼 흩날리는 독분(毒粉) 사이를 통과해야 한다. 폭우처럼 쏟아지는 암기의 숲도 헤쳐 나가야 한다. 사방에서 한꺼번에 몰아치는 독과 암기를 뚫어야 한다.

이들은 독심독의의 후인이다.

무총주는 독심독의에게 활타미심경을 내주었지만 이들 네 명에게 독공을 전수케 했다.

독심독의는 활타미심경 한 권을 받는 대가로 너무나 큰 것을 지불했다. 그럼에도 그는 일말의 후회조차 하지 않는다. 아주 잘한 행동이라고 말했다.

활타미심경이 그만한 가치가 있다는 것이다.

독인에게는 그럴지 모른다. 하지만 다른 사람들에게 같은 조건을 내세운다면 백이면 백 거절할 게다.

더군다나 폭우비설진을 전개하는 사람들은 각기 다른 독공을 수련했다.

부법이 각기 달랐던 이유가 이것이다.

같이 연수하여 합격진을 펼치지만 사용하는 무공은 모두 다르다. 그러면서도 절묘한 조화를 이루고 있다.

해개심마진도 폭우비설진만큼이나 무섭다.

분심검은 마음을 쪼개는 것에서부터 출발한다.

양의심공처럼 노래를 부르면서 검법을 전개한다는 식은 아니다. 분심공은 오직 한 가지 사실에만 집중한다. 다만 마음을 조금 더 세분화시킨다는 점이 다르다.

'마음으로 검을 본다' 면 보통은 마음을 집중해서 쳐다볼 것이다.

분심공은 다른 방식으로 본다.

마음을 둘로 가른다. 하나는 이쪽 방향에서 검을 보고, 다른 마음을 다른 쪽 방향에서 본다.

보통 사람들이 평면적으로 볼 때, 분심공은 입체적으로 볼 수 있다.

고도의 집중력이 발휘됨으로써 평범한 절초를 펼치더라도 절기를 둔갑하게 만드는 효과가 있다.

그것이 조금 더 발전한 것이 해개심마진이다.

분심검을 수련한 사람들끼리 서로의 마음을 들여다본다.

깊이, 오래도록…… 서로를 완벽하게 이해할 때까지 마음을 세분하고 또 세분화시킨다.

그러다 보면 결국은 서로의 마음을 읽을 수 있다.

무슨 생각을 하는지, 어떤 행동을 하려고 하는지 자신이 생각한 것만큼이나 정확하게 읽는다.

자신만 읽는 게 아니다. 읽는 것을 응용해서 타인에게 의사를 전달할 수도 있다.

손오공이 분신술을 펼쳤다고 생각하면 된다.

단, 손오공은 한 명만 실체이지만 해개심마진은 네 명이 모두 실체다. 서로가 영(靈)이 통하기에 공수 전환이 굉장히 빠르고 자유로우며 완벽하다.

해개심마진은 세상에 존재하는 어떤 합격진보다도 뛰어난 제일의 합격진이다.

다만 해개심마진을 펼칠 수 있는 시간이 한정되어 있다는 점이 유일한 단점이다.

집중도가 인간이 집중할 수 없는 고도의 상태에까지 들어가기 때문에 뇌에 극심한 부담을 주게 된다. 그렇기 때문에 머리가 감당할 수 있는 한계를 잘 파악해 두어야 한다. 그 상태를 넘어서면 제정신을 놓치는 결과를 감수해야 한다.

미치는 것이다.

이런 연유로 해개심마진은 금공이 되었다.

해개심마진은 펼치지 않는 것이 좋으며, 어쩔 수 없이 펼칠 때는 빠른 시간 내에 전개했다가 빨리 끝내는 게 최선책이다.

그들은 서로를 노려보기만 했다.

휘익! 휘이익!

눈앞에 환영이 번뜩였다.

환영편복은 말을 하지 않았다. 한 번의 교훈이 있었기 때문에 입을 꾹 다문 채 무공만 펼쳤다.

휘익!

또다시 무엇인가가 불쑥 나타났다가 사라졌다.

환영편복은 결국 은신술(隱身術)을 발전시킨 형태다. 눈앞에서 자유롭게 오갈 수 있을 만큼 빨리 움직일 뿐이다.

무인은 안공(眼功)을 연마한다.

범인이 따라올 수 없을 만큼 예민하고 날카롭게 가다듬는다.

환영편복은 그런 눈길을 피해야 하니, 얼마나 빨리 움직이는지는 상상만 해도 알 것이다.

사일도 역시 그들의 움직임을 잡아채지 못했다.

이들은 밤의 제왕이 맞다. 이들을 밤에 깨기 위해서는 천안통(天眼通) 같은 특수한 공부가 필요하다.

휘익!

뭉툭한 물체가 눈앞에 불쑥 들이밀어졌다.

정파의 시신을 봐서 안다. 각목이다.

사일도는 슬쩍 피했다. 절대로 검을 쓰지 않았다.

이들은 사일도의 검을 빼앗기 위해 부단히 노력하지만 그는 걸려들지 않았다.

스으읏!

뒤쪽에서 각목이 또 날아왔다.

이번에도 슬쩍 몸을 틀어 피했다. 그 순간!

파앗! 파파파파팟!

각목이 느닷없이 경쾌한 소리를 흘리며 날아들었다.

"헛!"

사일도는 깜짝 놀라 옆으로 한 걸음 물러섰다. 그때,

퍽! 퍽!

언제 옆으로 다가섰는지, 작은 손도끼 두 자루가 양쪽 어깨뼈를 부수며 들어왔다.

“이게!”

사일도가 급히 옆으로 피하려고 할 때,

“흐흐! 늦었다!”

그가 피하려는 방향에서 불쑥 각목이 들이밀어졌다.

빠악!

각목은 머리를 후려쳤다.

순식간에 머리가 깨지며 붉은 선혈이 주르륵 흘러내렸다.

“잡았어!”

누군가 흥분해서 외쳤다. 그리고 손도끼를 파르르릉! 휘돌리며 다가섰다.

사일도도 당하고만 있지는 않았다.

쒜엑!

검이 분광(分光)을 일으켰다. 촛불의 일렁거림을 반으로 갈랐다.

“컥!”

손도끼를 휘두르며 달려들던 자가 멈칫 섰다.

투툭! 투툭!

양팔이 몸에서 분리되어 떨어졌다. 그가 들고 있던 쌍부(雙斧)도 주인을 잃고 바닥에 나뒹굴었다.

파아앗!

몸통이 반으로 쫙 갈라졌다.

“내 앞에서 말하지 말랬지.”

사일도가 이마에서 흘러내리는 피를 쓱 훔치며 말했다.

하나 그도 말하지 말았어야 한다. 그가 말을 마쳤을 때,

스으으웃! 팍! 팍!

뒤에서 은밀히 다가온 쌍부가 양쪽 어깨뼈를 완전히 부숴 버렸다.

맞은 데 또 맞았다. 극심한 통증을 참으며 간신히 검을 들었는데, 이제는 더 들고 있을 여력이 없다.

툭!

그는 검을 떨어뜨렸다.

그렇다고 무방비 상태가 된 것은 아니다. 그에게는 아직도 두 발이 남아 있다.

쒜에엑!

오른발이 번쩍 들리며 회선각(回旋脚)이 터졌다.

빠악!

환영편복으로 생각된다.

뒤에서 번뜩이며 다가서던 자가 머리를 얻어맞고 풀썩 꼬꾸라졌다.

쓰러진 자의 오공(五孔)에서 검붉은 핏물이 줄줄 흘러내린다.

즉사다.

두혼들도 손 놓고 기다리지는 않았다. 그들은 재빨리 다가와 각목과 쌍부를 휘둘렀다.

빠빡! 빠빡!

정강이뼈가 분질러졌다. 아니, 아예 으깨졌다.

사일도가 무릎을 꿇고 무너질 때,

빠악!

쌍부 중 하나가 정수리에 정확히 틀어박혔다.

퍼엉!

밤하늘에 하얀 폭죽이 솟구쳤다.

"후후! 운 좋군. 다음에 보지."

하얀 폭죽을 본 무혼들이 몸을 날려 사라졌다.

해개심마진도 폭우비설진도 펼쳐지지 않았다.

그들이 진을 펼치면 십일영자도 최선을 다해 반격한다.

다른 사람은 차치하고 량준의 패왕권만 해도 무혼 한두 명쯤 저승으로 보내는 것은 일도 아니다. 물론 그도 폭우비설진에 희생양이 되겠지만.

"도망갈 생각 마라! 하하하!"

무혼들의 웃음소리가 밤하늘을 울렸다.

사일도가 당했다. 죽었다.

"주공, 화조가 몸에 불을 질렀습니다. 후후!"

동나가 침울하게 웃었다.

울고 싶은 마음을 꾹 눌러 참고 웃음으로 대신했다.

"힘들게 갔구나."

석지가 말했다.

"그래도 세 놈이나 보내고 갔어요. 우리보다 낫습니다."

왕보가 석지를 보며 말했다.

사일도는 죽어서 석지가 되었다.

화조는 불에 타서 사라지고 잿더미 속에서 새끼 봉황이 탄생했다.

"동나."

"여전히 황보세가, 그곳에서부터 시작해야 합니다. 다른 데서 눈과 귀를 얻을 수 없으니 오대세가에서 얻어야 합니다."

"전멸을 시키는 한이 있더라도 얻어라."

석지가 냉담하게 말했다.

지금은 웃을 분위기가 아니었다. 모두들 화가 머리끝까지 치민 상태였다.

이 밤, 세 명의 동료가 떠나갔지 않은가.

第百十八章
준분지인(蠢苯之人)

"누구냐!"

"좀 지나가겠소."

"누군데 새벽 댓바람부터……."

"미안하오. 좀 지나가겠소."

계야부는 개방도 사이를 태연히 걸어갔다.

개방 걸인들은 신경질적인 반응을 보이며 툴툴거렸지만 그를 막아서지는 않았다.

방갓을 벗고, 복면을 벗고, 인피면구를 벗겨냈다.

그는 자신의 얼굴을 되찾았다.

이주 간단한…… 위장 아닌 위장을 개방도는 알아보지 못했다. 그가 자신들 한복판을 유유히 걸어가도 길 잃은 군웅 중의 한 명이겠거니 생각할 뿐이다.

"오늘 얼마나 죽을까?"

"들리는 말로는 우리 중 절반은 죽는다는 소리도 있어."

"저놈은 사람이 아니라 괴물이네."

"괴물도 보통 괴물이야? 이미 타구진 하나를 작살냈잖아. 무슨 수를 써서라도 여기서 끝장내야 한다고."

"후개님은 어디 가셨대?"

"글쎄? 급한 일이 있나 보지."

그는 개방도 사이를 걸으면서 발로 뛰어다녀도 얻지 못할 귀중한 정보들을 얻었다.

"미안합니다. 좀 지나가겠소."

계야부는 같은 소리를 반복하며 그들 사이를 빠져나왔다.

분주의 이름없는 들판은 혈원(血原)이라는 이름으로 유명해졌다.

석두개와 타구진이 무너진 곳이며, 단차가 일약 마두 중의 마두로 재탄생한 곳이다.

단차는 당대제일의 마두가 되었다.

개방과는 한 하늘을 이고 살 수 없는 철천지원수가 되었다.

혈원을 오천에 이르는 개방도가 둘러싸고 있다. 그 뒤를 역시 오천에 이르는 군웅들이 에워싼 채 지켜보고 있다.

북무림에 적을 둔 무인들은 거의 전부 모였다고 해도 가히 틀린 말은 아니다.

‘이들 중 절반…… 못 잡아도 이 할은 안전이다.’

살행을 계속 이어나갔다면 이 자리에 있는 무인들 중 이천여 명 정도는 피를 뿌리고 죽어갔으리라.

이들은 자신들의 목숨이 보이지 않는 손에 의해 방금 저승에서 꺼내졌다는 사실을 알까?

그는 군웅들도 지나쳤다.

낯익은 얼굴은 없었다.

거의 일만에 가까운 무인들이 모여 있고, 일 장마다 한 명씩 어깨를 부딪치지만 전부가 모르는 사람뿐이었다.

이들은 서로가 서로에게 인사하기 바빴다.

“어! 자네도 왔나?”

“와야지. 하하! 반갑네. 이게 얼마 만이야.”

“한 칠 년 되나? 정말 오랜만이야. 아침 했나? 아침 먹으러 가는 중인데, 같이 가세.”

그들은 정말 반갑게 서로의 손을 맞잡았고, 음식점으로 객잔으로, 주루와 다루로 흘러들어 갔다.

이 속에서 그는 이방인이었다.

북무림 일만여 명 중에서 아는 얼굴이 전혀 없으니…….

‘여긴 내가 있을 곳이 아니군.’

불현듯 형제들이 그리웠다.

부사영, 고봉, 갈조기, 담위민…… 그들은 잘 있을까? 반격을 심하게 받을 수도 있는데, 잘 견디겠지?

어차피 그들을 믿지 않으면 시킬 수 없는 일이었다.

'잘 해낼 거야.'

날이 밝자 개방도에게 고깃국이 배급되었다. 고급 소주(燒酒)도 지급되었다.

"취하면 뒈진다. 몸을 덥힐 정도로만 마셔!"

"어차피 뒈질 것 아닙니까. 하하!"

"너 정말 뒈진다, 새끼야! 어디서 뒈진다는 소리를 함부로 나불거려! 말이 씨가 된다는 말도 몰라!"

"그 말은 분타주님이 먼저 하셨는뎁쇼."

"하하하!"

개방도들은 왁자지껄 떠들어대며 아침을 즐겼다.

그러는 동안 무상개는 눈을 가늘게 뜨고 혈원 한 귀퉁이에 자리 잡은 군막을 쳐다봤다.

군막에는 아직도 총통기가 펄럭인다.

단차는 감감무소식이다. 사약란이 다녀간 이후, 그림자도 비치지 않는다.

그녀가 찾아왔을 때 그는 반색을 했다.

단차를 상대하기 껄끄러웠는데 검산을 무너뜨린 귀녀(貴女)가 찾아왔으니 오죽 반갑겠는가.

그녀가 단차를 만나겠다고 할 때도 너무 기뻐서 펄쩍 뛸 뻔했다.

그녀의 눈에 분노가 피어나는 것을 봤다. 악다문 입술에서 악을 뿌리 뽑고 말겠다는 의지를 읽었다.

그녀라면 단차를 상대할 수 있다. 또 본인 스스로 찾아왔고, 기꺼이 먼저 만나겠다고 하니 거절할 이유가 없다.

개방으로서는 불감청(不敢請)이언즉 고소원(固所願)이다.

생각할 것도 없다. 즉시 그녀를 들여보냈다.

그녀가 단차와 싸워서 이기면 그것으로 만족한다.

개방의 명예가 회복되는 것은 아니다. 하지만 싸움이 벌어지면 자칫 막대한 죽음으로 이어질 수도 있다. 큰 싸움이 벌어지지 않은 것으로 만족한다.

그녀가 지면 더욱 좋다.

그녀의 패배는 개방의 망신을 다소 회복시키는 결과를 가져온다.

검산을 무너뜨린 귀녀까지 놈에게 당했다. 개방이 당한 것도 이해할 만하지 않은가.

또 그녀의 패배는 막대한 응원군을 불러온다.

그녀는 무총주의 손녀다. 그런 그녀가 단차에게 패배하여 죽는다건, 무총이 전면에 나설 수밖에 없다.

사실 무총은 아주 약은 놈들이다. 아주 지겨운 놈들이다.

싸움은 자신들이 벌여놓고 어느 틈엔가 뒤로 살짝 빠져 버렸다.

개방은 단차하고 아무런 원한도 없었는데, 어쩌다 보니 철천지원수가 되어버렸다.

이게 전부 무총의 농간 때문이다.

그래서 일부러 무총 생각을 하지 않는다. 그놈들 생각만 하면 화가 치밀어서 냉정을 유지할 수 없다.

개방이 전면에 나선 것만큼이나 무총을 전면에 내세울 수 있는 좋은 기회가 찾아왔다.

무상개는 사약란을 들여보내며 미소를 지었다.

'철없는 아가씨 같으니…….'

한데 싸움이 벌어지지 않았다.

안으로 들어간 사약란은 채 일다경도 머물지 않고 다시 빠져나왔다. 들어갈 때는 자신을 만나기까지 했으면서 나올 때는 온다 간다 말 한마디 하지 않고 사라져 버렸다.

그녀가 떠났다는 소리를 수하의 보고를 통해서 전해 들었다.

그녀와 단차는 무슨 이야기를 주고받았을까? 둘이 만나서 뭔 짓을 했을까?

그것이 못내 찜찜했다.

만나보니 싸움을 할 생각도 들지 않을 정도로 강했나? 그래서 말도 없이 물러난 겐가?

그럴 수 있다. 놈은 첫 대면에서 후개에게 심마를 안긴 인물이다.

무상개의 머릿속이 복잡하게 뒤엉켜 있을 때, 단차의 동정을 살피러 갔던 사결제자가 돌아왔다.

"이상합니다. 안에 아무도 없습니다."

무상개는 깜짝 놀라 자신도 모르게 벌떡 일어섰다.

"뭐야!"

"안에 아무도 없습니다."

"들어가 봤어!"

"네. 들어가 봤는데……"

"네가 군막 안을 들어가 봤단 말이야? 그놈이 있는 곳을 네가?"

"저 군막에는 이상한 요기가 감돌았거든요. 근처에만 가도 죽을 것 같고, 귀신이 툭 튀어나올 것 같고…… 그런데 오늘은 그런 느낌이 들지 않는 거예요. 석두개 장로님이 계실 때처럼 편안한 느낌이 들었다고 할까…… 그래서 슬금슬금 가까이 다가서다가…… 어쩌다 보니 안에 들어가 있더라고요."

"그런데 놈이 없어?"

"네. 이 목을 걸 수 있는데요."

"너, 너! 가봐!"

무상개는 옆에 있던 개방도 두 명을 가리켰다.

그들이 후다닥 일어나 군막 안으로 치달려갔다.

단차가 사라졌다!

무상개는 일단 이 일을 비밀에 붙였다.

단차는 사약란과 만난 후 사라졌다.

둘 사이에 모종의 관계가 있는 게 틀림없다.

그렇다고 이제 와서 사약란을 질책할 수는 없다. 그녀와 단차의 연관성도 주장할 수 없다.

그녀가 단차를 만났다는 증거가 없다.

수많은 개방도가 그녀를 목격했다. 단차를 만나기 위해 혈원으로 향하던 모습을 똑똑히 봤다. 그래서 무엇을 말할 수 있단 말인가. 그녀를 본 건 개방도의 눈일 뿐이다.

개방도가 아닌 다른 눈이 그녀를 봤어야 하는데, 혈원을 에워싸고 있는 건 개방도뿐이다.

개방은 밤새도록 곡성을 쏟아냈다.

단차에게는 효과가 없는 것 같다. 하나 지금껏 수많은 무인들이 곡성에 무너졌다.

효과가 있든 없든 사용할 수밖에 없다.

한데 이런 곡성이 다른 군웅들을 뒤로 물러서게 만들었다.

그들은 개방도와 함께 곡을 하지 않았다. 오히려 곡성을 견디지 못하고 멀찌감치 떨어졌다.

개방도 그런 점이 굳이 싫지는 않았다.

별 도움도 안 되는 자들이 옆에서 거치적거리는 게 싫었던 참인데 제 발로 물러서 주니 좋다.

물러날 놈은 물러나고 남을 놈은 남고…….

그 결과 군웅들은 모두 도읍으로 빠져나가고 혈원에는 개방도만 남게 되었다.

그러니 사약란을 봤다는 다른 눈이 있을 리 없다.

그녀를 본 다른 눈이 없는 한, 개방도의 눈만으로 그녀를 다그칠 수는 없다.

어쨌든 그녀와 단차 사이에 모종의 연관이 있다.

아주 중요한 사실이다. 그리고 이 사실이 어쩌면 땅에 떨어진 개방의 명예를 회복시켜 줄지도 모른다.

이 정보를 어떻게 활용할지 생각한 것은 없다. 단지 막연하게나마 무엇인가 큰 것을 손에 쥐었다는 느낌이 든다. 마치 광맥을 발견한 사람처럼 심장이 두근거린다.

'이걸 어떻게 활용한다?'

아침떠가 훨씬 지난 사시(巳時) 무렵, 천우개가 무상개의 거처로 들어섰다.

"오랜만이네."

활짝 웃으며 들어서는 천우개를 보자 무상개는 더 이상 벌어질 수 없을 만큼 입을 크게 벌리며 웃었다.

"하하하! 하하, 하하하!"

"이 사람이 실성했나…… 왜 웃어대?"

"하늘이 개방을 돕는구나. 하늘이 개방을 도와. 하하하하!"

"뭔 소리야, 하늘이 돕는다니."

무상개는 어리둥절해하는 천우개의 옷소매를 잡아끌었다.

"단차가 없다."

"무슨 소리야. 단차가 없다니?"

"단차가 없다니까!"

"그러니까 그게 무슨 소리…… 단차가…… 없어?"

"없어."

천우개의 눈빛에 광채가 번뜩였다.

"자세히 말해봐, 단차가 어떻게 없어졌는지."

사람이 감쪽같이 증발할 수는 없다.

안에 있던 사람이 없어졌다면 반드시 어딘가에는 움직인 흔적이 남아 있을 것이다.

천우개는 즉시 전 개방도에게 은밀히 통문을 돌렸다.

지난밤부터 오늘 아침 사이에 낯선 사람을 본 자는 무상개에게 와서 직접 보고하라는 이상한 통문이다.

개방도 수십 명이 무상개에게 왔다.

"오늘 아침 묘시 정도 됐을까요?"

"됐다."

"저도 오늘 아침 묘시 정도……."

"됐다."

사약란은 묘시에 제이타구진(第二打狗陣)을 통과해서 사라졌다.

또 다른 부류도 있다. 그들은 제삼타구진(第三打狗陣)을 지키던 자들이다.

"묘시정(卯時正)쯤 됐는데, 어떤 자가 태연히 걸어가더군요. 길 잃은 무인쯤으로 생각했는데……."

한결같은 증언이다.

다부진 몸에 시원시원한 이목구비를 지닌 멋진 사내다.

웬만하면 시비를 걸려고 했는데, 괜찮은 놈 같아서 그냥 보냈단다.

이건 개방도가 굉장히 인심을 쓴 것이다.

걸인들 틈에 낯선 자가 들어섰다?

그러고도 무사히 빠져나갈 수 있다고 생각하면 오산이다. 일단 가지고 있는 전낭은 모두 꺼내놔야 한다. 귀중품도 내놓아야 하고, 입고 있는 옷은 물론이고 신발까지 벗어야 한다.

무인이든 아니든 상관없다.

더군다나 놈은 타구진 한가운데로 들어섰다.

무서울 것이 없는 걸인들 한복판에 들어섰으니 죽으라면 죽는시늉이라도 해야 한다.

무인이 타구진 한복판에 섰다는 것은 망신을 자초하는 것이나 다름없다.

놈은 운이 좋았다. 아주 좋았다.

"성격이 시원시원한 놈 같더라고요."

"싸워본 적이 많은 놈입니다. 눈빛이 칼이었어요."

"거침없는 놈이에요. 죽여야 한다면 친형제라도 서슴없이 죽일 것 같던데요."

"여자들깨나 울렸을 법하던데……."

칭찬 일색이다.

지금까지 들어왔던 단차에 대한 묘사하고는 완전히 다른 인상이다.

천우개가 웃으며 말했다.

"인상착의를 그려야겠군. 재미있는 자가 나타나겠어."

불행히도 천우개는 완벽한 초상화를 손에 쥐지 못했다.

　개방도는 낯선 자를 묘사해 내지 못했다. 강렬한 인식을 받은 건 사실인데 이목구비를 설명하는 데는 실패했다.

　묘시정이라는 시간이 만들어낸 조화다.

　묘시정은 밤에서 새벽으로 넘어온다. 사물이 환히 보이는 것 같지만 뚜렷하지 않고 흐릿하다. 차라리 새까만 어둠 속이라면 하나라도 더 보려고 눈에 힘이라도 주었을 텐데, 무언가 보이고 있으니 그마저도 하지 않는다.

　스물한 명이 초상화 작업에 착수하여 스물한 장의 인물도를 그려냈다.

　전부가 각기 다른 인물이다.

　“어떻게 이럴 수 있지?”

　무상개가 허탈하게 말했다.

　“놈이 단차라면…… 단순히 빠져나간 게 아니라 의살을 사용했다면…… 후후! 그럴 수 있지.”

　“의살을 사용해서 인상을 지웠다?”

　“현재까지 드러난 사실을 종합해 봤을 때, 그놈은 모기(模氣)가 가능한 것 같더군. 석두개…… 석두개는 강룡십팔장을 펼쳤는데 펼치자마자 강룡십팔장에 당했어. 그건 석두개의 기운을 고스란히 훔친 거지. 모기 아니면 투기(偸氣).”

　“그 점은 나도 생각했네.”

　무상개가 고개를 끄덕였다.

　“후개가 당한 것은 삽기(揷氣). 놈을 만나기 전부터 ‘죽는다!’는 생각이 머릿속을 울렸다면 삽기라고 봐야겠지.”

"기삽기(氣揷氣)…… 역시 그거였나?"

"타구진이 깨질 때 사용했던 건 타기(打氣). 말을 들어보니 타구진은 절반의 위력도 보이지 못했더군. 모두들 기가 죽어 가지고 있는 무공을 절반도 펼치지 못했어. 굼뜨고 조잡하고…… 그러니 형편없이 당할 수밖에."

"먼저 투지(鬪志)를 죽여 버렸다?"

"더욱 중요한 것은 모기, 삽기, 타기가 가능하다면 사기(死氣)도 가능하다는 거야. 눈빛만으로 사람을 죽인다? 말도 안 되는 그 말이 가능한 거지."

"후후후! 놈에 대해서 많이 생각했군."

무상개가 공감한다는 듯 피식 웃었다.

후개가 정신 치료차 뒤로 빠진 후 그는 단차를 어떻게 상대해야 할지 고민했다.

고민…… 고민…… 고민…….

수많은 생각을 떠올려 봤지만 그를 상대할 마땅한 방법이 없었다.

그는 의살을 사용한다. 중원 무림에서 지금껏 누구도 사용하지 못했던 정신무공을 쓴다.

저기에 놈에게 당한 사람들을 떠올렸다.

어떻게 당했나…… 타구진은? 석두개는? 후개는?

무상개는 천우개와 같은 결론에 도달했다.

육신 밖으로 정신세계를 확장시키는 것은 놈이 기본적으로 할 수 있는 일이다.

무인으로 말하면 임맥타통(任脈打通)이 된 후에나 가능하다는 기접기(氣接氣)를 놈은 무공의 가장 밑바닥에 놓고 있다.

기를 뿜어내 상대의 기를 탐지하는 경지.

이게 가능하다면 모든 게 가능하다. 후개가 놈과 몇 마디 말을 나누는 동안 극심한 타격을 받은 것도 기접기가 장난처럼 운용된다는 사실을 몰랐기 때문이다.

이런 점을 감안해서 놈을 상대해야 한다.

한데 천우개도 같은 생각을 한 모양이다.

하기는…… 석두개의 복수를 하겠다고 단신으로 달려온 사람이지 않나. 석두개와 타구진이 어떻게 무너졌는지 원인을 파악하는 것은 기본 중의 기본이다.

머리 좋은 석두개이고 보면 자신보다 조금 더 깊은 곳까지 생각했을 것이다.

천우개가 한숨을 내쉬며 말했다.

"후우! 길을 오면서 내내 생각했는데, 생각하면 할수록 놈을 이길 방법이 없는 거야. 그런 놈이니, 방심하고 있는 놈들을 살짝 건드려서 인상을 지우는 정도는 일도 아니지."

"그렇군."

"놈은 의살만 사용한 게 아니야. 지리(地理)도 이용했어."

"지리?"

"묘시…… 새벽이지. 새벽의 도움도 받았어."

"그럼?"

"새벽은 어둠이 밀려나는 시간이야. 밝음이 찾아오는 시간.

하지만 묘하게도 인간에게는 가장 어두운 시간이기도 해. 놈
은…… 싸움을 알아. 정말 시각랑이었던 것 같다.”
　“이게 전투적인 움직임이라는 건가?”
　“기습에 가장 유리한 시간은?”
　“새벽.”
　한마디 물음과 답으로 이론의 여지가 없게 되었다.
　단순히 새벽에 빠져나갔다는 것만으로 그를 시각랑으로 몰
아붙이는 것에는 무리가 있다.
　한데 그는 자신을 시각랑이라고 주장해 왔다.
　계야부의 복수를 하기 위해서 안선을 친다고 공언했다. 안
선을 끌아낼 수 있다면 무슨 짓이든 하겠다고 말했으며, 실제
로 그렇게 움직이고 있다.
　이 말들 모두가 북지단에서 흘러나온 말이다.
　완전히 믿을 수는 없다는 뜻이다. 하지만 모두 다 못 믿는다
고 해도 한 가지 명확한 사실은 있다.
　그는 시각랑이다!
　두 사람은 그가 군인이었다는 데 동감했다.
　천으개가 스물한 장의 종이를 펼쳐 보이며 말했다.
　“지금까지 알고 있던 단차에 대한 인상은 아주 잘못된 거네.
놈은 결코 추남이 아냐.”
　“이 그림들은 전부 다 호남형(好男形)인데…….”
　“이게 맞을 거야.”
　천우개가 뚫어지게 초상화를 들여다봤다.

반듯하고 널찍한 이마, 강인한 눈, 굳게 다문 입술…… 전형적인 군인의 얼굴이다.

호남형에 시각랑.

이 정도면 사람을 찾는 것은 문제도 아니다.

"화공에게 말해서 이걸 모두 그리도록 해."

"이걸 모두요?"

시중들던 개방도가 놀라서 눈을 동그랗게 떴다.

"스물한 장 모두. 한 백 벌쯤 그려."

무상개가 끼어들었다.

"모두 잘못된 그림인데 어쩌려고?"

"시각랑 중에서는 이놈을 찾지 못해. 북지단이 이 잡듯 뒤졌어도 찾지 못했어. 그렇다고 시각랑이 아닌 자들 중에서는 더더욱 찾을 수 없어."

"대체 무슨 소리인지……."

"시각랑에서 찾되, 다른 방법으로 찾아야 하는 거지. 시각랑이거나 시각랑이었던 놈들 모두에게 이 그림을 보여주는 거야. 스물한 장 모두 다. 그리고 생각하는 놈을 말하라고 하면?"

"그중에 공통된 놈이 있다!"

"그렇지. 후후후! 이 스물한 장은 모두 단차가 아니지만 또 단차 그놈이기도 해. 인상(印象)! 강렬한 인상이니까. 이 그림은 놈의 얼굴을 그린 것이 아니라 기도를 그린 거야. 하니 얼굴이 아니라 느낌을 찾아야지. 이 그림을 보고 생각하는 놈…… 이런 느낌을 가진 놈…… 후후후!"

천우개는 마치 단차를 눈앞에 둔 듯 자신있게 웃었다.

"단차의 실체를 찾아내겠군."

"비밀을 간직한 자는 드러낼 것도 많은 법이지. 두고 보자고. 놈이 뱃속 깊숙이 감춰놓은 게 뭔지."

"사약란은 어떻게 했으면 좋겠나?"

천우개는 즉시 대답하지 않았다.

그녀를 손에 쥐기 위해서 칠살문까지 은폐시켰다. 하물며 그녀가 단차와 모종의 연관이 있다면…… 아니, 연관은 틀림없이 있다.

단차는 그녀와 만난 후에 잠적했다.

칠살문은 시각랑이었고, 그녀는 시각랑이었던 계야부를 낭군으로 맞이했다. 또한 단차도 시각랑이다.

사실이 이런데도 연관이 없다고 하면 정말 뻔뻔한 게다.

"당분간…… 완전히 사실이 드러날 때까지 두고 보는 거야. 서둘 건 없어. 후후! 꼬리를 잡았잖아? 천천히, 조금씩 잡아당기다 보면 몸통이 드러날 거야. 그때 이 정보를 어떻게 이용할지 생각하자고. 모르긴 몰라도 이 무림…… 대변화가 일어날 것 같지 않나? 하하하!"

"하하하!"

그들은 허리를 움켜잡고 웃었다.

2

"왜 싸우지 않지?"

"그러게…… 날이 밝자마자 후다닥 할 줄 알았는데."

사람들은 혈원과 개방도들을 보며 수군거렸다.

지난밤에는 정말 곡성이 요란했다.

분주 온 도읍 사람들이 곡성 때문에 잠을 이루지 못했다. 단차를 잡기 위해서라는 것을 안다. 수많은 개방도가 죽어간 것도 안다. 하지만 그러면서도 개방도를 욕할 정도로 정말 짜증이 치밀었다.

타구진이 발출하는 곡성은 사람을 미치게 한다.

멀리서 들었을 뿐인데도 그런데, 집중 목표가 되었을 때는 어떨 것인가.

생각만 해도 머리가 욱신거린다.

그런데 아침이 되자 곡성이 뚝 그쳤다.

사람들은 이를 두고 싸움의 전조라고 생각했다.

이제 곧 개방과 단차 간에 혈전이 벌어질 거야.

하지만 싸움은 일어나지 않았다. 개방도는 여전히 타구진을 굳게 움켜잡고 있다. 두 눈은 금방이라도 혈전을 벌일 듯 활활 타오른다. 신경은 툭 건드리기만 하면 탁 터져 버릴 듯 곤두서 있다.

분명히 싸움은 일어날 것이다.

그들은 묻지 않을 수 없었다.

"저…… 상황이 어떻게 돼가는 겁니까?"

개방도가 귀찮다는 듯 대답했다.

"나 같은 사람이 뭘 알겠소. 사약란인가 뭔가 하는 여자가 찾아와서 단차와 독대(獨對)하고 있는 것 같은데…… 제길! 말은 뭐 하러 해! 어디 그놈이 말 몇 마디에 손들 놈이야? 확! 치고 들어가서 요절을 내야 하는데…….."

군웅들은 입을 쩍 벌렸다.

사약란이 찾아왔다. 그녀가 단차와 독대를 하고 있다.

개방이 그녀에게 길을 열어주었다는 것은 그녀를 무총의 후계자로 인정했다는 뜻이다.

그녀는 서지단 군사 직에서 쫓겨난 경험이 있다.

본인 스스로 물러나는 형식을 취했지만 쫓겨났다는 것은 세상 모두가 안다. 독심환마 같은 자를 낭군으로 맞이하면서 그 자리를 유지하길 바란다면 도둑놈 심보다.

다행히 그녀는 독심환마와 있으면서 악행을 저지르지 않았다. 그뿐만이 아니다. 독심환마가 더 이상 살생을 저지르지 못하도록 노력도 했다.

그를 데리고 동정호 비궁으로 들어갔다.

그를 세상으로부터 격리시켰다. 손발을 꽁꽁 묶어놓아 악행을 저지르게 못하게 했다.

한동안 무림에서는 독심환마의 소식을 듣지 못했다.

놈이 비궁에 틀어박혀 있던 시간이다. 하지만 제 성질 남 주는 것도 아니고…… 놈은 결국 참지 못하고 뛰쳐나와 버렸다. 아내까지 버리고 뛰쳐나와 온갖 짓을 하며 돌아다녔다.

그게 그녀의 잘못은 아니다.

그녀는 할 만큼 했다.

무총도 그녀의 노력을 안다. 무총주도 그녀의 지난 과오를 따뜻한 마음으로 감싸 안았다.

그녀를 무총으로 불러들인 것만 봐도 알 수 있지 않나.

한데 그녀가 이곳에 왔다.

개방은 무총주의 후인으로 그녀를 생각해서 길을 열어주었다.

세인들의 이목이 혈원으로 집중되었다.

그녀는 단차와 무슨 이야기를 나누고 있는가!

천우개와 무상개는 귀한 손님 앞에서 얼어붙었다.

"내가 이렇게 방문한 것은…… 아니, 군소리는 집어치우지. 소문…… 지금 퍼지고 있는 소문 말일세. 그거…… 집어치우게."

"소문이라뇨. 무슨……?"

천우개가 짐짓 모른 척했다.

상대는 이 시대 최고의 무인 중 한 명이다.

자신은 말할 것도 없고, 용두방주조차도 조심해야 하는 인물이다.

북지단주!

북무림의 제왕이 자신들 앞에 앉아 있다.

온다는 기별 한마디 없이 불쑥 나타났다.

그는 타구진 중심부로 깊숙이 들어왔다. 한데 그가 모습을 드러내기 전에 먼저 보고를 한 자가 없다. 낯선 자가 나타났으면 나타났다고 말해오는 자가 있어야 한다. 한데 아무런 일도 없는 것처럼 조용했다.

그가 천막을 걷고 들어서기 전까지 손님이 오는 줄, 정말 몰랐다.

단차는 자유자재로 빠져나가고 북지단주는 마음대로 들어오고…… 타구진 체면이 영 말이 아니다.

천우개가 시치미를 떼자 북지단주는 미간을 찌푸렸다.

북지단주 정도 되는 사람이라면 감정 변화를 얼굴에 드러내지 않는 편인데, 북지단주는 달랐다. 말 한마디에 기분 나쁘다는 표정을 유감없이 드러냈다.

"어쩌자는 게야?"

"네? 저흰 도대체 무슨 말씀을 하시는 건지 도통 모르겠습니다."

"아직도 약란이가 단차를 만나고 있나?"

북지단주가 단도직입적으로 물어왔다.

천우개의 표정이 딱딱하게 굳었다.

처음부터, 소문을 집어치우라는 말을 들었을 때부터 이 문제인 것을 알았다.

하지만 이 부분, 개방도 절대 양보하지 못한다.

천우개가 조용한 음성으로 말했다.

"아시고 오셨군요."

"집어치우게."

두 번째로 같은 말을 했다.

“단주님, 죄송하지만 그 소문은 양해해 주시기를……”

“그만됐으면 좋겠어.”

세 번째다! 북지단주는 그만두라는 말만 세 번을 했다.

북무림의 제왕이나 다름없는 사람이 개방 장로에게 똑같은 말을 세 번이나 했다.

북지단주 역시 자신의 생각을 관철시키고 말겠다는 뜻이리라.

천우개가 마음을 다잡고 말했다.

“죄송합니다. 그 소문만은……. 이럴 수밖에 없는 저희의 입장도 생각해 주십시오.”

천우개는 말을 하면서 깊숙이 머리를 숙였다.

먼저…… 개방은 단차가 빠져나갔다는 사실을 공표할 수 없다. 그 사실을 말하면 타구진이 깨진 것보다 더한 망신거리가 된다.

장로 두 명이 타구진 다섯 개를 가동시켰다.

사방을 물샐틈없이 막았다.

상대는 딱 한 명, 오천여 명의 개방도에 비하면 점 하나에 불과한 딱 한 명이다.

그런데도 그가 빠져나가는 것을 몰랐다?

일결, 이결제자들의 무공이 바닥을 긴다고 해도 있을 수 없는 일이다.

개방이 아량을 베풀어서 단차를 놓아주었다는 설정이 필요하다.

한데 그게 쉽지 않다.

단차는 석두개를 죽였다. 무적불패의 타구진도 깼다. 무엇보다도 오백여 명도 넘는 개방도가 살육당했다.

이 원한은 지옥 끝까지 따라가서라도 갚아야 할 판이다.

그런데 놓아줘? 아량을 베풀어?

씨도 안 먹히는 소리다.

하나 사약란을 잘 이용하면 말도 안 되는 설정이 가능해진다.

그녀가 무총의 후계자라는 신분으로 방문했다면 개방도 물러설 명분을 갖게 된다.

어차피 단차는 빠져나갔다.

그는 조만간 다른 곳에서 모습을 드러낼 것이다.

이대로 계속 타구진을 펼치고 있다가 단차가 다른 곳에서 불쑥 나타나면 그때는 정말 씻지 못할 개망신을 당한다.

빨리, 한시라도 빨리 설정을 끝내고 체면을 지켜야 한다.

이 부분에 대해서 사약란은 할 말이 없다.

그녀가 단차와 대면한 것은 사실이지 않은가. 뿐만이 아니다. 단차와 한통속이 되었다는 심증도 있다.

사약란이 단차를 통제한다는 조건, 안선이 무너질 때까지만 한시적으로 싸움을 끝내자는 조건…….

이런 조건들이면 단차를 놓아줄 수 있다.

오늘 오후쯤…… 극적으로 이 소문을 퍼뜨릴 참이었다.

하니 북지단주가 그만두라는 권유는 두 장로를 절벽으로 밀어붙이는 말이나 다름없다.

'받아들일 수 없어!'

누구라도 그런 생각을 한다.

북지단주는 쓴웃음을 지으며 말했다.

"세상이 어수선하니 사리 판단을 못하는군. 난…… 자네들 목숨을 구해주려는 게야. 쯧! 정말 자네들이 어떤 사람을 상대하고 있는지 몰라서 이러는 겐가?"

"사 소저가 전혀 무관하지 않으니 무총에서도 이번 일만큼은 상관하지 못할 겁니다."

천우개는 자신있게 말했다.

"알아서 하게. 한데 천우개…… 난 무상개가 고집을 피울 줄 알았는데, 뜻밖에도 자네가 더하는군. 석두개의 죽음이 그리 애통했던 겐가? 그래서 앞을 보지 못하는 게야?"

"앞은…… 잘 살피고 있습니다."

"쯧! 자넨 지금 장님일세."

북지단주가 일어섰다. 그리고 올 때와 마찬가지로 자신의 정원을 거닐 듯 유유히 걸어나갔다.

"아무래도 기분이 안 좋아."

무상개가 턱수염을 만지며 말했다.

"북지단주가 아까 한 말 말일세. 그거 협박 아냐? 말 안 들으면 곤란해진다. 이런 협박 아니냐고?"

천우개는 대답하지 않았다.

기분이 좋지 않기는 그도 마찬가지였다. 하지만 기분이 언

짧은 이유는 무상개와 달랐다.

그는 북지단주의 말을 협박으로 생각하지 않았다.

'북지단주는 진실을 말했어.'

그러니 더욱 기분이 언짢다.

북지단은 이번 일에 개입하지 않는다. 북지단주와 말하면서 그런 의사를 확실히 읽었다.

북지단주는 사약란을 거론하며 그만두라고 했다.

북지단과 사약란은 관계가 없다. 관계가 있다면 무총 본단이다. 그리고 무총주다.

그 점이 마음에 걸린다.

'지금은 완전히 장님이라고? 내가? 앞을 보지 못한다고…… 했지?'

무엇인가 잘못 셈하고 있다는 뜻인데…… 그게 무엇인지 읽을 수 없으니 답답하기만 하다.

천우개는 눈을 찔끔 감으며 말했다.

"두 번째 소문을 내지."

"이유는 어떤 것으로 할까?"

"사 소저의 특별 요청은 기본이고…… 단차와 안선에 대해 협약. 기한은 일 년. 이번 살육 사건은 일 년 후 재논의. 이 정도가 좋지 않나 싶은데."

"무총 쪽에서 발끈하면…… 대책은 있나?"

"절대로 발끈하지 못하네. 사 소저가 이곳에 온 건 사실이고 자넬 만난 것도 사실이니까. 실제로 단차와 만나지 않았나. 온다 간다 말도 없이 사라진 건 우리가 아니고 그녀네.”

“죽으나 사나 밀고 나가야겠군.”

무상개가 천막을 걷고 밖으로 걸어나갔다.

‘주사위는 던져졌어.’

두 번째 방문객은 무상개가 밖으로 나간 사이에 찾아왔다.

‘오늘은 참 힘든 날이군.’

낯선 사람을 보자마자 머릿속을 스쳐 간 생각이다.

방문객이 누구인지 짐작하지 못하겠다.

큰 키에 머리가 절반쯤 벗겨졌다. 인상은 나빠 보이지 않는다. 웃는 모습이 서글서글하다.

‘북지단주에 버금가는 사람!’

두 번째 스쳐 가는 생각이다.

방문객과 북지단주는 나이 차이가 많이 나는 것 같다.

북지단주는 한눈에 봐도 고령임을 알 수 있지만 방문객은 이제 겨우 예순을 갓 넘긴 정도로밖에 보이지 않는다.

무공은 북지단주와 쌍벽을 이루는 초절정고수다.

방문객은 살기를 드러낸 적이 없다. 죽이겠다는 의사표시도 없었고, 병기도 들고 있지 않다. 그런데도 천우개는 칼날이 목에 닿아 있는 것처럼 섬뜩함을 느꼈다.

“뉘십니까?”

천우개는 정중하게 포권지례를 취했다.

“쯧! 북지단주가 좋게 말하는 모양이던데, 듣지 그랬어.”

나직한 저음이다. 중후한 음성이다. 한데 너무 듣기 좋다.

천우개는 퍼뜩 떠오르는 사람이 있었다.

"혹시…… 십도구패 선배님?"

"미안하이."

"예?"

"자네를 죽여야 할 것 같네."

'총주가 직접 나섰다!'

천우개는 이제야 북지단주의 경고를 새삼 생각했다.

북지단주는 경고를 해주는 것밖에 할 것이 없었다. 무총주가 직접 나선 일인지라 수하를 시킬 수가 없어서 직접 노구를 이끌고 와서 충고했다.

불행히도 욕심에 눈이 먼 강호 후배들은 존장의 충고를 알아듣지 못했다.

욕심 때문이다. 석두개의 죽음이 눈을 가린 것이 아니다. 이번 기회에 개방을 무림 태두로 우뚝 세워보겠다는 욕심이 무리한 일을 끝까지 밀고 나가게 했다.

그렇지 않았다면 북지단주의 충고를 받아들였을 게다.

천우개도 무총주의 직접 개입을 생각하지 않은 건 아니다. 하지만 이까짓 일로 총주쯤 되는 사람이 나설 것이라고는 생각하지 않았다. 그래서 밀고 나가기로 작정한 것인데…….

"몰랐습니다, 무총주께서 저 같은 놈의 목숨을 원하실 줄은."

"자네가 뭐 그리 대단하다고 그리 말하는가. 내가 총주의 심부름이나 할 사람으로 보이는가?"

“네?”

“나는 군사를 흠집 내려는 벌레를 찍어낼 뿐이네. 그 누구도 그 아이의 앞길을 막지 못해.”

‘초, 총주가…… 아니란 말인가?

천우개는 혼란스러웠다.

무총주의 밀명을 받고 온 줄 알았는데…… 그것도 아니었나?

‘하기는…….’

천우개는 고개를 끄덕였다.

무총주가 ‘개방에 천우개란 놈이 있는데, 그놈을 죽여야겠다’ 라는 생각을 했다고 치자.

누구에게 그 일을 명하겠는가?

무총에는 그 정도 일을 해줄 사람이 많다. 하지만 동정호 오대고수에게는 할 수 있는 말이 아니다. 자신과 겨루어도 겨우 반 초 차이밖에 나지 않는 고수에게 일파의 장문인도 아니고 한낱 장로를 죽이라고 명할 수는 없다.

또한 동정호의 오대고수는 자유를 얻었다.

사약란이 동정호 비궁에 발길을 들여놓는 순간, 아무도 통제하지 못하는 대자유인이 되었다.

이제는 무총주도 그들을 부리지 못한다.

‘동정호에 연금시키듯 가둬놓은 한이 있는데 무총주와 다시 손잡을 리는 없을 것. 하면 이번 일은…….’

천우개는 재빨리 생각했다.

사약란은 동정호를 너무 쉽게 들어갔다. 반대로 동정호의 오대고수는 너무 쉽게 뚫렸다.

그들은 최선을 다했는데 막지 못했다고 공언했다.

자신들의 패배를 공식으로 인정했다. 패배라는 오명을 뒤집어썼다. 그리고 자유를 얻었다.

이 말을 들을 때 제일 먼저 생각한 게 있다.

패배 한 번으로 자유를 얻을 수 있다면 그까짓 것 얼마든지 당하겠다는 생각이다.

아니다. 이들 동정호의 오대고수는 입 밖으로 낸 말을 목숨보다 중히 여긴다. 최선을 다해 지키겠다고 말한 이상, 정말로 최선을 다해서 지킨다.

지금껏 비궁에 들어선 인물이 아무도 없다는 게 이를 증명한다.

한데 사약란에게는 너무 쉽게 졌다.

'그래…… 일부러 길을 내주기라도 한 듯 미련없이 물러섰어.'

자신의 말을 지키는 것보다 더 중한 것이 사약란에게 있다는 뜻은 아닐까?

어쩌면 사약란의 뒤를 밀어주고 있는 사람은 무총주가 아니라 이들일지도 모른다.

스읏!

천우개는 청죽을 꼬나 들었다.

십도구패가 자신을 죽이겠다고 말했다.

이들에게 남아일언(男兒一言)은 중천금(重千金)이 아니다.

억만금(億萬金)이다. 죽이겠다고 한 이상 반드시 죽인다. 죽이려는 목적이 사약란을 위한 것이니 빠져나갈 구멍은 없다.

두 가지 생각이 떠올랐다.

'무상개는 소문을 퍼뜨리지 못할 거야.'

어쩌면 그도 자신처럼 감당하기 벅찬 상대를 맞이하고 있을지도 모른다.

그는 누구를 상대하고 있을까? 동정목부? 할위막사?

그래도 그는 강룡십팔장 전 초식을 구사할 수 있으니 쉽게 무너지지는 않을 것이다. 개방 타구진이 다섯 개나 있으니 이를 잘 이용하면 오히려 오대고수를 잡아내는 대역사로 가능하리라. 물론 희망 사항이겠지만.

두 번째 생각은 앞으로 겪어야 할 개방의 치욕스런 모습이다.

'방주……'

오로지 방주에게 미안하다는 생각밖에 안 든다.

개방은 타구진이 무너진 것으로도 모자라서 포위망에 가둬 놓았던 단차가 도주하는 것도 몰랐다. 또 그런 사실을 숨기려고 애꿎은 사약란을 끌어들였다.

앞으로 개방은 얼굴을 들고 무림 동도를 볼 수 없으리라.

아직 절망하기는 이르다.

십도구패는 타구진 중심부로 뛰어드는 무리수를 두었다.

이곳…… 타구진의 한가운데다.

이곳에서 진다면 이 세상 어디에서 싸워도 진다.

상대가 온 것을 알리고, 약간 시간을 끈다면 눈치없는 것들도 이상을 느끼고 타구진을 가동시킬 것이다.

“절······.”

천으개가 말을 하기 위해 입을 벙긋거렸다.

말에 진기를 싣는다. 우렁찬 소리가 혈원에 쩌렁 울리도록 힘차게 말한다.

‘절 죽여야 하신다면 죽이시지요.’

그가 말하고자 했던 말이다. 그 순간,

쒜엑!

날카로운 파공음과 함께 묵직한 일장이 머리 위로 떨어졌다.

음성에 진기가 실렸다는 것을 감지했다. 그래서 먼저 공격을 가해왔다. 손속에 한 점의 망설임도 없다. 일장에 격살시키겠다는 강력한 의지가 깃들어 있다.

‘어림없어!’

천우개는 오른손으로는 죽장으로 천화봉법(天華棒法)을 펼쳐 일장에 마주쳐 갔다. 동시에 왼손에 쇄심지(碎心指)를 실어 십도구패의 가슴을 찍어갔다.

타앗! 타악!

경쾌한 소리가 울렸다.

그의 죽장은 십도구패의 장력을 효율적으로 막아냈다. 손목에 있는 경거혈(經渠穴)을 타격했을 뿐만 아니라, 쇄심지로는 유중혈(乳中穴)을 정확하게 때려냈다.

‘됐어!’

그의 얼굴에 만족스런 웃음이 흘렀다. 그 순간,

퍼억! 빠악!

경쾌한 소리가 또 울렸다.

십도구패의 일장은 죽장에 가로막히지 않았다. 오히려 죽장을 부쉈을 뿐만 아니라 곧장 내려쳐 왔다. 그리고 믿을 수 없게도 앞머리 신정혈(神庭穴)을 으깨 버렸다.

'무적신수(無敵神手)! 이, 이게 십도구패의 무공…… 무적신수라니!'

천우개는 허탈한 웃음을 지으며 쓰러졌다.

"이번 일…… 잊지 않겠소."

무상개가 눈물을 뚝뚝 흘리며 말했다.

천우개가 죽는 소리를 들었다. 뼈가 부서지는 소리는 그가 흘린 것이다. 설마 십도구패가 저런 소리를 냈겠는가.

"잘못 말한 것 아닌가. 이런 일은 잊지 않을 게 아니라 가급적 빨리 잊어야지. 빨리 잊고 툭툭 털고 일어나는 게야. 대개방의 저력이 있지 않나."

할위막사가 장난처럼 말했다.

그런데도 무상개는 싸우지 못했다.

바둑판을 매고 있는 자는 천중일기가 틀림없다.

큼지막한 도끼를 등에 메고 있는 자는 삼초천살이라고 불리는 동정목부이리라.

동정호의 오대고수 중 네 명이 이곳에 왔다.

그가 할 수 있는 것은 없었다.

타구진을 가동시킬 생각이 없는 것은 아니었지만…… 그 순간 천우개의 죽음이 소리가 되어 들려왔다.

너무 빠르다! 너무 빨리 당했다!

상대가 아무리 십도구패라지만 천우개가 일 초도 버티지 못하는가!

그런 자들이 네 명이나 있다면…… 타구진은 또 한 번 망신을 당할 뿐이다.

"소문은…… 내지 않겠소. 모든 망신…… 개방이 뒤집어쓰겠소. 흐-하하! 하지만 잊지 않겠소. 정말…… 정말…… 이번 일은 정말…… 잊지 않으리다."

무상개가 절규했다.

"쯧! 이 친구, 말귀를 못 알아듣는구먼. 그런 건 빨리 잊어야 한다니까 그러네. 아! 그리고 우리의 방문은 비공식으로 처리하는 게 좋아. 용두방주에게 알리는 건 현명하지 못하지. 허허! 용두방주까지 망신당할 일 있나?"

동정목부가 놀리듯 말했다.

3

노화자는 두 통의 서신을 받았다.

한 통은 천우개가 보내온 것이다.

천우개답게 칠살문을 이용하는 방법이 자세하게 기재되어 있었다. 사약란을 손에 넣기 위해 노력한 흔적이 뚜렷하다.

“어떠냐?”

“봉인이 풀렸는데요.”

시동이 서신을 자세히 쳐다보다가 말했다.

“자세히.”

“동영의 수법이네요. 봉투를…… 약을 써서 붙였어요. 이렇게 하면 감쪽같기는 한데…… 쿵쿵! 히히! 냄새가 남죠.”

시동이 봉투를 코에 대고 쿵쿵거렸다.

“봉인이 풀렸다면 내용도 수정되었겠구나.”

“거기까지는…….”

시동은 서신에서 수정의 흔적을 찾아내지 못했다.

노화자도 마찬가지다. 처음부터 끝까지 세세하게 살펴봤지만 특별하게 눈에 띄는 글자는 없었다. 처음부터 끝까지 천우개가 일필휘지(一筆揮之)로 갈겨쓴 듯하다.

“찾을 수 없을 뿐, 수정되었다고 봐야겠지. 허허!”

노화자는 쓰게 웃었다.

누군가 개방 분파로 잡입했다.

개방의 경계망은 철통같다고 자부했는데, 어이없게 뚫리고 말았다.

더군다나 그는 서신의 봉인까지 풀었다.

서신을 검열하는 시동이 아니었으면 찾아내지 못했을 만큼 교묘한 수법이었다.

그렇다. 동영의 수법은 은밀하기 짝이 없어서 노화자조차도 봉인이 풀렸다는 사실을 알아채지 못했다.

그런 것을 시동이 어떻게 찾아냈을까?

시동은 오직 서신 검열만 한다. 중원은 물론이고 저 멀리 왜(倭)나 파사국(波斯國)에 이르기까지 서신을 뜯고 붙이는 방법에 대해서라면 샅샅이 조사하고 익혔다.

시동은 무공을 수련하지도 않는다. 무공에는 흥미가 없다. 오로지 서신만 가지고 산다. 하니 서신을 보자마자 봉인이 풀린 사실을 알아챈 건 너무나 당연하다.

이런 시동이 아니었다면 누군가가 분타에 침입했다는 사실조차도 몰랐을 게다.

"흠! 애는 썼다만…… 안타깝게 됐군."

노화자는 미련없이 서신을 촛불에 댔다.

화르르륵!

바싹 마른 한지에 불길이 빨려들 듯 당겨졌다.

노화자는 또 한 통의 서신을 개봉했다.

내용은 처참했다. 개방 역사상 이토록 처참했던 적이 있었을까 싶을 정도로 짓뭉개졌다.

"이게 언제 적 이야기냐?"

"어제입니다."

"이런 보고가 내 손에 올라오기까지 하루나 걸린 겐가?"

"무상개님이 일부러 보고를 늦추신 듯합니다."

묻는 사람이나 대답하는 사람이나 차분했다.

묻는 사람은 노화자였다.

대답하는 사람은 누더기로 전신을 덮고 있어서 알아볼 수 없었다.

"준분지인(蠢笨之人) 같으니."

노화자가 서신을 놓고 침울한 표정으로 말했다.

장로들 중에 문행개는 두 명뿐이다.

시서(詩書)를 알고, 예악(禮樂)을 알고, 풍류(風流)를 안다.

그들은 인생을 즐기기 위해서 개방도가 되었다.

세상에 구애됨이 없이 자유분방하게 살기 위해서 걸인이 되었다.

사실 그들은 무행개만큼 개방에 애정이 없다.

무행개는 개방에 목숨을 걸었다. 개방이 없으면 자신도 없다고 생각한다. 개방을 천하제일방파로 만들기 위해서라면 목숨도 기꺼이 내놓는다.

문행개는 그렇지 않다.

그들이 개방에 바치는 충성심은 같이 동냥밥을 얻어먹는 동료에 대한 의리, 우정 정도밖에 되지 않는다.

한데 문행개 두 명이 거의 동시에 목숨을 잃었다.

석두개는 타구진과 함께 생을 마감했다.

타구진이 깨지는 순간 몸을 물릴 수도 있었지만 그러지 않았다. 상대가 안 된다는 점을 알면서도 단차 앞에서 섰다. 그리고 장렬하게 격살당했다.

타구진을 손상시킨 죄과를 목숨으로 대신한 것이다.

천우개는 너무 깊숙이 파고들었다.

단차와 사약란…… 그들의 뒤에 누가 있는지 모른 채 너무 성급하게 달려들었다.

그 결과 목숨을 잃었다.

무상개는 천우개가 자진했다고 보고했지만 사실이 아니다.

서신에 찍힌 눈물자국이 무상개의 마음을 대변해 준다.

자신의 방주에게 사실을 사실대로 보고하지 못하는 비통함이 절절이 배어 있다.

무적불패의 신화를 자랑하던 타구진이 깨졌다.

개방 장로 석두개가 단차에게 격살당했다. 그것도 개방이 자랑하던 강룡십팔장에 맞아 죽었다.

개방은 북무림에 적을 둔 개방도를 모두 동원했고, 무려 다섯 개에 이르는 타구진을 펼쳤다.

혈원이라 불리는 작은 들판이 개방도로 가득 찼다.

총통기를 받은 군웅들이 몰려들었지만 발 디딜 틈도 없이 들어선 개방도로 인해 들판 밖으로 밀려나고 말았다.

혈원을 중심으로 인의 벽이 세워졌다.

한데 단차는 그런 인의 벽을 유유히 뚫고 사라졌다.

이것이 보고의 전말이다.

세상에 알려진 개방의 모습이다.

지금도 소문은 날개를 달고 천 리를 날아간다. 중원 최북단에서 시작되어 최남단 해남도(海南島)까지 모든 사람들의 입과 귀를 거쳐 갈 것이다.

무상개는 이렇게밖에 처리할 수 없었다.

천우개가 타구진 한복판에서 죽는 동안 멀리 떨어져서 지켜

볼 수밖에 없었다.

대타구진 다섯 개와 강룡십팔장 전 초식을 구사하는 무상개가 비루먹은 망아지 꼴이 되었다.

천하에 그 누가 이렇게 할 수 있을까?

준분지인…… 아둔한 사람이다.

천우개는 단차의 뒤를 캐보지 않았다. 그놈 뒤에 누가 버티고 있는지 자세히 알아보지도 않고 무작정 달려들었다.

천우개는 준분지인이다.

시동이 서신을 받아 들고 살폈다.

시동은 항상 노화자가 서신을 읽고 난 후에나 살핀다.

서신의 내용에 따라서 시동이 몰라야 할 부분도 있다. 오직 노화자만이 알고 있어야 할 극비 사항이 많다.

그런 서신 같으면 내주지 않고 불사른다.

시동은 방주가 봐도 괜찮다며 내준 서신만 살필 수 있다.

서신을 이리 보고 저리 뜯어보던 시동이 말했다.

"암서(暗書)가 있는데요?"

"암서?"

"풀까요?"

"풀거라."

시동은 서신을 손으로 문질러 감촉을 살폈다.

"히! 이건 남만(南蠻) 수법이네. 무상개님이 이런 수법까지 알고 계셨나?"

시동은 재미있다는 듯 휴대용 의장(衣欌)을 열었다.

입구를 막아놓은 작은 호로병 수십 개가 나타났다.

시동은 그중에서 한 개를 꺼내 들었다.

"이거 냄새가 아주 지독한데 괜찮을까요? 취유(臭鼬:스컹크)가 내뿜는 악취 정도는 어린애 장난인데."

노화자가 손을 들어 코를 막았다.

"히히!"

시동은 뽕! 하고 마개를 땄다.

순간 구역질이 치밀 정도로 지독한 악취가 풀풀 피어났다.

시동은 태연하게 호로병에 들어 있던 묽고 푸른 액체를 서신에 들이부었다.

치이이익……!

서신이 녹으며 하얀 연기를 피워냈다.

서신은 밀랍 녹듯이 한 겹 막을 벗었다.

무상개가 썼던 글씨들은 벗겨진 한 겹 막과 함께 흔적도 없이 지워졌다. 그리고 역시 무상개의 글씨로 먼저와는 전혀 다른 내용의 글씨들이 드러났다.

시동이 서신을 내밀었다.

암서를 벗겨내는 것까지가 시동의 일, 내용이 어떤지는 노화자부터 읽는다.

노화자는 서신을 읽어 내려갔다.

여간해서는 놀라지 않던 그도 이번에는 상당히 놀란 듯 몸을 움찔거리기까지 했다.

"오대고수……."

침음처럼 새어나온 말이다.

“살펴봐도…….”

“됐다.”

노화자는 이번 서신은 시동에게 주지 않았다. 들고 있던 그대로 불길을 당겨 태워 버렸다.

시동이 읽어서는 안 되는 극비 보고다.

“준분지인…… 준분지인…… 허허!”

노화자는 같은 말을 계속 반복했다.

“천우개는 그나마 나은 편이군. 정작 내가 준분지인이 될 판이야.”

노화자가 쓰게 웃으며 말했다.

“결정하셨군요.”

냉정한 음성이 조용히 들려왔다.

“석두개가 죽고 천우개가 죽었어. 무상개가 비통해 미칠 지경이고, 후개는 뇌에 타격을 받았어. 허허허! 개방이 언제 이토록 무참히 당한 적이 있던가?”

“어떻게 하실 생각이십니까?”

“글쎄…….”

노화자는 침묵했다.

꼬끼오!

새벽이 밝아오는지 닭이 울어댔다.

초저녁부터 장고에 들어간 노화자의 사색은 새벽이 되어서도 끝날 줄 몰랐다.

시동은 의장 위에 엎드려 자고 있다.

촛불은 심지가 꺼진 지 오래다.

노화자는 석상이라도 된 듯 꼼짝도 하지 않고 생각만 거듭
했다.

"만약에 말일세…… 걸왕(乞王)들이 무총주와 싸운다면……
승산이 어떻겠는가?"

근 다섯 시진 만에 떨어진 한마디다.

"구 할입니다."

대답은 여전히 냉정했다.

"그렇게나 높나?"

"패배할 가능성을 말한 것이죠. 농담 좀 해봤습니다."

"승산이 겨우 일 할이라……. 그래도 하겠다면 나야말로 준
분지인인 게지?"

"하시겠습니까?"

"해보려고."

"알겠습니다."

"자넨…… 의견이란 게 없나?"

"저흰 방주님의 그림자, 그 이상도 이하도 아닙니다. 제가
의견이라는 것을 말하는 순간, 그림자는 벗이 됩니다."

"그런가?"

"저희 걸왕들…… 수많은 시행착오가 있었습니다만 그중에
하나가 바로 의견 개진이었습니다. 그런 일을 반복하다 보

면…… 죄송합니다만 방주가 먹히는 경우도 생겼습니다.”

“알고 있네.”

“아셨습니까?”

“걸왕이 소리없이 처리했지. 후개가 뒤를 이었고.”

“그 후부터 의견 개진이란 용어는 걸왕에게 없습니다.”

“고맙군.”

“하명 바랍니다.”

“걸왕들은 지금 이 순간부터 단차에게 목숨을 바쳐라.”

“존명!”

누더기 속에서 격앙된 음성이 터졌다.

“개방의 모든 것을 이용해도 좋다. 개방도를 동원하는 것까지 허락한다. 단차가 필요한 것이라면 무엇이든 줘라.”

찰칵! 드르륵!

용두방주, 그는 개방의 신물인 청록죽장(靑綠竹杖)의 머리 부분을 빙글 돌렸다.

용머리를 조각해 놓은 용두가 빙글 돌아가더니 분리되었다.

노화자는 용두를 누더기 앞에 던졌다.

“가져가라. 개방의 모든 것이다.”

“방주님! 용두까지!”

“주려면 발가벗고 다 줘야지.”

“괜찮으시겠습니까?”

“괜찮지. 괜찮고말고. 그만 가라.”

“존체 보중…….”

"그냥 가. 번거로운 말들은 생략하자."

그 말이 끝나기 무섭게 누더기가 날아올랐다.

이저 자신의 수호신, 걸왕들과도 마지막이다. 예상이 맞는다면 저들은 살아오지 못할 것이다.

단차 뒤에는 무총주가 있다.

호으를 가지고 있는 건 아니다. 무총주는 단차의 손발이랄 수 있는 칠살문을 노린다. 그러면서도 단차의 행동에 대해서는 애써 무신경하게 지켜본다.

목적을 가지고 단차를 주시한다.

칠살문을 노리는 것은 단차를 자극하기 위해서다. 칠살문이 무림공적이라서 노리는 건 절대 아니다.

재미있는 건 안선도 단차를 주시한다는 점이다.

안선은 막대한 타격을 입었다. 북무림 안선도 중 절반이 날아갔다고 해도 과언이 아니다.

그럼에도 안선은 단차를 내버려 둔다.

단순히 방관하는 건 아니다. 단차 곁에는 많은 눈이 따라다닌다. 그중에 안선의 눈도 개방만큼이나 많고 다양하다. 안선도 목적을 가지고 예의 주시한다.

무총과 안선이 모두 단차를 주시하는 형국이다.

그들뿐인가? 동정호의 오대고수도 단차를 본다. 단차가 어디를 가든 오대고수 중의 한 명은 주변에서 맴돈다. 단차의 일에 적극 개입하는 건 아니다. 그저 거리를 두고 지켜보기만 한다.

다른 문파에서는 그런 기미를 찾아내지 못했어도 개방만은 진작부터 알고 있었다.

도대체 무엇 때문에 초절정고수들이 모두 단차만 쳐다보고 있는 것인가?

단차가 사용하는 의살과 상관있으리라.

단차는 개방의 철천지원수다. 타구진을 파해시켰을 뿐만 아니라 석두개까지 격살했다.

그렇다. 그것만 봐서는 절대로 단차를 용서할 수 없다.

한데 자신은 그에게 개방의 모든 것을 주었다.

물론 공식적으로는 여전히 원수지간이다.

앞으로도 개방은 그를 원수 대하듯 할 것이다. 틈만 나면 공격할 것이다.

그를 돕는 것은 걸왕들뿐이다.

걸왕이라는 존재는 개방 내에서도 아는 사람이 두어 명밖에 안 된다. 극비 중의 극비로 개방이 공식적으로 나설 수 없는 온갖 궂은일을 도맡아 처리한다.

단차를 돕는 것은 그들뿐이다.

그들은 얼마 가지 않아서 무총주나 안선 대공의 눈에 띨 것이고…… 아마도 죽음을 면치 못할 게다.

그럼에도 걸왕들을 보냈다.

단차라는 인간 하나만을 보고 보냈다.

다른 문파도 마찬가지겠지만 개방도 단차가 북지단에 나타나는 순간부터 주시해 왔다.

비화원주를 물리치고, 외단주와 겨루고, 살림 살수들을 붕괴시키는 모든 과정을 살폈다.

상당히 흥미로운 인물이다.

그는 악인이 아니다. 닥치는 대로 치고받고 죽이는 것 같지만 분명한 목적이 있다.

안선도가 아니면 싸우지 않는다.

그런 그가 이번에 개방과 대판 부딪친 것은 개방이 칠살문과 살림의 소식을 차단했기 때문이다.

개방이 사약란을 손아귀에 쥐기 위해 벌인 일이었다. 하나 그 일로 인해 눈과 귀가 막혀 버린 단차는 군웅들을 치기로 결심했다. 그렇게라도 해서, 소문을 퍼지게 만들어서라도 칠살문과 살림 살수들에게 자신의 뜻을 전달했다.

개방은 이런 점을 사전에 파악했다.

단차가 분주로 되돌아오기 전에, 허름한 대장간에서 철검 열 자루를 구입할 때 이미 그의 의도를 읽고 있었다.

북지단이 총통기만 던져 주지 않았던들 그와 부딪치는 일은 결단코 없었으리라.

이번 분주 싸움은 그의 잘못이 아니다.

이 말 역시 개방 방주로서는 할 수 없는 말이다. 오로지 마음속에서만 생각했다가 지워 버려야 할 말이다.

'그놈…… 악(惡) 쪽에 선 적이 없었어. 정말로 계야부의 복수만 원하는 것인가. 그런 것인가, 단차!'

인간 대 인간으로 봤을 때 단차는 상당히 매력적이다.

그는 무인이다. 싸움을 할 줄 알고, 강하다. 약자라고 해서 무시하는 일도 없다. 아니, 강호 전체와 교류를 하지 않는다. 오로지 자신이 가고자 하는 길만 간다.

그가 무림에 나와서 교분을 나눈 사람은 비화원주가 고작이다.

동정호의 오대고수와도 안면이 있는 것 같지만 그리 깊지는 않아 보인다. 그저 얼굴만 아는 정도? 그 정도 선에서 더 깊이 들어가지 않는다.

그는 무림에 뜻이 없다.

명예를 바라지도 않는다. 권력을 탐하는 것도 아니다. 자신의 무공을 증명하려고도 하지 않는다.

세상에 이런 놈이 어디 있는가.

이런 놈이라면…… 한 번쯤 밀어줄 만하다.

안선과 무총이 무엇을 노리고 그를 지켜보는지 몰라도…… 그들 둘 모두 엿을 먹게 될 게다.

'헛물켜게 만들겠어, 모두!'

방주는 생각을 정리했다.

이미 걸왕들이 떠난 마당에 무엇을 더 생각하랴. 더 깊이 생각해 봤자 머리만 아프다.

시동은 여전히 의장에 엎드려 잠자고 있었다.

꼬끼오! 꼬끼오!

밖에서 수탉이 목청을 높였다.

第百十九章
첨앙사자(瞻仰死者)

사람을 죽이는 자들은 자신도 죽을 수 있다는 사실을 잊지 말아야 한다.

시각랑은 그런 교훈을 뼛속 깊숙이 새겨 넣고 다닌다.

한 사람을 죽였을 때 자신이 죽을 위험도가 일(一)이라고 하면 두 사람을 죽였을 때는 오(五) 이상으로 올라간다. 열 사람을 죽이면 당연히 더 높아진다. 최소한으로 적게 산출해도 천(千) 이상은 쉽게 올라갈 것이다.

이미 죽은 목숨과 다를 바 없다는 소리다.

그들은 손을 병기 위에 올려놓고 걸었다. 언제든 급습에 대응하기 위해서다.

감각은 최고조로 곤두세웠다.

　다행히 이 부분은 그리 곤란하지 않다. 계야부가 무섭게 몰아치며 훈련을 시켜놨기 때문에 동물적인 감각 하나만큼은 어디에 내놔도 손색이 없다.

　바위를 돌기 직전에 밀마를 말했다.

　"천궁(天宮)."

　바위를 돌아 산길로 들어서며 또 밀마를 말했다.

　"궁락(宮樂)."

　응답은 없었다.

　산은 고요함으로 가득했다. 발자국 소리는 물론이고 숨소리까지 생생하게 들릴 정도로 적막했다.

　산길을 걸어 올라가길 얼마, 돌로 만든 계단을 밟고 올라서자 키 큰 사내가 반겼다.

　"어서 와라. 고생했다."

　부사영이었다. 그가 활짝 웃었다.

　"오신 지 오래됐습니까?"

　"아니, 얼마 안 됐다. 뒤는?"

　"두어 명 붙은 것 같은데 모른 척하고 왔습니다."

　"개방?"

　"그런 것 같던데요. 자식들, 뒤를 밟으려면 냄새나 어떻게 하던가. 어휴! 어찌나 시궁창 냄새를 풀풀 피워대던지. 악취가 코를 찌르는 통에 정말 죽을 뻔했습니다."

　"고생했다."

　"다들 왔어요?"

“네가 세 번째다. 들어가 봐.”
“아뇨, 그럴 수 있나요. 여긴 제가 지킬 테니…….”
“이따가, 모두 다 온 다음에. 우선은 가서 쉬어라.”
여강강은 더 사양하지 않았다.
“네, 그럼 이따 뵙죠.”

바위 저쪽에서 밀마가 들렸다.
“천궁!”
바위를 돌자마자 또 밀마를 토해냈다.
“궁락!”
스릉!
부사영은 검을 뽑았다.
천궁과 궁락은 오직 여강강에게만 주어진 밀마다. 그 외의
사람은 각기 다른 밀마를 가지고 있다.
밀마만 들어도 누가 왔는지 알게 되는 것이다.
여강강은 방금 전에 왔다. 한데 또 왔다고?
‘개방, 이놈들…….’
부사영은 기형적으로 긴 검을 들고 상대가 다가서기를 기다
렸다.
다가서는 자들이 개방도라면 일단 좋은 말을 해볼 생각이
다. 개방도가 아니라면 밀마를 훔친 대가를 치러야 한다.
여강강 말마따나 다가오는 자들의 몸에서는 역한 냄새가 풍
겼다.

아직 멀리 떨어져 있는데도 코를 감싸 쥐고 도망가고픈 충
동이 치밀었다.

'이건 생쥐 썩는 냄새도 아니고…….'

부사영은 손을 들어 코를 막았다. 아니, 코를 막으려고 했
다.

그 순간, 부사영의 머릿속에 급한 생각이 스쳐 지나갔다.

'미행자가 냄새를?'

있을 수 없는 일이다.

뒤를 밟을 때는 발자국 소리를 죽여야 한다. 이런 건 굳이
말할 것도 없다. 삼척동자도 아는 사실이다.

쫓아온 자들이 아무리 개방도라고 해도 이토록 냄새를 풍기
는 데는 석연치 않은 무엇인가가 있다.

개방도로 위장해서 뒤를 밟아온 건 아닐까?

그들은 요 근래 며칠 동안 개방의 도움을 톡톡히 받았다.

개방은 그들의 뒤를 완전히 끊어주었다.

그들의 흔적은 살행 현장에서 모두 지워졌다. 단차의 지시
를 끝내는 순간, 그들은 허공으로 뿅! 하고 사라진 것이나 다름
없는 몸이 되었다.

개방이 왜 뒤를 봐줄까?

분명한 것은 세상에 이유없는 호의는 없다는 점이다.

일부러 흔적을 남기기도 했다.

상인을 죽이면서 타살 흔적을 여실히 남겼다. 머리를 잘라
내고 심장을 반으로 갈랐다.

이것브다 더 확실한 타살 흔적이 어디 있겠는가.

한데 저택을 빠져나오고 반 각도 되지 않아서 상인의 시신은 눈 녹듯이 녹아버렸다.

저택에 원인 모를 불이 나서 시신이 모두 타버린 것이다.

결국 타살 흔적이 완벽했던 시신은 잠자다가 불 타 죽은 불쌍한 영혼으로 둔갑했다.

이런 일이 비일비재했다.

시각랑은 꾸준히 살행을 저질렀지만 그들의 살행 소식은 퍼져 나가지 않았다.

개방이 왜 돕고 있는 것일까?

그러던 참에 단차와 개방의 충돌 소문이 전해져 왔다.

단차가 타구진을 깼을 뿐만 아니라 개방도를 오백 명 이상이나 도륙했단다.

단차와 개방 사이에 건널 수 없는 강이 생겨 버렸다.

둘은 이제 상극이다. 어느 한쪽이 요절나지 않는 이상, 한 하늘 아래 공존한다는 것은 불가능해졌다.

이제 시각랑을 감싸주던 행위도 그칠 것이다.

아니었다. 그렇게 생각했는데, 시각랑의 살행은 여전히 드러나지 않았다. 개방은 꾸준히 그들의 뒤를 보살펴 줄 뿐만 아니라 위험에 노출될 것 같으면 자신들 스스로 방어막이 되어 주기도 했다.

요 며칠 동안 개방과 시각랑은 한 몸이나 다름없었다.

개방도가 그들의 뒤를 밟는 것이라면 열이든 스물이든 좋은 말로 타일러서 돌려보낸다.

한데 이놈은…… 일부러 개방 냄새를 폭폭 풍기는 이자는…… 아무래도 개방도가 아닐 것이라는 예감이 든다.

추웃!

시궁창 냄새를 풀풀 풍기는 자가 일 장 앞으로 다가섰다.

부사영은 돌계단 위에서 모습을 드러냈다.

"누구냐?"

조용히 물음을 던졌다. 하나 그의 눈썰미는 상대를 이 잡듯이 뒤지고 있었다.

'허리춤에 단검대(短劍帶). 암기를 쓰는 자다. 비도나 수리검 종류. 개방도는 아니다. 죽인다!'

사내의 운명이 결정지어졌다.

"전…… 개, 개방 걸, 걸개인데요. 그, 그저 호기심에…….''

사내는 상당히 놀란 표정을 지었다. 말할 때마다 음성도 덜덜 떨려 나왔다.

부사영은 기형장검을 들어 사내를 겨눴다.

사내가 움찔 놀라 한 걸음 물러섰다.

"제, 제발 용, 용서를……. 앞에서 하기에 그냥 장난 삼아…… 그, 그동안 개, 개방이 많이 도와드렸으니까 이번만 요, 용서를…….''

걸인은 두 손 모아 싹싹 빌었다.

부사영은 한순간 마음이 흔들렸다.

이자는 분명히 개방도는 아니다. 하나 살려 보낸다고 해도 크게 위협이 될 것 같지는 않다.

부사영은 약해지려는 마음을 굳게 고쳐 잡았다.

세상에 이유없는 행동은 없다. 우연? 우연 같은 것도 없다. 모든 행동은 설명 가능하다.

이자의 행동에는 어떤 설명을 붙여야 할까?

"시간을 아끼자. 난 널 벨 것이다. 최선을 다해라."

"나, 나리! 제발!"

쒜엑!

부사영은 거침없이 검을 쳐냈다.

사내는 실수를 했다. 입으로는 '나리, 제발!' 을 외치면서 왼손은 단검대를 더듬었다. 본인조차 자각하지 못하는 무의식적인 행동일 터이지만 지금 같은 경우에는 목숨 잃기 딱 좋다.

쒜엑! 쒜엑! 쒜엑!

단검 세 자루가 품(品) 자 형을 그리며 날아왔다.

'좋은 솜씨!'

사내의 비검술은 결코 약하지 않다.

단검 하나하나에 수십 년간 고련한 흔적이 알알이 배어 있다.

오 척에 이르는 기형장검이 일격필살의 기도로 사내의 머리를 가격했다. 왼손으로는 날아오는 비검을 손가락으로 툭툭 쳐냈다. 일촌사를 쓰는 그에게 비검은 아무런 장애도 되지 못한다.

파파파팟!

사내가 급히 비검 다섯 자루를 다시 날렸다. 몸은 뒤로 일 장이나 훌쩍 물러서고 있었다.

철저하게 거리를 둔다. 오로지 자신의 장기인 비검만으로 상대한다. 상대가 한 발 다가서면 자신은 두 걸음 물러서서 여유있게 지켜본다. 상대가 눈부시게 빠르면 단검대에 꽂혀 있는 단검을 모두 쏟아낸 후 냅다 도주한다.

사내의 생각이 고스란히 읽혔다.

상대는 결전 경험이 많다. 그가 지금 취하는 모든 행동이 결전에서 터득한 생존의 몸부림이다.

쒜에엑!

사전투광신보가 펼쳐졌다.

빛의 흐름, 그는 다섯 자루의 비검을 왼쪽 어깨 위로 흘렸다. 그리고 오른손에 든 검을 쭉 뻗었다.

직자(直刺)!

아무런 변화도 없는 올곧은 찌름이다.

상대는 옆으로 몸을 틀어 피하며 다시 세 자루의 비검을 꺼냈다. 그 순간!

퍼억!

전혀 변화가 없던 검이 어느새 후려치는 검으로 변해 옆구리를 파고들었다.

"커억!"

사내는 들고 있던 단검을 뚝 떨어뜨렸다.

옆구리를 파고든 장검이 배꼽까지 갈라내고 있었다.

부사영은 사내의 정체를 알아냈다.

단차가 준 녹첩 속에 사내의 이름이 들어 있다.

비검탈혼(飛劍奪魂)이라는 별호를 가진 안선도다. 전형적인 무인으로 북무림에서는 협객으로 이름이 높다. 그런 그가 거지로 변복을 하고 은밀히 다가와 비검을 날렸다.

'안선…… 그럴 줄 알았지.'

부사영은 씩 웃었다.

그들의 앞길에 안선도가 없다. 싹 사라졌다. 상인, 관원, 무인, 농민…… 안선과 조금이라도 인연이 있는 사람은 한날한시에 흔적도 없이 없어졌다.

그들을 찾아보려고 했지만 도무지 찾을 길이 없다.

한데 이렇게 한 명이 제 발로 나타나 죽어주었다.

이자는 운이 없을 뿐이다. 칠살문을 뒤쫓는다는 것이 밀마를 잘못 선택하는 우행을 저질렀을 뿐이다.

안선기 지켜보는 줄 안다. 무총도 지켜보고 있을 것이며, 개방도 역시 주위 어디에 있을 것이다.

"통거(洞開)!"

바위 저편에서 밀마 소리가 들렸다. 바위를 돌아선 후 어김없이 밀마가 토해졌다.

"개문(開門)!"

부사영도 반갑게 맞이했다.

"어서 와라, 갈조기."

칠살문, 일곱 형제들.

그들은 오랜만에 서로를 마주 봤다.

고생한 흔적들은 엿보이지 않는다. 시각랑 시절부터 살행에는 이골이 났으니 어려울 것이 없다. 북지단을 떠나올 때 노자도 넉넉히 받았던 터라 유랑 생활도 윤택했다.

그들은 불편한 것이 없었다.

아니, 사실은 무척 피곤했다. 당장에라도 땅에 몸을 눕히고 단잠을 청했으면 좋겠다.

그들은 그렇게 했다.

서로들 반갑게 맞이했지만 지금은 회포를 푸는 것보다 더 이상 딱딱해질 수 없는 긴장감을 녹이는 게 급선무였다.

줄도 너무 팽팽하게 잡아당기면 끊어지는 법이다.

그들의 신경은 당겨질 대로 당겨졌고, 지금 풀지 않으면 고질병으로 굳어지고 만다.

아무리 개방이 도와주고 생활이 편했다고 한들 언제 목숨을 잃을지 모른다는 긴장감은 같은 동료를 만나 몸을 의지하기 전에는 절대 풀어질 수 없다.

부사영이 직접 경계를 선 것도 이 때문이다.

너희들은 편히 쉬어라. 마음껏 쉬어라.

그들은 그렇게 했다.

부사영이 시각랑들과 자리를 같이한 것은 밤을 꼬박 밝힌 새벽 무렵이었다.

"미행은 없다."

"그늠 죽었습니까?"

여강강이 물었다.

부사영은 고개를 끄덕였다.

"개방도가 아닐 줄 알았다니까. 자식, 위장도 더럽게 못해. 아무리 개방도라지만 그렇게 냄새를 풍겨대면 동냥을 어떻게 해. 위장을 하더라도 뭘 알고 해야지."

"후후!"

"하하하!"

여기저기서 메마른 웃음이 새어나왔다.

이들은 동물이 되어 떠돌았다. 오직 사람 죽이는 병기가 되어 이곳저곳을 쑤시고 다녔다. 그것도 죽일 사람이 워낙 많기 때문에 뿔뿔이 흩어져야만 했다.

혼자서 매일 한두 명씩 죽인 셈이 되니 그 지겨움, 긴장감이란 말로 다할 수 없다.

그래서 모이는 곳도 산속으로 정했다. 아무도 없는 산속에서 편히 쉬게 하고 싶었다.

"그동안 성과 좀 보자."

부사영이 녹첩을 꺼내 들었다.

"전 절반 정도 끝냈어요."

"형닉만 그런 줄 아십니까? 저도 절반 정도는 끝냈다고요."

부사영은 그들이 내민 녹첩을 모두 모아 다시 한 권의 녹첩으로 만들었다.

별호와 이름 위에 검은 줄이 죽죽 그어져 있다.

"흠!"

부사영은 연신 고개를 끄덕였다.

개방의 소식 차단은 같은 칠살문에게도 해당되었다.

자신이 죽이는 자들을 제외하고는 도무지 누가 죽었는지 알 길이 없었다. 칠살문 중의 한 명이 잘못되어 목숨을 잃었다고 해도 소식을 전해 듣지 못했을 게다.

"괜찮군. 잘했어."

부사영은 녹첩을 덮었다.

단차가 죽이라고 한 자들 중에서 거의 절반을 정리했다.

인원수로는 거의 이백여 명에 이른다.

그 많은 사람들이 죽었는데, 세상에 퍼진 소문은 초반에 죽인 십여 명이 고작이다.

"나머지는 하! 고것들이 잠적하는 바람에 손도 못 댔습니다."

"모두 같겠지?"

물을 필요도 없다. 부사영 자신도 다른 자들은 찾지 못했다. 숨어도 완전히 꽁꽁 숨어서 머리카락 한 올 발견하지 못했다.

"이제 어쩔 셈입니까?"

갈조기가 물어왔다.

안선이 숨어서 죽일 자가 없다. 목표가 있으면 어떻게든 해보련만 앞으로는 허송세월을 하는 수밖에 없다.

개방을 찾아가 안선도를 찾아달라고 한다?

이것도 방책 중의 하나다. 지금까지 개방이 그들을 도와주었으니 어쩌면 이번 부탁도 들어줄지 모른다.

너무 안이한 생각인가?

명문대파인 개방이 살수들의 뒤를 봐주는 것도 불명예스러운데 죽일 사람까지 찾아준대서야 말이 되나.

역시 안이한 생각인 것 같다.

하면 분주로 단차를 찾아간다.

그놈은 지금 개방과 악전고투를 벌이는 모양인데, 그래도 갈 곳은 그곳밖에 없다.

일단 가면서 생각한다.

"단차와 함께 개방도를 칠 겁니까?"

"그럴 생각은 없다."

부사영은 단호하게 말했다.

"단차는 단차, 우리는 우리다. 안선도를 죽일 수 있기에 같이 행동을 한 것뿐이다."

"우리도 무림공적인데요? 북지단이 그리 선포했습니다. 소문 들으셨죠?"

"우리는 우리 싸움을 한다. 단차하고는 같이 안 해."

"좋습니다!"

"저도 동감!"

서악정과 추위걸이 즐거워했다.

일단 분주로 간다. 가면서 어떻게 하면 숨은 안선도를 찾아낼 수 있는지 고민한다. 분주에 도착하면 사정을 살피고, 안선

도가 아니라 북무림과 전면전을 하게 생겼으면 가담하지 않는
다.

그들은 여기까지만 생각했다.

부사영이 말했다.

"오늘 하루 더 쉬자. 출발은 내일 해도 늦지 않아."

*   *   *

"봤어?"

"자신있냐고 묻는 거야? 그 물음이라면 자신있다."

"타사인에 일촌사, 사전투광신보에 이은 일촌사. 일촌사가
무궁무진하게 발전하는군."

"그래 봤자 깨진 무공이야."

"사실은 사실대로 말할 줄 알아야지. 일촌사를 깨려면 우리
중 한 명은 죽는다."

"흠……!"

그들은 강렬한 눈빛을 토해냈다.

반드시 죽여야 할 자들, 죽인다.

총주는 팔영자와 사일도를 치는 데 열여섯 명을 보냈다. 네
명으로 이루어진 사 개 조를 파견했다.

칠살문을 죽이는 데는 단지 네 명이 필요할 뿐이다.

무총주의 견해는 정확하다. 의심의 여지가 없다. 아무리 상
황이 어렵게 보이더라도 할 수 있으니까 맡기는 것이다.

네 명이 일곱 명을 죽일 수 있다.

일촌사도 충분히 깰 수 있다. 검산 최고의 검귀를 요리할 능력이 있다.

무총주는 그렇게 판단하고 월영사풍(月影四風)을 보냈다.

"개방은?"

"하루 차이. 내일쯤 올 거야."

"우리에게 주어진 시간은 오늘 하루뿐이란 말인가."

"하루면 충분해."

"조금 부족하지 싶은데."

"충분해."

"합(合)? 개(個)?"

그러자 모두들 잠시 생각에 잠겼다.

그들은 그림을 그렸다. 자신들이 칠살문과 부딪쳤을 때 어떤 식으로 싸워야 가장 유리한지 알아내고자 했다.

그들은 싸움 준비를 미리 하지 않는다. 적을 보고, 느낌을 본 후에 그때에서야 비로소 작전 계획이란 걸 수립한다.

그래서 그들의 공격은 늘 즉흥적이다.

"개로 하는 게 어때?"

"좋아. 나도 개."

"좋다. 그럼 이번 공격은 개다. 그럼 담당을 정해야지?"

검을 든 자가 말했다.

합이란 전체가 같이 움직이는 것을 말한다. 네 명이 일곱 명을 동시에 들이치는 것이다.

개는 독자적으로 각기 움직인다.

다른 자의 싸움에는 일절 상관하지 않는다. 저쪽에서 기습을 하려고 준비하는 게 보여도 자신에게 적합한 기회가 주어지면 가차없이 공격한다.

틈이 있으면 공격한다. 먼저 공격하는 게 임자다.

"내가 부사영을 맡지. 오 척 장검…… 정말로 부딪쳐 보고 싶은 상대야. 이번만은 양보들 해."

창을 든 자가 말했다.

"좋아. 그럼 네가 부사영. 나머지는 두 명씩 맡으면 되겠군. 한 명을 치면 다른 놈들은 뭉치려고 할 테니, 가급적 가장 멀리 떨어져 있을 때 치자고. 내가…… 저놈과 저놈으로 하지."

검을 든 자가 고봉과 추위걸을 가리켰다.

그 둘은 커다란 나무에 등을 기대고 앉아서 오순도순 이야기꽃을 피우고 있었다.

"난 저 둘."

도를 든 자가 서악정과 여강강을 가리켰다.

서악정을 얼음장처럼 찬 물에 목욕을 하는 중이었고, 여강강은 나무를 깎아 작은 화살을 만들고 있었다.

"그럼 난 저놈들인가? 좋아. 괜찮군."

검을 든 자가 갈조기와 담위민을 노려봤다.

그들은 각기 담당을 정했다.

"최초 공격은 앞으로…… 한 시진! 한 시진 후다. 그전까지 최고의 자리를 차지하도록 해."

"오랜만에 개로 시작하는데, 재미 삼아 내기나 하는 게 어때?"

"좋지. 오늘 진하게 술 사기로 하지. 계집까지 포함해서. 피는 술로 씻는다는 말도 있잖아."

"좋지. 뭘로 할까? 시간? 아니면 솜씨?"

"시간으로 하자. 가만…… 얘는 한 명이잖아?"

"한 명도 좀 강한 놈이니까 포함시키지 뭐. 시간으로 하자. 가장 늦게 끝내는 자가 술 사면 되겠네."

"좋아. 후후후!"

그들은 이미 칠살문을 처리한 것처럼 득의롭게 웃었다.

그들은 자신있었다.

사람을 보면 느낌이라는 게 있는데 칠살문은 아주 느낌이 좋다. 피맛이 아주 달콤할 것 같다.

놈들은 살수다.

전장에서 살인을 했고, 무림에 와서 가다듬었다.

기량 면에서는 한 수 뒤지지만 실전적인 면에서는 아주 탁월한 감각을 지녔다.

반면에 자신들은 음(陰)의 영(靈)이다.

어둠이 함께하는 한, 천하무적이다.

걱정을 할 필요가 없다. 손아귀에 꼭 잡힌 자들인데 무엇을 걱정하랴.

2

계야부는 석수산에서 늑대들의 본성을 일깨웠다.

늑대들은 무림에 나와서 좋지 않은 환경에 놓여졌다.

그들 앞에 무공이 놓여졌다.

척박한 환경에서 오로지 본능적인 감각에 의존해 한 칼, 한 칼 전력을 다하던 그들에게 꿀같이 단 무공이 주어졌다.

아주 좋지 못한 환경이다.

늑대들은 대번에 야성의 감각을 버리고 정형화된 무공 초식에 길들여지기 시작했다.

초식을 익히고 심법 수련에 열중했다.

예전 같으면 한 칼에 끝내던 것을 두 칼, 세 칼을 써서야 끝낸다.

그만큼 자신의 위험부담은 줄어든다. 상대를 상하게 할 가능성은 높아진다.

늑대들은 항시 자신이 다칠 것을 염두에 두어야 했다.

무공은 자신을 최대한 안전하게 보호한 후 타격을 가한다.

물론 그동안 전장에서 날카롭게 갈아놓은 야성이 큰 도움이 된 것은 사실이다.

그런 것이 있었기에 그들의 무공은 일취월장했다.

좋지 않은가. 미친놈이 아니고서야 무공에 길들여지지 않을 까닭이 없지 않은가.

한데 계야부는 다시 그들을 늑대로 되돌려놨다.

야생으로 돌아가라. 그동안 배운 무공은 가지고 가라. 단,

그대들이 살 곳은 무림이 아니라 야생이다.

그들은 무인이 아니었다. 무인인 것처럼 착각하며 살았었을 뿐이다. 원래가 들판을 뛰어다니는 늑대였다. 인간이 사는 마을에 내려와 투견(鬪犬) 훈련을 받을 까닭이 없다.

계야부가 시각랑에게 일깨워 준 것은 그것이다.

그렇다고 해서 완전히 야성으로 돌아가라는 것은 아니다.

무공은 누가 뭐래도 아주 강력한 싸움 기술이다. 무공을 수련함으로써 한층 더 강력해질 수 있다.

맨손으로 싸우던 인간이 검을 들었다. 철추를 만들었고, 창을 만들었으며, 멀리서 날리는 비도도 만들었다. 그러다가 무공으로 발전하게 되었다.

싸움 기술의 진화다.

그걸 굳이 부인할 필요는 없다.

야성을 바탕으로 꾸준히 무공을 수련하면 된다. 무공을 수련하는 대가가 야성을 버리는 것이어서는 안 된다.

츠으으읏!

새벽에 눈을 뜨면 운기조식부터 한다.

단전 진기를 휘돌린다.

일 주천, 이 주천, 삼 주천…….

기분이 상쾌해지고, 전신에 생기가 흘러넘치고, 탁한 기운이 말끔히 소멸되어 가는 것을 감지한다.

기분이 좋다. 상쾌하다.

　운기조식의 효능은 수만 가치 말로도 다 할 수 없지만 그중의 제일은 단연 상쾌함이다. 인간의 몸으로 신선 세계의 편안함을 즐길 수 있는 게 운기조식이 아닌가 싶다.

　그들은 마음 놓고 운기조식을 즐겼다.

　운기조식을 취하는 동안 정신은 오로지 진기의 흐름만을 쫓게 된다. 세상에서 일어나는 일을 보지 못하고 오로지 내관(內觀)에만 온 신경이 집중된다.

　독사가 살그머니 기어와 발끝을 깨문다? 재수없는 경우이지만 있을 수 있다. 적이 공격을 가해온다? 얼마든지 가능하다. 운기조식을 취할 때야말로 방어가 가장 취약해지는 순간이다.

　그런 연유로 운기조식은 외부의 침입이 없는 안전한 장소에서 취해야 한다. 부득이하게 밖에서 취할 때는 호법을 서줄 사람이 반드시 있어야 한다.

　그들은 안심해도 된다.

　검산의 검귀 부사영이 오 척 장검을 들고 눈을 부라리는 한, 그들에게 위해를 가할 자는 없다.

　부사영은 검을 들고 일어섰다.

　"안 좋은 시기에 손님이 왔군."

　그는 왼발을 굴렀다.

　쿵!

　땅이 흔들렸다.

　운공조식 중에 극심한 충격을 받으면 진기가 흐트러질 위험이 있기 때문에 살짝 발을 구르는 정도로만 내리찍었다.

후웁! 후웁! 후웁! 쿵쿵쿵!

세 호흡 정도 시간을 준 후, 본격적으로 힘차게 발을 굴렀다.

이제는 운기조식을 풀고 일어서야 한다. 가능한 빨리, 최선을 다해서 풀려 나간 진기를 거둬들여야 한다. 그때다!

쒜에엑!

등 뒤에서 바람 소리가 일었다.

'이건!'

부사영은 더 볼 것도 없다는 듯이 신형을 앞으로 쏘아냈다.

등을 돌려 상대를 본다거나 무엇이 날아오는지 봐야겠다는 생각은 들지 않았다. 아니, 갖지 않았다.

예전에는 그랬던 적이 있다.

뒤에서 뭐가 날아온다? 그러면 마주 싸워야지.

이게 일반적인 반응이다. 기척을 감지하는 순간 머릿속에서는 이미 상대와의 거리를 계산하고 있다. 피할 수 있다 없다 하는 판단도 이미 내려진 상태다.

싸울 수 있다는 판단이 들면 싸운다. 당연하다.

아니, 당연하지 않다. 그랬다가는 십 중 십 목숨을 잃는다. 그것이 살수들의 세계다.

계야부는 살수들과 싸울 때는 그런 식으로 상대해서는 안 된다는 것을 가르쳐 주었다.

그는 석수산에서 살수왕 류청지의 비기를 사용했다.

잠입, 은신, 기습…… 행동 전반에 걸쳐서 살수가 어떻게 움직이는지 똑똑히 알려주었다.

감지한 기척은 상대가 고의로 흘린 것이다.

거기에 현혹되어 싸울 생각을 하는 순간, 소리없이 전개된 또 하나의 준비된 수에 목숨을 잃는다.

무엇인가 느꼈는가? 그러면 냅다 빠져나와라. 생각할 것도 없다. 중요한 것은 순간의 반응, 그것을 오로지 도주하는 데만 써라. 신형을 빼내는 데만 집중하라.

사가가각!

그가 서 있던 자리에 돌풍이 휘몰아쳤다. 역시 상대는 준비한 암수가 따로 있었다.

"누구냐!"

부사영은 그제야 뒤돌아서서 오 척 장검을 겨눴다.

"이놈…… 은자(隱者)의 세계를 아는데?"

상대가 뜻밖이라는 듯 고개를 갸웃거렸다.

그들이 살핀 칠살문은 뛰어난 살수였다. 하지만 은자와는 거리가 멀었다.

이들은 은자와 흡사한 움직임도 선보였다.

지붕을 탈 때나 담을 뛰어넘을 때 사용하는 움직임은 은자와 다를 바 없었다. 그렇다고 은자는 아니다. 시각랑이 은자를 본떠서 만들어낸 치졸한 움직임일 뿐이다.

쿵! 쿵!

부사영은 그 순간에도 발을 굴렀다.

아직 운기조식에서 깨어나지 못하고 있는 동생들이 있다.

그들을 노리고 이검일도(二劍一刀)가 날아온다.

'일어낫!'

파파, 파파팟!

추위걸의 등 뒤에서 검광이 작렬했다.

추위걸은 진기를 마저 거두지 못했다. 풀어버릴 것은 풀어버리고 중심 진기를 거둬들이는데도 아직 단전이 응축되지 않았다.

그는 시간이 필요하다.

지금 일어설 수는 있다. 단전에 고이던 진기가 방사(放射)될 것을 각오하면 무슨 짓이든 할 수 있다. 다시 말해서 주화입마에 걸릴 공산이 구 할 이상이라는 점을 감안해야 한다.

'이대로 당하는 것보다는 낫지.'

그는 일어서려고 했다. 순간,

"천천히."

누군가 말했다.

누가 누구에게 한 말인지는 모르겠지만 그의 귀에 들린 말이고, 꼭 자신에게 하는 말 같았다.

믿는다!

그는 일어서지 않았다. 대기(大氣)가 완벽하게 들어찰 때까지 기다렸다.

쒜엑! 쒜에엑! 쒜에엑!

날카로운 파공음이 뒤에서 다가온 검광을 가로막았다.

역시 자신에게 한 소리였다. 일어서지 않고 기다리기를 잘 했다.

그렇다고 마냥 시간이 남아돌지는 않는다. 한 번은 막아줄 수 있어도 두 번은 가능하지 않다. 그리고 또 그럴 필요도 없 다. 이미 대기를 완전히 거둬들였다.

스웃!

눈을 떴다.

쒜엑! 쒜에엑! 쒜에에엑!

여강강은 소궁을 연신 날렸다.

이런 걸 보고 운이라고 할까?

그는 오늘 아침 당번이다. 형제들이 운기조식을 끝낼 때까 지 건포를 물에 불린 후 다시 구워내야 한다.

건포는 있는 그대로 먹을 수 있지만 영양분만 제공할 뿐 포 만감을 주지 않는다는 단점이 있다. 그래서 시각랑은 종종 다 른 방식으로 먹었다.

여강강이 오늘 그 일을 할 차례다.

그는 부사영이 발을 한 번 굴릴 때 이미 운기조식을 마치고 눈을 뜬 상태였다.

'위기!'

본능이 극심한 싸움을 예고했다.

그는 다짜고짜 소궁을 꺼내 들었다. 그리고 뭔가 희끗거린 다 싶은 것이 있으면 무작정 쏘아냈다.

"천천히!"

그가 갈했다.

부사영이 창을 든 자와 마주 섰다.

습격자 중 한 명은 완벽하게 노출시켰다.

그가 소궁을 쏘아내면서 어둡게 흐르던 일검일도(一劍一刀)를 끄집어냈다.

현재까지 셋이다!

추위걸이 일어서서 일검과 마주 섰다. 고봉은 일도를 향해 잔인한 웃음을 보내고 있다.

그들은 안심해도 좋다. 또 없나?

그는 재빨리 사방을 살폈다. 그런데,

푸욱!

무엇인가 등을 뚫고 들어왔다. 그게 검이라는 건 순간적으로 알겠고, 암습을 당했다는 사실도 깨달아 버렸다.

'제길!'

그는 툴툴 웃었다.

그의 감각은 오로지 형제들을 향해 쏘아졌다. 이 순간만큼은 자신에게 어떤 해가 있으리란 생각을 하지 못했다.

자신 역시 기습의 대상이라는 점을 망각한 죄…… 죽어 마땅하다.

"꽤…… 좋은 솜씨……."

"물론."

등 뒤에서 속삭이는 듯한 음성이 들렸다.

스웃!

검이 각도를 틀었다.

목적을 달성했으니 이제 검을 회수하려는 움직임이다.

여강강은 아무것도 할 수 없었다. 생각 같아서는 어떻게든 반격을 취하고 싶은데, 몸이 말을 듣지 않는다.

상대는 아주 전문가다.

검을 찌르는 순간 마혈(麻穴)도 제압해 버렸다.

손가락조차 움직일 수 없는 상태에서 오로지 상대의 처분만 바라는 처지가 되어버렸다.

'이 자식…….'

그가 이를 악물 때, 검이 쑥 빠져나갔다.

"쿨룩!"

그는 심하게 기침을 토해냈다.

구멍이 뻥 뚫린 폐에 바람이 스며들어 말도 할 수 없었다.

그는 몸을 일으키는 형제들을 쓸어보다 눈을 감았다.

갈조기가 오지구를 끼며 일도 뒤를 막았다. 담위민은 여강강의 피가 흠뻑 묻은 일검과 마주 섰다. 서악정은 혼이 빠져나간 여강강의 육신을 곱게 눕혔다.

그들의 표정은 무심했다.

어느 누구의 눈에도 분노가 피어나지 않았다.

살기? 그런 것도 없다. 그저 무심할 뿐이다.

"후후! 너흴 잘못 판단했구나. 쉽게 죽일 수 있을 것 같았는데…… 힘 좀 쓰게 생겼어."

여강강을 죽인 자가 검에 묻은 피를 땅에 획 뿌리며 말했다.

담위민은 대꾸조차 하지 않았다.

스릉!

만도가 뽑혔다.

아무 말도 없다. 부사영처럼 누구냐고 묻지도 않는다. 그냥 만도만 들어 올린다.

"이 새끼들!"

검을 든 자가 주춤거리며 욕을 내뱉었다.

아주 짧은 순간이지만 악마의 눈동자를 본 듯한 착각이 들었다.

스릉!

등 뒤에서도 만도 뽑히는 소리가 들렸다.

여강강의 시신을 내려놓은 서악정이 어느새 그의 퇴로를 봉쇄해 버렸다.

한순간에 싸움의 주도권이 시각랑들에게 넘어갔다.

기습을 하기 전만 해도 서로 노리는 상대가 있었는데, 이제는 무조건 앞을 막고 있는 놈들과 싸워야 한다.

기습도 잘못되었다.

원래 여강강은 도를 든 자가 맡기로 했었다. 한데 느닷없이 놈이 일어나 화살을 쏘아대는 통에 가장 가까이에 있던 자신이 먼저 급습을 해야만 했다.

자신이 노리던 자를 버리고 다른 자를 취한 것이다.

문제는 또 있었다.

도를 든 자는 담위민의 배후를 노렸다.

여강강보다는 담위민이 훨씬 만만한 곳에 위치했던 까닭이다.

담위민은 운기조식을 하던 중이라 영락없이 당했어야 한다. 한데 여강강 덕분에 일검을 피해냈다.

도를 든 자는 예상치 못한 화살세례를 받고 물러서야만 했다.

거기까지는 있을 수 있는 일이다.

한데 정작 공격을 받은 담위민은 일도를 상대하지 않고 자신의 앞을 가로막았다.

순식간에 앞쪽과 좌우 양쪽을 막아섰다.

일도 역시 마찬가지 처지가 되었다.

담위민을 공격한 그의 앞에 전혀 엉뚱한 자가 가로막아 섰다.

고봉이다.

그가 일도 앞에서 웃음을 흘리는 순간, 일도는 방향 감각을 상실해 버렸다.

앞으로 나갈 수 없다. 좌우 어느 쪽으로도 피할 수 없다. 몸을 빼려면 오직 뒤쪽밖에 없다.

그런 생각을 흘릴 즈음 갈조기가 뒤까지 막았다.

그에 비해 추위걸은 자신을 공격한 자를 직접 상대한다.

이들은 마음 내키는 대로 아무나 상대하는 것일까?

아니다. 이들에게는 동선(動線)이 있다. 운기조식을 취하기 전부터 만일의 경우가 발생했을 때, 어느 위치에서 어떤 자를 상대하겠다는 사전 약조가 깔려 있었다.

이들의 움직임은 예상보다 두 배는 빠르다. 살기는 네 배 이상이고…… 무엇보다도 은자의 움직임을 읽어낸다.

'잘못 판단하고 있었나? 호랑이를 여우 새끼 정도로 봤던 건가? 우린 그렇다 치고 총주까지도…… 아냐, 총주께서 이들을 잘못 보실 리 없어. 그럼 무언가 있다는 소리인데…….'

검을 든 자는 혼란스러웠다. 하지만 이 순간, 자신이 무엇을 해야 하는지는 안다.

스웃!

그는 좌우비보(左右秘步)를 밟으며 앞으로 쏘아 나갔다.

왼쪽으로 움직이는가 하면 오른쪽으로 움직이고, 오른쪽인가 싶으면 어느새 왼쪽에 서 있다.

"병신새끼…… 그것도 재롱이라고. 저 아래쪽 키 작은 원숭이 놈들만 재롱을 부릴 줄 아는 게 아냐. 황량한 모래사막에 사는 놈들이 이런 재주는 더 잘 부려."

담위민이 피식 웃으며 말했다.

그는 말만 한 것이 아니다. 실제로 방향을 전혀 종잡을 수 없는 신법을 펼쳤다.

파아아앗!

위로 뛰어오르는 동작이었는데, 오히려 두 다리를 노려온다. 몸의 중심이 왼쪽으로 완전히 쏠렸는데, 오른쪽으로 파고

들어 온다.

좌우비보보다 더욱 현란하다!

쒜엑!

"크윽!"

그는 가슴을 움켜잡고 비틀비틀 물러섰다.

담위민의 만도가 가슴을 베고 흘러갔다.

'조금만 더 깊었어도 치명상…… 휴우!'

그는 가슴을 쓸어내렸다.

놈의 신법에 눈이 현혹되는 바람에 실수를 저질렀다. 싸움 도중에 적의 움직임을 보고 감탄을 터뜨렸으니 당해도 싸다.

그는 검을 곧추세웠다.

"타앗!"

좌우비보를 펼치며 일검을 쏟아냈다.

순간, 파르륵! 하는 소리와 함께 눈앞에 있던 담위민이 감쪽같이 사라졌다.

'이건 또 무슨? 크윽!'

이번에는 왼쪽 다리에서 극통이 치밀었다.

상대의 움직임을 놓쳐 버린 순간 아픔이 일어나는 건 당연했다.

그는 재빨리 왼쪽 다리를 질질 끌며 옆으로 물러섰다.

'휴우! 한 치만…….'

이번에도 내심 다행이다 싶어서 한숨을 불어 쉬려고 했다.

한 치만 깊었어도 동맥이 잘렸으리라.

공격을 받지 않아도 일다경을 버티지 못한다. 과다출혈로 정신이 혼미해질 것이고, 끝내 스스로 무릎을 꿇게 될 게다.

딱 한 치 차이로 동맥이 잘리는 비운을 면했다.

한데 그게 아니다. 아까부터 만도가 딱 한 치의 간격을 두고 쏘아진다.

운이 아니다. 놈이 놀리고 있다.

"타앗!"

그는 다시 신형을 튕겨냈다.

이번에도 좌우비보다. 하지만 좀 전과는 다르다. 좌우비보를 선보이는 순간, 놈의 눈이 좌우비보를 주시하는 찰나에 움직임을 바꿨다. 동영 최대의 보법이라는 비장의 수, 환영밀보(幻影密步)다.

파앗!

그의 신형이 방금 전에 담위민이 그랬던 것처럼 허공에서 팟! 하고 꺼졌다.

위로 솟구치는 듯하다가 밑으로 툭 내리꽂히는 신법이다.

이것이 인간의 눈에는 마치 허공에서 감쪽같이 사라져 버린 것처럼 보인다.

인간은 관성의 지배를 받는다.

위로 솟구치는 움직임을 보이면 인간의 눈은 실제 움직임보다 더 높은 곳을 쳐다본다.

그때 밑으로 떨어지니 마치 사라진 것처럼 보인다. 전혀 엉뚱한 곳을 쳐다보고 있는데도 알지 못한다.

‘후훗!’

그는 여강강에게 그랬듯이 폐를 향해 검을 찔렀다. 그때,

파앗!

담위민의 신형이 사라졌다.

‘또?’라는 느낌이 머릿속을 스쳐 가는 순간, 등 뒤에서 번쩍! 하고 도광이 작렬했다.

살이 쩍 갈라지면서 척추뼈가 드러났다.

이번에 도를 쓴 사람은 담위민이 아니라 서악정이다.

등 뒤에 그가 있었는데…… 그를 잠시 망각하고 있었다.

“바, 방금…… 그 신법은…….”

동영의 인술을 능가하는 신법이 중원에 있었던가? 황량한 모래사막 어쩌구저쩌구 하는 소리를 들은 것 같은데…….

담위민은 대답하지 않았다.

느릿느릿 다가와 마혈을 짚었다. 그리고 속삭이듯 낮은 음성으로 귀에 대고 말했다.

“넌…… 기회가 있었을 때 자진했어야 돼. 형제의 몸에 검을 박은 놈…… 곱게 죽일 것이라고 생각했나? 이거 하나만 알아 둬. 우리 시각랑은 동서고금에 존재하는 모든 고문술을 종합해서 백팔 가지로 정리했어. 너는 그 맛을 모두 보게 되는 최초의 인간이 될 거야. 오늘 하루, 네게는 지옥이겠군.”

담위민이 그의 뺨을 가볍게 톡톡 건드렸다.

고문? 그런 건 두렵지 않다. 동영의 인술을 어떤 식으로 수련하는지 안다면 감히 고문 운운하는 말 같은 건 하지 못할

게다.

그는 담위민이 보였던 신법만 생각했다.

'무슨 신법이었더라……. 황량한 사막…… 토노번인! 시구각보?'

말도 안 된다.

토노번인이라면 모두가 알고 있는 시구각보 따위로 환영밀보를 눌렀다는 게 말이 안 된다.

'말도 안 돼. 이건 정말…… 말도 안 돼…….'

그는 고개를 절레절레 흔들었다.

그의 눈앞에서 일도가 쓰러진다.

한데 고봉과 갈조기가 쓴 신법을 보니 확실히 시구각보다. 아니다. 저건 시구각보가 아니다. 시구각보의 형태를 빌렸을 뿐, 완전히 새로운 저들만의 신법이다.

'잘못 파악했어. 우리도 총주님도……. 이놈들은…… 호랑이야.'

그는 차라리 눈을 감아버렸다.

"크윽!"

또 한 명, 검을 든 무인이 피를 쏟으며 쓰러졌다.

3

동영의 인술에서는 십팔반병기를 모두 다룬다. 암기도 빼놓을 수 없는 무기 중의 하나다. 하지만 장창은 좀처럼 다루지

첨앙사자(瞻仰死者) 295

않는다. 움직이는 데 거추장스럽고, 좁은 공간에서 활용하기
에도 적합하지 않기 때문이다.

그는 장창을 고집했다.

창이 검이나 도보다 월등히 강력한 병기라는 평소 지론 때
문이다.

쉬익! 쉬익!

장창을 가볍게 휘둘러 몸을 풀었다.

동료들이 한 명, 한 명 쓰러진다. 그러다가 결국은 세 명 모
두 쓰러지고 말았다.

무혼들이 땅에 드러누웠다.

그들을 상대하는 시각랑들이 자신을 빙 둘러 포위했다.

그래도 위축되지 않았다.

죽음? 그런 건 아랑곳하지 않는다. 기습? 첫 번째 기습이 실
패할 때 이번 공격 전체가 실패할 것이라는 걸 예감했다.

시각랑을 몰랐다.

이게 결정적인 패인이다.

적을 모르고 덤벼들었는데 어떻게 이길 수 있겠나.

더군다나 이놈들은 시각랑이다. 움직임이 동영의 인자(忍
者)들이나 다를 바 없다. 시각랑이 하는 일이나 인자들이 하는
일이나 매양 똑같다.

이놈들은 전장에서 활동하고, 인자는 중원의 살수처럼 개별
적인 움직임을 보인다는 것 외에는 다를 것이 없다.

그렇기에 어느 한쪽이 다른 쪽의 움직임을 읽었을 때, 승패

는 곧바로 결정지어진다.

움직임을 모두 읽혔기에 졌다.

시각랑이 인술을 꿰뚫어 봤기에 진 것이다.

자신들이 차라리 살림 살수들과 부딪쳤다면 이토록 쉽게 패하지는 않았을 게다.

승패는 결정되었다.

변명의 여지가 없는 무혼의 완벽한 패배다.

그러니 그도 더 이상 같은 싸움을 할 필요가 없다.

'후후! 본격적으로 싸워볼까.'

그는 즐거웠다.

쒜엑! 쒜엑! 쒜엑!

능공십팔자(凌空十八刺)가 펼쳐졌다.

창법은 후려치고 찌르는 공격이 주(主)가 된다. 두 공격법의 비율이 어떤 식으로 배합되어야 적절한지는 정해진 것이 없다. 초식에 따라서 다르고, 개인의 취향에 따라서 달라진다. 또 결전에서 상대가 쓰는 초식에 따라 달라지기도 한다.

능공십팔자는 후려치는 공격법이 없다. 오로지 찌르고 빼는 단순한 움직임으로만 구성되었다.

쒜엑쒜엑쒜엑!

창끝이 독사의 혓바닥처럼 날름거렸다.

쉬익! 쒜엑쒜엑!

신형을 허공으로 띄웠다. 동시에 또 창을 찔렀다.

위에서 아래로…… 강력한 공격이 이어졌다.

부사영은 검으로 창대를 건드렸다.

툭! 툭!

말 그대로 건드리기만 했다. 창의 방향만 바꾼 것이다.

오 척 장검은 한 손으로 사용하기에는 무리다. 검이 너무 무거워서 세밀한 움직임을 펼칠 수 없다. 그래서 거의 대부분 이정도의 장검을 사용하게 되면 두 손을 쓴다.

부사영은 한 손만 썼다.

그래도 오 척 장검이 삼 척 장검처럼 편안하게 움직였다. 그러던 어느 한순간,

쒜엑! 쒜엑! 톡! 톡! 빠가각!

역시 창끝이 뱀의 혓바닥처럼 날름거리고, 장검이 창대를 건드리는가 싶었다.

느닷없이 장검이 창대를 훑으며 앞으로 치달렸다.

상대는 창을 뽑지 못했다.

뽑으려고 시도는 했다. 옆으로 움직이기도 했다. 하나 그때마다 부사영의 장검이 창대와 바짝 밀착되어 따라왔을 뿐만 아니라 무거운 무게로 짓눌렀다.

한순간, 그의 창은 자유를 잃었다.

능공십팔자의 최대 약점이 고스란히 노출되는 순간이다.

사실 능공십팔자는 아주 강력한 창법이었지만 치명적인 단점이 있어서 폐기된 무공이다.

부사영이 잡아챈 방법이다.

무거운 중병으로 창대를 짓눌러 버리면 방법이 없다.

여기서 '무거운 중병'이란 정말로 무게가 많이 나가는 중병(重兵)을 말하는 것이 아니다.

무거운 중병이란 내공을 의미한다.

내공으로 병기를 붙인 다음 떨어지지 않게 짓누르면서 창대를 따라가면 대책이 있느냐고 묻는다.

능공십팔자는 그건 어느 창법에서나 통용되는 일반적인 반격법이라고 항변했다. 그런 반격법은 능공십팔자에만 통용되지 않는다. 창법 전반에 걸쳐서 유효한 공격이다.

그 정도의 내공을 지닌 사람이 반격한다면 창을 쓰는 사람도 그 정도의 내공이 있는 사람이어야 한다.

그래야 창술의 우위가 증명된다.

검을 쓰는 강자와 창술을 쓰는 약자를 겨루게 하면 창술의 진정한 무위를 설명할 수 없게 된다.

그럼에도 불구하고 능공십팔자는 퇴출되었다.

오로지 찌르기만 하는 창법은 '무거운 중병'을 갖다 댈 기회를 많이 제공했다.

사내가 이미 버려진 능공십팔자를 들고 나왔을 때는 나름대로 무리를 재정립한 게 아닌가 싶다.

타악!

턱밑까지 바싹 다가선 부사영이 오른발로 상대의 턱을 가격했다.

“아악! 아아악! 아아아악⋯⋯!”

처절한 비명이 산을 쩌렁 울렸다.

마혈이 제압된 사내는 시각랑의 고문이 얼마나 잔혹한지 몸으로 직접 체험했다.

지옥이 따로 없었다.

“아아아악!”

그는 처절하게 비명을 토해냈다.

“사명사귀도 총주님의 제자다. 총주님이 부르실 때 그들은 부름에 따라야 할 것이다.”

말은 다른 곳에서 흘러나왔다.

창을 쓰던 자는 푸른 하늘을 올려다봤다.

구름이 기이한 형상을 한 채 흘러간다. 평소에는 구름을 볼 기회도 많지 않았는데⋯⋯ 목숨이 다할 무렵에서야 하늘을 쳐다볼 여유가 생겼는가.

“아아아악!”

동료의 비명 소리가 자장가처럼 들렸다.

“그런 건 관심없고⋯⋯ 총주가 왜 우릴 죽이라고 한 건가?”

승자가 당당하게 물어왔다.

“너흰 무림공적 아닌가. 무림공적이면 죽어야지.”

“그래서 총주가 직접 너희를 보냈다는 건가?”

“누군가는 정리를 해야 되지 않나?”

“그것뿐인가?”

“그렇다.”

“좋다. 가라.”

“고…… 맙다.”

그는 마지막 순간에 웃었다. 웃고 싶었다.

푸욱!

그의 심장에 만도가 틀어박혔다.

“거짓이에요.”

고봉이 말했다.

“안다. 우리에게는 한 명 더 남아 있잖아. 진실을 저자 입에
서 캐내야지.”

“저늠에게서요? 저놈 입에서 듣기는 더 힘들 것 같은데요.
이미 악에 받칠 대로 받쳐서. 인술을 터득한 놈 아닙니까. 고
통은 참지 못해도 비밀은 지킬 겁니다.”

“그건 이자도 마찬가지야.”

부사영이 고문을 당하고 있는 자에게 걸어갔다.

담위민이 손을 멈췄다.

담위민의 발아래 피투성이가 된 무인이 쓰러져 있다. 그리
고 그 옆에는 여강강의 시신이 반듯하게 누워 있다.

고문을 하는 데 아무런 목적도 없다.

최더한…… 최대한 고통을 이끌어낸 후, 차라리 지옥이 더
편할 것이라는 생각을 갖게 한 후 처절한 통한을 느끼게 하면
서 저승으로 떠나보낸다.

손속이 잔인하지 않을 이유가 없다.

담위민이 부사영을 못마땅한 눈으로 쳐다봤다.

"목적이 바뀌는 겁니까?"

그의 눈은 여강강을 좇고 있다. 형님도 눈이 있으면 여강강을 보라는 무언의 말을 한다.

"아니, 그대로 진행해라."

"네?"

"그대로 진행해. 할 바에는 완벽하게 끝내라, 완벽하게. 아예 탈각(脫殼)시켜 버려."

"오랜만에 탈각 한번 보자. 이놈…… 그 정도 대우는 받을 만해."

부사영이 여강강의 시신을 안아 들었다.

"완벽하게 벗겨내라. 그동안 이놈은 내가 안고 있으마. 이놈은 내가 죽인 거나 마찬가지이니까."

부사영이 여강강을 꼭 끌어안았다.

"아아아악! 아아악!"

무혼은 목청껏 고함을 토해냈다. 정말 견딜 수 없어서 사지를 비틀며 소리쳤다.

담위민의 칼질은 섬세하고 느렸다.

천천히 칼날이 껍질을 벗겨낸다. 근육을 갈기갈기 찢어내고 힘줄을 끊는다.

그는 눈을 뜬 채로 분해되고 있었다.

"아악! 아악! 제발! 제발! 아아악!"

기어이 그의 입에서 사정이 흘러나왔다.

살려달라는 사정이 아니다. 빨리 죽여달라고 통사정을 한다.

그는 이제야 비로소 담위민이 한 말의 뜻을 절감했다. 세상에 존재하는 모든 고문을 백팔 개로 모았다고.

"커으윽…… 커…… 억……."

나중에는 비명도 지르지 못했다. 신음보다 약간 짙고 훨씬 무거운 통음(痛音)만 쏟아냈다.

"우리의 죽음은 총주님의 뜻이다. 우리가 죽음으로써 이제 무총과 시각랑은 공존이 불가능하게 된다. 차후에는 사 소저와 너희의 관계도 완전히 달라질 것이다. 다음에 만날 때는 원수가 되어서 서로 검을 겨누게 되겠지. 흐흐흐!"

사내는 창을 든 자와는 전혀 다른 소리를 했다.

몸이 완전히 분해되어 살아 있는 인간이라고 할 수 없다.

머리부터 발끝까지 살가죽이 벗겨졌고, 근육이 찢어져 뼈가 환히 드러났다.

이런 상태에서 살아 있다는 것이 기적이다.

그는 앞으로도 반나절은 더 살려둘 수 있다는 말에 순순히 입을 열었다.

"형수님과 우리의 관계를 끊기 위해서 공격했다는 건가?"

"개방이 너희를 무엇 때문에 도운 줄 아나? 사 소저가 부탁했기 때문이다. 너희의 안전은 물론이고 차후 은거까지 완벽한 보장을 요구했다. 개방은 그걸 들어준 것뿐이지. 흐흐흐!
무림이 어떤 곳인지는 잘 알 터이고, 사 소저가 그런 부탁을 하
는 대신에 무엇을 내놓았을 것 같나?"

"무엇이냐?"

"향후 행보다. 사 소저는 개방으로부터 자유롭지 못하게 되
는 거야. 우린 그 고리를 끊은 것뿐이다. 흐흐흐! 그것뿐인 줄
알아? 무총은 우리 죽음을 기화로 개방을 압박할 게다. 앞으로
개방은 무총의 지휘를 받게 될 거야. 정보 하나도 마음대로 처
리하지 못하는 신세가 된다는 거지. 흐흐흐! 개방이 너희를 도
왔기 때문에 우리가 죽는 거니까. 일이 그렇게 진행되니까."

"차라리 우릴 죽이는 게 낫지 않나?"

"그러면 무총주를 원망하겠지. 사 소저는 마음이 여린 분이
시니까. 흐흐! 산 사람보다는 죽은 사람이 더 안타까울 거야.
흐흐흐!"

뼈다귀에 살만 살짝 붙어 있는 괴물이 입을 열어 말한다.

꼭 지옥에서 기어나온 귀신이 말하는 것 같다.

탈각은 이런 것이다. 살아 있는 게 견딜 수 없다. 그래서 부
모 형제고 뭐고 뭐든지 팔아치우고 한시빨리 저승으로 건너가
고 싶게 만든다. 이게 탈각이다.

"그럼 너희는 이곳에 올 때 죽을 줄 알고 있었다는 게냐?"

"죽는 게 우리의 임무다. 후후! 나만 아는 비밀이었지. 저놈
들은 몰랐어. 흐흐흐!"

"그럼 빨리 뒈지지 뭐 하러 살아서 이 고생을 받은 거야? 혹

시 살려줄 줄 알았나?"

"아니…… 시구각보…… 그 미친 것에 정신이 팔려서. 흐흐흐! 어떻게 한 거냐? 달리기에 불과한 시구각보를 어떻게 해서 그런 절정비기로 만든 거야?"

"지금도 그게 궁금한가?"

"아니, 빨리 죽이기나 해."

담위민이 부사영을 쳐다봤다.

부사영이 고개를 끄덕였다.

스읏!

만도가 혈육이 된 인간의 심장을 꿰뚫었다.

착각일까? 그 순간 무혼의 눈가에 희열이 피어났다. 죽는 게 정말 미칠 것같이 기쁜 듯 황홀한 눈동자로 세상을 봤다.

"일정에는 변함이 없다. 분주로 간다."

여강강의 봉분은 아담했다.

"앞으로는 개방의 도움도 받지 못할 것이다. 벌써 일이 진행되고 있을 테니까."

"그렇겠죠. 괜찮습니다. 우리가 언제 남의 도움 받고 움직였습니까. 차라리 의혹이 떨쳐지니 홀가분합니다. 허! 형수님은 어쩌자고 그런 일을 해가지고."

"갈조기!"

부사영이 싸늘한 눈으로 갈조기를 쳐다봤다.

"알겠습니다. 형수님 말은 취소하죠."

갈조기는 즉시 사과했다.

사약란에 대한 이야기, 금기어(禁忌語)가 되었다.

앞으로 그녀에 대한 이야기는 좋은 이야기가 되었든 나쁜 이야기가 되었든 입에 담아서는 안 될 것이다.

그녀가 이럴 줄 알았으면 자신들이 먼저 관계를 정리했다.

자신들 때문에 그녀의 앞길이 방해받는 걸 원치 않는다. 그건 죽은 계야부도 원치 않을 것이다.

개방의 도움이 왠지 찜찜하더라니.

"가자."

부사영이 여강강을 혼자 쓸쓸하게 남겨놓은 채 발길을 돌렸다.

*   *   *

계야부는 한적한 들판을 걸었다.

가급적이면 사방이 환히 트이는 곳으로, 뒤쫓아오기 난감한 곳만 골라서 걸었다.

그래도 그들은 쫓아온다.

지독하게 은밀한 자들이다.

기척을 흘리지 않는 것은 기본이다. 아예 숨도 쉬지 않는 인간들처럼 호흡마저 감추고 있다.

이들은 무색(無色), 무취(無臭)의 인간들이다.

예전의 그였다면, 사약란에게 빙정을 넘겨주기 전의 그였다면 절대로 이들을 발견해 내지 못했을 것이다.

　이들은 무공으로 파악할 수 없다. 그가 의살을 사용하기 때문에 발견해 낼 수 있었다.

　어미의 뱃속에서 갓 태어난 아기는 의식이 맑다.

　세상에 대해서 공부한 것이 없기 때문에 원시적인 생각조차도 할 필요가 없다.

　무엇을 먹어야 하나? 어떻게 살아야 하나? 옷은 무엇을 입고, 웃음은 어떤 식으로 지어야 하나?

　이 모든 생각을 할 필요가 없다.

　사람들이 머릿속에 그리는 모든 생각은 세상을 알기 때문에 떠올리는 것이다.

　즉, 사람이 만들지 않은 자연 상태 속에서는 생각 자체가 필요없다.

　그저 있는 대로 본다.

　조용하라. 침묵하라. 그리고 보라.

　선사(禪師)들이 흔히 말하는 평범한 말속에 자연을 올바르게 보는 방법이 숨어 있다.

　그것이 일목이다. 그것이 의살이다.

　신기로운 방법이 아니다. 예부터 많은 사람들이 생각했고, 시도했던 방법일 뿐이다.

　머릿속을 텅 비워라.

　이 말을 누가 못할까?

　한데 사람들에게 의살을 펼치라고 하면 그걸 어떻게 하느냐고 반문한다. 머리만 텅 비우고 아무 생각도 하지 말라고 하면 얼마든지 하면서 의살이라는 용어를 쓰면 하지 못한다.

일목은 바로 그런 상태로 들어가는 것을 의미한다.

텅 빈 자연 속에 바람이 흐른다. 강풍과 약풍에도 이유가 있다. 원인을 보면 흔들릴 필요가 없다.

맑은 바람 속에 자신을 맡긴다.

낯선 자도 보인다.

하나, 둘, 셋…… 모두 여덟 명이다.

계야부의 눈은 아무것도 보지 못한다. 실제로 그는 눈을 감고 있다. 그는 아무 잡념도 없는 생각만 쳐다본다. 그 속으로 흘러든 주위의 모습들을 볼 뿐이다.

여덟 명이 따라오고 있다.

그는 그들에게서 생각을 떼어냈다. 그리고 자신이 무엇을 해야 하는지 생각했다.

약란은 어떤 식으로 소식을 전해올까?

어쨌든 약속했으니 소식은 전해올 것이다. 자신이 절해고도에 숨어 있어도 십교사와 대공의 은거지를 알려오리라.

일이 아주 쉽게 됐다.

굳이 북무림을 피로 물들일 필요가 없다. 안선도라고 해서 모두 죽일 이유도 없다.

이제 자신이 벌여놓은 일을 정리한다.

칠살문을 거둬들이고, 살림 살수들의 살행을 중지시키고, 금룡대의 살수는 중지시킨다.

그들이 어디에 있는지는 자신도 모른다.

지금은 누가 죽었다는 소문도 퍼지지 않기 때문에 그들을 찾아내는 게 훨씬 어렵다. 어떻게 보면 바닷가에 떨어진 바늘을 찾아내라는 말과도 같다.

그래도 그들을 거둬야 한다.

그리고 조용히…… 사약란이 밀서를 건네올 그날만 기다린다.

무림? 더 돌아다닐 이유가 있나?

살인? 더 벌일 필요가 있나?

약란…… 그녀는 조금 더 기다려야 한다. 안선을 완전히 뿌리 뽑은 후에, 신변이 안정된 후에 그녀 앞에 서리라. 그녀와 함께 두림을 떠나 평온하게 살 것이다.

아무도 자신들을 방해하지 못한다.

그 누구도 일상의 조용한 행복을 깨지 못한다. 그러려는 자가 있다면 결단코 용서하지 않는다.

그는 논 한가운데 앉아서 모닥불을 피웠다.

휘이이이잉!

찬바람이 몰아쳤다. 이제 완전히 겨울로 접어들었기 때문에 바람 한 점까지 칼날이 되어 살점을 후벼 판다.

타닥! 타닥!

강풍을 맞이한 모닥불이 기세 좋게 피어올랐다.

"난…… 뒤 밟히는 것, 좋아하지 않아. 오늘은 봐줄 테니 내일부터는 쫓아오지 마."

그는 혼잣말처럼 중얼거렸다.

"대화가 가능하겠습니까?"

그들 중 한 명이 말을 건네왔다.

다른 때 같으면 벌써 신형을 날려 다가왔으리라.

이런 경우 대부분의 무인들이 그렇게 한다. 미행이 발각되었으니 떳떳하게 나타나 대화를 나눌 수 있지 않겠나.

저들은 그러지 못했다.

─다가오면 죽는다! 내일부터는 쫓아오지 마라. 쫓아오면 죽는다! 절대로 이 말을 허투루 듣지 마라!

그들의 머릿속에 강한 살기가 전달되었다.

단지 느낌만 들었을 뿐인데 온몸이 오그라든다.

그들은 의살을 안다. 단차가 심상을 쏘아냈다는 것도 안다. 현재로서는 아무런 해(害)가 없다. 정말로 느낌, 느낌일 뿐이다. 다 안다. 다 아는데…… 기분이 좋지 않다.

그들은 다가오지 못하고 양해부터 구했다.

"싫다. 오지 마라."

계야부는 팔베개를 하고 드러누우며 중얼거렸다.

무림과 인연을 맺기 싫다.

더 이상은 어떤 사람도 만나고 싶지 않다.

십교사 열 명, 그리고 대공 한 명…… 모두 열한 명만 없애면 이곳에 더 발을 붙이고 있을 이유가 없다.

개방도 싫고, 북지단도 싫다.

싸울 이유도, 싸울 필요도 없다.

"저흰 개방에서 왔습니다. 악의가 없다는 것은 읽고 계실 터. 몇 마디 말만 나누면 됩니다."

'개방……'

계야부는 잠시 감았던 눈을 떴다.

상대가 개방도라면 한 번쯤 만나줘야 한다.

자신이 한 짓이 있지 않은가. 개방에게 씻을 수 없는 타격을 주었으니…… 그것도 죽지 않아야 될 사람들을 자신의 목적 때문에 다수 죽였으니, 미안해서라도 만나야 한다.

그는 누웠던 몸을 일으켰다.

무언의 승낙.

어둠 속에서 누더기 옷을 걸치고 죽장을 짚은 여덟 명의 걸개가 모습을 드러냈다.

역시 일목 상태에서 봤던 대로 여덟 명이다. 하나 이들이 개방도일 줄은 몰랐다. 일목이 그런 것까지는 보여주지 않으니까.

사앗! 사아앗!

그들은 평범하게 걸어왔다. 보통 사람이 걷는 것처럼 아무런 힘도 들이지 않았다. 한데도 땅을 밟는 소리가 들리지 않는다. 나뭇가지 밟은 소리도 없다.

그들이 다가와 죽장과 함께 포권지례를 취했다.

"저흰 걸왕이라고 합니다."

“걸왕?”

난생처음 듣는 소리다.

사약란이 무림문파에 대해서 소상히 알려주었지만 걸왕이
라는 존재에 대해서는 언급한 적이 없다.

“방주의 명을 받고 왔습니다.”

그들은 침착하게 말했다.

『패군』 18권에 계속…

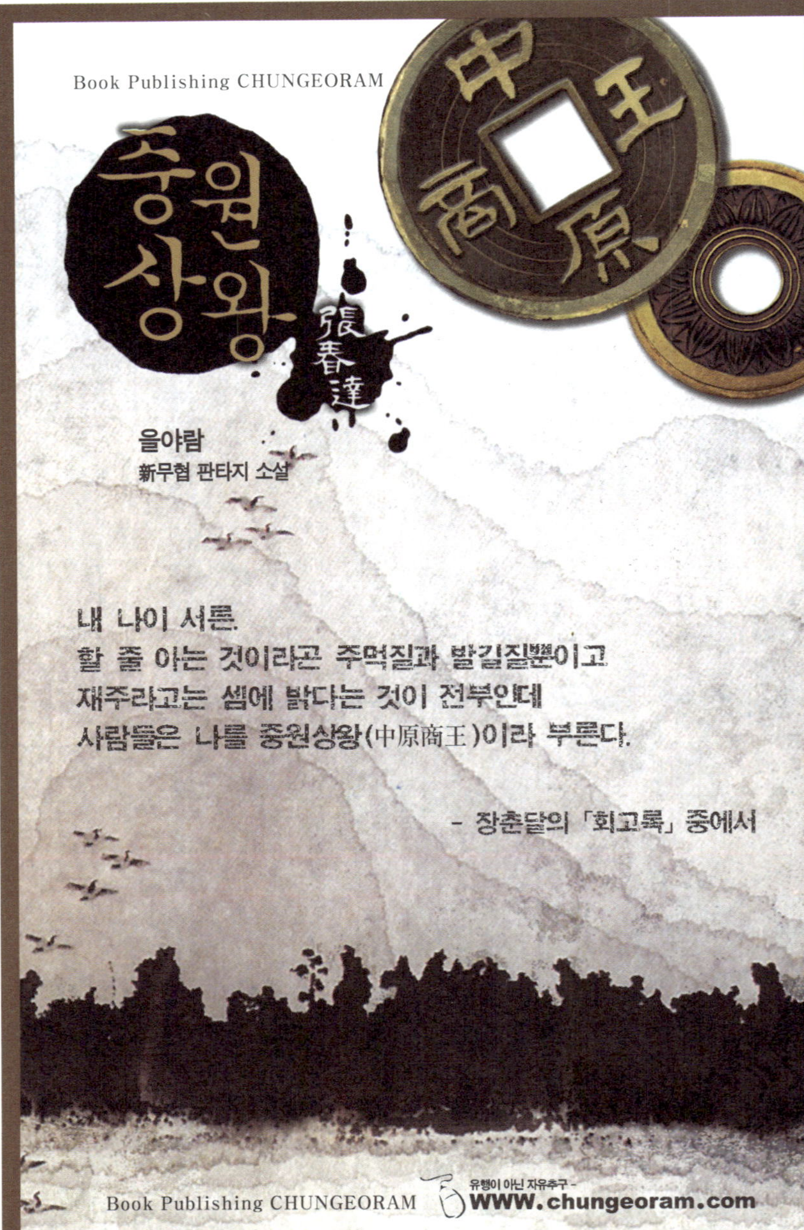

Book Publishing CHUNGEORAM
中原商王
張春達
중원상왕
을야람
新무협 판타지 소설
내 나이 서른.
할 줄 아는 것이라곤 주먹질과 발길질뿐이고
재주라고는 셈에 밝다는 것이 전부인데
사람들은 나를 중원상왕(中原商王)이라 부른다.
- 장춘달의 「회고록」 중에서
Book Publishing CHUNGEORAM
유행이 아닌 자유추구 -
WWW.chungeoram.com

이경영
판타지 장편 소설

가즈 나이트 R

Gods Knight R

이제는 그 전설조차 희미해진 옛 신계, 아스가르드.

그 멸망한 신계의 전사가 새로운 사명을 품고
다시금 인간들의 곁으로 내려온다.

렘런트라는 이름의 적들, 되살아나는 과거, 그리고 가치관의 차이.
그 모든 것들과 맞서 싸우려는 그녀 앞에 신은 단 한 사람의 전우를 내려준다.

그는 붉은 장발의, R의 이름을 가진 남자였다!

초대작 「가즈 나이트」의 부활!
신의 전사들의 새로운 싸움이 지금 시작된다!

화마경

火魔經

허담 新무협 판타지 소설

대호산의 다섯 산적이 자칭 천하제일인을 만난다.

괴노 마효(魔梟)!
그는 정말 천하제일인이었을까?
그의 화마경은 정말 천하제일무경일까?

인간의 마음속에 억압된 자아를 끌어내는 자(者)의 무공!
그 화마경의 세계로 다섯 산적이 뛰어든다.

"본래 사람 사는 세상이 화마의 세계인 거다."